# Frantumi di Segreti
## UN DARK ROMANCE SU UN MILIONARIO

FRANTUMI
LIBRO DUE

KARIN WINTER

Copyright © 2022 di Karin Winter

Tutti i diritti riservati.

Contatta l'autrice:

Editor: Killing It Write

Progettazione della copertina: Karin Winter

Nessuna parte di questo libro può essere riprodotta in qualsiasi forma o con qualsiasi mezzo elettronico o meccanico, inclusi i sistemi di archiviazione e recupero delle informazioni, senza il permesso scritto dell'autrice, ad eccezione dell'uso di brevi citazioni in una recensione del libro.

Questa è un'opera di fantasia. Qualsiasi somiglianza con persone, cose, luoghi o eventi reali è del tutto casuale.

*Quando la strada è buia,
l'amore può illuminare il tuo cammino.*

# Premessa

## Avvertenza

Questo libro affronta temi più oscuri e scene più intense rispetto al primo volume. Esplora argomenti difficili, tra cui traumi, violenza, stupro, e difficoltà emotive, che potrebbero turbare alcuni lettori. Leggete con cautela e mettete al primo posto il vostro benessere.

## CAPITOLO 1
### *Ethan*

«È ora di rivelare la verità», dico a Olive al telefono. «Sarò lì per prenderti tra pochi minuti».
Riattacco e chiamo Ayala.
Non risponde, e le lascio un messaggio in segreteria dicendole che farò tardi. «Ehi, Bambi, scusa se tornerò a casa così tardi oggi. So che stai impazzendo. Non ci sono ancora progressi, ma ho un'idea. Ti è piaciuto quando ti ho portata a Mohonk, vero? Penso che dovremmo fare un viaggio dove nessuno ci troverà. Che ne dici? Mi manchi».
Non avrei mai pensato di essere io a lasciare questo tipo di messaggi al telefono, ma mi manca davvero.
Mi fermo all'appartamento di Olive e la prendo. I suoi genitori vivono in Connecticut, quindi abbiamo un lungo viaggio davanti a noi. Olive si siede accanto a me e affonda le unghie nelle cosce. A quel ritmo si farà male. Le prendo la mano e la metto sulla mia gamba.
«Olive, calmati. Andiamo a parlare, non a uccidere qualcuno».
Mi lancia uno sguardo cupo. «Non sono sicura che non si

trasformerà in un omicidio dopo che avranno sentito quello che ho da dire. Non li conosci».

«Ci siamo preparati per ogni scenario. Nel peggiore dei casi, ci cacceranno, e ti aiuterò con tutto ciò di cui avrai bisogno, come ti ho promesso. Nel migliore dei casi, tutto continuerà come al solito. Continueranno ad amarti e sostenerti».

La sua mano sulla mia coscia stringe delicatamente. «Incontrarti è stata la cosa migliore che mi sia capitata. Spero che Ayala ti apprezzi tanto quanto ti apprezzo io».

Sorrido. Ho apprezzato il sesso pazzesco della scorsa notte. «Sì».

«Allora... come va tra voi due? È una cosa seria? E questo marito di lei?»

«È complicato. Non so ancora come risolvere questo problema. Ma sì, per me è una cosa seria. La amo, Olive».

La sua bocca si spalanca. «La ami? Chi è questo tizio che parla d'amore?»

Rido. «Neanch'io ci credo. Ha dei poteri magici su di me. È quello che penso». È vero. Ayala non ha lasciato i miei pensieri dal giorno in cui l'ho incontrata. Il destino l'ha mandata per salvarmi.

Attraverso il grande cancello d'ingresso e giro la macchina nel lungo vialetto accanto alla casa.

Olive mi stringe la mano quando entriamo, dove i suoi genitori ci stanno aspettando. Non capisco perché sia così preoccupata. Vorrei che i miei genitori fossero un po' più come i suoi.

Inspiro quando l'aroma dello stufato mi raggiunge il naso. Profuma così bene. Gli altri piatti arrivano uno dopo l'altro. Sicuramente questi piatti non sono stati preparati dalla madre di Olive, Lisa, poiché dubito che la donna abbia mai lavorato in cucina un giorno in vita sua.

Quando viene servito il dessert, do una leggera gomitata a Olive sotto il tavolo, e lei mi fulmina con lo sguardo. Se non dice qualcosa, lo farò io. Ci sono voluti mesi di persuasione per arrivare a questo momento, e non la lascerò uscire di qui senza aver risolto la questione. Se non trova il coraggio ora, non accadrà mai. E se non si confessa ora che stiamo ufficialmente "rompendo" e l'accordo tra noi si sta sciogliendo, Olive dovrà tornare a frequentare altri uomini.

Il ricordo di quel momento orribile a letto con lei mi colpisce... No, non c'è modo che la lasci passare di nuovo attraverso quella situazione.

«Olive vuole dirvi qualcosa», dico quando non mostra alcuna intenzione di parlare. «Ahia!» esclamo mentre mi calpesta il piede con il tacco. Dannazione, quei tacchi a spillo fanno un male cane.

I suoi genitori ci guardano con interesse. Ora non ha scelta. Perfetto.

«Papà, mamma, volevo parlarvi di qualcosa di importante», dice Olive.

Entrambi alzano lo sguardo con espressioni che dicono che sono pronti ad ascoltare. Sono dei genitori fantastici, e spero che questo finisca nel modo in cui mi aspetto.

«Ethan e io non stiamo insieme».

Ok. Non è così che avrei scelto di iniziare. Con una bugia. È meglio iniziare con la verità. Osservo attentamente la loro reazione, pronto a intervenire per aiutare. Olive abbassa lo sguardo sul suo grembo, e i suoi genitori si guardano l'un l'altro.

«Siamo solo buoni amici». Fa un respiro profondo ma ancora non alza il viso. «So che speravate che ci sposassimo presto, ma, mamma, papà, non sono interessata agli uomini. Sono più... preferisco le donne», sbotta.

3

Sono così orgoglioso di lei. Ce l'ha fatta! Le stringo la mano sotto il tavolo.

Nessuno parla. Gli occhi di Lisa sono spalancati. Larry sembra pallido quanto il muro dietro di lui.

Dite qualcosa, imploro senza parole.

«Quindi sei lesbica?» dice suo padre, rompendo il silenzio.

«Non dire lesbica, Larry». Sua madre gli dà una gomitata.

«Potete dire lesbica». Olive osa sorridere un po'. «Sì, sono lesbica».

«Va bene», dice Lisa, sembrando calma. «Allora, hai una ragazza?»

Reprimo un altro sorriso. Anche ora, la stanno spingendo verso una relazione.

«Non proprio, no», dice Olive, sembrando sciocata dal fatto che noi quattro siamo ancora seduti qui tranquillamente e il soffitto non ci sia crollato addosso, un drago non abbia sputato fuoco e zolfo su di noi, e la mano di Dio non ci abbia fulminati.

«Non capisco perché ci hai lasciato credere che avresti sposato lui». Larry mi lancia un'occhiataccia arrabbiata.

«Non ho mai detto che avrei sposato Ethan, papà».

È vero. Non l'abbiamo mai detto, ma abbiamo lasciato che i pettegolezzi alimentassero le voci sul fidanzamento. Non l'abbiamo negato, nemmeno a loro.

«Quindi non vi sposerete presto?» continua lui.

«No. Non mi sposerò».

«Ho bisogno di tempo per digerire questa cosa». Si alza e cammina per la stanza.

Olive lo guarda con sguardi preoccupati.

«Avrò dei nipoti?» chiede lui.

«Non lo so, papà. Credo di sì. Voglio dei figli un giorno. Sei arrabbiato con me?»

«Sono arrabbiato perché ci hai ingannato. Ci hai lasciato credere cose che non sono vere».

«Mi dispiace. Avevo paura».

Lisa dice con voce dolce: «Siamo i tuoi genitori e lo saremo sempre. Perché hai pensato di non poterci dire una cosa del genere?»

«Pensavo che non mi avreste più amata se l'aveste saputo».

Stringo i pugni sotto il tavolo. I miei genitori hanno smesso di amarmi. Non è impossibile.

«Oh, tesoro. Spero che troverai una donna che sia almeno gentile quanto quest'uomo qui». Lisa mi sorride. «Ero sicura che l'annuncio importante sarebbe stato che voi due eravate fidanzati».

Lisa sembra delusa. Non perché Olive vuole frequentare donne, ma perché non ci sarà un matrimonio presto. Sta andando meglio di quanto pensassi.

Suo padre torna al tavolo, e finiamo il dessert parlando ancora un po'.

«Si sta facendo tardi». Olive si alza, preparandosi per la nostra partenza.

Lisa si alza e gira intorno al tavolo. «Sai, la figlia di John è lesbica. Forse potremmo presentartela?»

«Mamma, non ho bisogno che tu mi organizzi gli appuntamenti.»

Ignorando le proteste della figlia, Lisa mi abbraccia per salutarmi. «È stato bello averti qui, Ethan. Grazie per prenderti cura di mia figlia.»

Annuisco. «Mi prenderò sempre cura di lei, Lisa. È una buona amica.»

Suo padre annuisce e mi stringe la mano prima di rivolgersi a Olive. «Continueremo questa conversazione più tardi. Dateci un po' di tempo per digerire.»

Mentre torniamo a Manhattan in macchina, Olive scoppia in una forte risata di sollievo.

«Non ci posso credere.» Dal suono della sua risata, penso che ci possano essere anche alcune lacrime.

«A cosa non puoi credere?» Lancio un'occhiata nella sua direzione ma cerco di non distogliere lo sguardo dalla strada.

«Che sia stato così semplice. Sono sicura che a casa si stanno tormentando, senza rendersi conto di cosa sia successo. Ma sono stati comprensivi. Non sono volati piatti, non è stato versato sangue.» Olive sembra come se le fosse caduto un macigno dal cuore.

«Grazie, Ethan. Grazie per avermi convinto a farlo, per esserci stato per me e per essere venuto con me. Per quello che sei.» Si piega verso di me e mi bacia sulla guancia.

«Quando hai bisogno di me, Olive. Te l'ho detto, gli amici sono per sempre. Mi prenderò sempre cura di te.»

Mi fermo davanti al suo appartamento e la lascio. Mi abbraccia di nuovo.

«Ancora non riesco a credere che potrò andare con una donna al prossimo evento. È fantastico.» Salta e saltella verso l'ingresso, e io sorrido ampiamente.

È fantastico. Sono felice per lei.

È già passata la mezzanotte quando torno al nostro appartamento.

Il nostro appartamento.

Lo penso come nostro. Non mi vedo più senza Ayala. So che voglio che rimanga.

«Ayala?» chiamo, ma non c'è risposta.

Accendo le luci in salotto. Forse si è già addormentata. Le ho detto di non aspettarmi, ed è abbastanza tardi.

Mentre mi dirigo verso la camera da letto, allento la cravatta e me la tolgo. I miei occhi si abituano lentamente all'oscurità.

Noto che Ayala non è a letto. Controllo in bagno. Non è neanche lì. Aggrotto le sopracciglia. Dov'è? Sa benissimo che non deve uscire. Non può andare da nessuna parte. È troppo pericoloso.

Metto la cravatta e la giacca sul letto e torno in salotto, controllando ogni stanza della casa lungo il percorso, cercando di capire cosa stia succedendo qui. Poi lo vedo. Il suo telefono è lì, sul bancone, accanto a una busta.

Il mio cuore salta un battito.

Prendo prima la busta e la apro con attenzione. La pagina all'interno ha il profumo del suo profumo. Dio, questo non può essere un buon segno.

*Amore mio,*

*Quando sono arrivata a New York, speravo di costruirmi una nuova vita da sola, ma il destino aveva altri piani per me. Ti ha mandato da me. L'uomo testardo che è apparso nella mia vita ancora e ancora finché non ho potuto più negarti. Mi hai insegnato cos'è il vero amore. Mi hai insegnato che non sono danneggiata, che sono una donna degna di amore. Ti amo così tanto.*

*Nemmeno nei miei sogni più sfrenati avrei potuto immaginarti. Mi hai dato così tanto. Ora è il mio turno di salvarti.*

*Perdonati per me perché ho bisogno che tu perdoni anche me.*

*Prometto di essere forte per te.*

*Per sempre tua,*
*Ayala*

Le ultime parole mi strappano il cuore dal petto. Cosa hai fatto, Bambi? Cosa diavolo hai fatto?

Con mano tremante, prendo il suo telefono e lo apro. Vedo che ha un nuovo messaggio da parte mia.

Non ha nemmeno sentito che le avevo lasciato un messaggio. Era ore fa! È andata via ore fa mentre io passavo una piacevole serata con Olive.

Ayala mi ha lasciato?

So che mi ama. Ne sono sicuro. È indiscutibile. Non mi stava mentendo quando ha pronunciato quelle parole. L'amore era presente in ogni suo movimento e gesto, proprio come era presente nei miei.

Allora perché se n'è andata?

Controllo il suo telefono, cercando indizi, e apro le chiamate recenti. Ci sono pochissime chiamate, e quasi tutte sono mie. I numeri di Ryan e Nicky sono elencati anche qui. Le ultime chiamate sono da un numero riservato.

Controllo l'ora. Deve essere andata via dopo quella conversazione. L'orario coincide. Ho inviato il messaggio poco dopo.

Chi è, e perché se n'è andata?

*Prometto di essere forte per te.*

Una sensazione inquietante mi percorre la schiena. Perché devi essere forte per me, Bambi?

Prendo il telefono e chiamo Jess.

«Sì, Wolf», risponde Jess con voce assonnata. Non importa che l'abbia svegliato. Quando ho bisogno di lui, risponde sempre a qualsiasi ora del giorno.

«Jess», grido nel ricevitore, «penso che Summers abbia preso Ayala.»

«Presa da dove? Non è nel tuo appartamento?»

«C'era. Ora non è qui, e ha lasciato il telefono. Penso sia stato lui. Non c'è altra opzione.»

«È entrato nel attico?»
L'edificio è abbastanza sicuro. C'è una guardia, e non è possibile arrivare all'attico senza la mia chiave. Ho anche assunto due guardie di sicurezza in borghese e le ho piazzate davanti all'edificio per assicurarmi che nessuno entrasse senza invito.
«No. Deve essere uscita dall'edificio da sola. Non c'è segno di effrazione. Non so cosa le abbia detto, ma deve essere stata una minaccia seria. È l'unica cosa logica.»
«Perché lo pensi?»
«Non mi avrebbe lasciato. E ha lasciato una strana lettera.»
«Cosa dice?»
Gli leggo la lettera.
«Non ha menzionato Michael Summers nella lettera. Sei sicuro che non se ne sia andata volontariamente?»
«Sono sicuro.»
«Va bene. Quando è successo?»
«Ha una chiamata non identificata in arrivo intorno alle tre», riferisco. «Penso che se ne sia andata a causa di quella chiamata.»
«Okay. Cercherò di rintracciarla. Ma è successo quasi dieci ore fa. Se l'ha davvero presa lui, potrebbe essere ovunque nel mondo ormai, Wolf.»
«Lo so», dico prima di riattaccare.
Perché se n'è andata senza parlarmi prima? Controllo di nuovo il mio telefono per assicurarmi di non aver perso chiamate o messaggi. Niente.
Cosa diavolo le ha detto per farla andare via così? Senza chiamarmi, almeno?
Apro di nuovo il suo dispositivo e scorro gli ultimi messaggi. Cazzo. Foto. Le ha mandato delle foto.

Sussulto, e il mio cuore salta un battito quando capisco cosa deve averle detto. Maledizione.

Come ha fatto ad avvicinarsi così tanto? Quel figlio di puttana mi ha puntato una pistola alla schiena e non me ne sono nemmeno accorto. Ho assunto la sicurezza per l'edificio per proteggere Ayala. Non pensavo che qualcuno sarebbe venuto a cercarmi. Non credevo di dovermi difendere. Merda.

Sento il bisogno di colpire qualcuno o qualcosa.

È tornata dal mostro a causa mia.

## CAPITOLO 2
## *Ayala*

Il rumore dei motori maschera il battito frenetico del mio cuore mentre volo di ritorno verso il luogo che un tempo chiamavo casa, accanto all'uomo che non avrei mai più voluto rivedere, il mostro dei miei incubi.

E la cosa peggiore è che sono qui di mia spontanea volontà.

Ero innocente e ingenua quando mi sono sposata, ma ora so chi è lui. So in cosa mi sto cacciando. Ho visto il mostro alzare la testa, eppure, eccomi qui.

L'assistente di volo mi offre acqua o succo d'arancia con un sorriso. La mano di Michael mi stringe la vita, facendomi male. Mi fa capire chiaramente che non devo dire una parola fuori posto. Ma non ho bisogno del suo avvertimento per ricordare perché sono qui. Ethan deve vivere.

Prendo l'acqua da lei, che continua lungo il corridoio.

«Sei stato tu a seguire Ethan con la pistola?» chiedo.

Michael ghigna. «Certo che no. Ho assunto qualcuno. Pensi che mi sarei preso il rischio di farmi beccare? Non sono stupido». Fa una pausa. «Sai, quando ti ho conosciuta, ero sicuro che saresti stata la compagna perfetta. Bella, timida, inesperta. Educazione religiosa. Sottomessa. Avevi tutte le carte in regola. Avresti dovuto essere perfetta. E quanto mi sbagliavo, eh? Sei solo una semplice puttana. Hai dormito con lui?» Michael mi stringe il braccio e io sussulto.

«Sì». Gli lancio un'occhiata e alzo la testa in segno di sfida. Sono così spaventata, quasi paralizzata dalla paura, ma non mi pentirò mai di Ethan.

Il viso di Michael si contorce per la rabbia. «Alla prima occasione che hai avuto, hai aperto le gambe a qualcun altro. Dopo tutto quello che ti ho dato».

«Quello che mi hai dato?» Quasi sputo le parole. «Cosa mi hai dato oltre alle botte?»

«Se non mi avessi provocato, non sarebbe successo».

Non posso credere che l'abbia detto. Ero l'ombra di una donna. Piegata sotto il peso della paura. Non osavo parlare allora. Come osa dire che l'ho provocato? «Sei la caricatura di un uomo. Non sai nemmeno come fare sesso con una donna», lo provoco, acquisendo un falso coraggio, approfittando del fatto che siamo su un volo pubblico e non oserà colpirmi qui.

Un sorriso amaro appare sul suo viso. «Non ti ho insegnato abbastanza sul sesso, dici. Non preoccuparti, puttana. Ti mostrerò che uomo sono».

Ho sbagliato a provocarlo. Era crudele prima, e lo sarà ancora di più ora che sono scappata da lui. Ma ho promesso di essere forte. E prometto a me stessa di trarre la mia forza dall'immagine di Ethan nella mia memoria.

Sarà più difficile sopportare ora che so come dovrebbe essere una vera relazione, ma avrò i ricordi a cui aggrapparmi nei giorni difficili. Questa volta, il mostro non mi spezzerà.

DOPO IL LUNGO VIAGGIO, arriviamo a una casa sconosciuta. Michael mi ha costretta a sdraiarmi sul pavimento dell'auto durante il tragitto, quindi non ho idea di dove siamo. Mi guardo intorno e cerco di assorbire l'ambiente circostante. Dove siamo? Nel bel mezzo di una foresta? Vedo solo alberi a perdita d'occhio, e la zona sembra piuttosto isolata. Non c'è nessun'altra casa in vista.

Dannazione, questo non promette niente di buono per me. Perché non mi ha portata a casa nostra?

Entro nella cabina mentre Michael prende i bagagli dall'auto a noleggio.

Dopo sei ore di volo, di permanenza sull'aereo con i muscoli tesi, sono esausta. E tutto ciò che voglio fare è andare a dormire. Ma dormire con Michael? Rabbrividisco al pensiero. Non c'è modo che possa chiudere gli occhi sapendo che lui è vicino.

Appoggia le valigie e getta le chiavi su un tavolo all'ingresso. Ogni passo che fa mi fa rabbrividire di più. Vorrei scomparire, ma sono bloccata all'ingresso, indecisa sul da farsi.

«Perché non siamo a casa?»

«Ho organizzato una breve vacanza per te. Non sei contenta?»

Mi lecco le labbra.

«Hai bisogno di essere rieducata prima che possa riportarti in pubblico. Ora vai di sopra», ordina, e io prendo la mia borsa e salgo, sapendo che ogni momento lontano da lui è una benedizione. C'è solo una camera da letto, con un letto al centro. Chiudo gli occhi e inspiro. Dovrei chiudermi in bagno e non uscire mai più.

Lui mi seguirà subito, però, e non esiterà a sfondare la porta.

«Se stai pensando di scappare, ricorda che so dove si trova il

13

tuo ragazzo, e non avrò problemi a mandare qualcuno a New York».

Sì, me lo ricordo. Come potrei dimenticarlo?

«Come hai saputo che ero da Ethan?» chiedo. Come mi ha trovata dopo due mesi che mi nascondevo nel suo attico?

«Devo ammettere che hai fatto un buon lavoro nel sparire. Non sono riuscito a trovarti per molto tempo. Poi ho aggiunto una ricompensa in contanti», dice. «La gente venderebbe la propria madre per un bel premio».

Qualcuno mi ha venduta? Chi? Posso contare sulle dita di una mano il numero di persone che sapevano dove mi trovavo. Chi potrebbe averlo fatto?

«La tua amica mi ha detto che Wolf corteggiava te, una donna sposata. Non ci è voluto molto per scoprire che aveva recentemente acquistato una linea telefonica extra per la sua amante. I miei soldi non ti bastavano? Cercavi qualcuno più ricco? Sapeva che eri sposata? Che sei un'adultera?»

«Quale amica?» Nicky gli ha detto dov'ero?

«Robin, credo si chiamasse».

Robin. Cerco di digerire quello che mi sta dicendo. Mi odiava così tanto? Mi mordo il labbro. No, semplicemente non capiva cosa stava facendo. Non sapeva che lui mi picchiava, mi violentava, che mi stava rimandando all'inferno.

Aspetta un momento. «Cosa intendi con 'si chiamasse'?»

La sua bocca si curva in un mezzo sorriso, apparendo più crudele del solito. «Beh, non era soddisfatta della somma che le ho offerto. Ha chiesto un milione di dollari. Ci credi? Vali un milione di dollari? Non c'è figa al mondo che valga un milione di dollari. Peccato che non abbia accettato le mie condizioni».

«Cosa le hai fatto?» sussurro, con la voce tremante.

«Cosa pensi che le abbia fatto? Le ho promesso i soldi, e

dopo che mi ha detto che puttana sei, mi sono assicurato che non tornasse a chiederne altri». Si passa un dito sul collo.

«Hai ucciso Robin?» I miei occhi si spalancano.

«Credo che il rapporto dica che si è suicidata. Poverina». Ride. «Non ha retto alla pressione. A quanto pare aveva molti debiti».

Il mio corpo inizia a tremare incontrollabilmente. Ha ucciso Robin. È un assassino. Sono sposata con un assassino.

«Sdraiati sul letto», ordina.

Non posso. Non posso farlo. Come posso lasciare che mi tocchi di nuovo?

«Adesso.» Il suo tono non lascia spazio a discussioni. Devo obbedire, o mi farà del male di sicuro. Per un momento, mi chiedo cosa sarebbe peggio, le percosse o lo stupro.

Mi sdraio sulla schiena e lui mi sale sopra. L'odore del suo sudore mi invade le narici. Trattengo l'ondata di nausea che mi colpisce e cerco di non vomitare.

Chiudo gli occhi con forza e cerco di richiamare Ethan a me, il suo piacevole odore maschile mescolato al suo profumo. L'aroma che fa reagire il mio corpo. L'esatto opposto di ciò che provo ora.

Michael mi bacia il collo e il suo membro sfrega contro di me. Mi mordo l'interno della guancia e cerco di controllare la mia reazione inorridita. *Sii forte. Rilassati. Immagina di essere con Ethan.* Ma il mio corpo si blocca e si contrae, tremando senza riuscire a fermarsi. E so che farà male di nuovo. Fa sempre male con Michael.

Devo lottare.

«Non m'importa cosa mi farai» dico con uno sguardo di sfida. «Puoi violentarmi, ma so già cosa si prova con un vero uomo. So come un vero uomo fa l'amore, e tu non sarai mai un vero uomo!»

15

Michael ruggisce e mi morde la spalla, proprio dove la pelle è già segnata, sottile e sensibile, un morso doloroso che mi fa urlare, e sento il sangue colare giù per la spalla che annuncia che la mia pelle si è lacerata.

«Attenta a ciò che desideri. Se questa rieducazione non funziona, posso sempre annunciare che non siamo riusciti a salvarti e che ti sei tolta la vita proprio come ha fatto Robin.» Mette su un'espressione triste. «Il tuo stato mentale è così instabile, nessuno si sorprenderà.»

Lo spingo con tutta la mia forza e salto giù dal letto per mettermi in posizione difensiva. Mi ucciderà. Ora so che non uscirò viva da qui.

«Puttana! Sono tuo marito. Quello che faccio non può essere stupro perché sei mia e posso fare di te ciò che voglio. Sempre. Non puoi rifiutarmi.»

Si alza dal letto. «Ho avuto molto tempo per pensare alla tua punizione. Tanto, tanto tempo...» Ghigna. «Mi assicurerò che tu paghi per ogni giorno che mi hai fatto soffrire a causa delle tue azioni. Sai che ho dovuto parlare con i giornalisti e spiegare che ho sposato una pazza che non ha controllo sulle sue azioni? Che ho dovuto assumere una squadra di uomini per cercare mia moglie? Che ho dovuto sentire da tutti quanto fossero preoccupati mentre tu te la spassavi con un altro uomo?» Parla con voce bassa, con una furia nascosta che mi spaventa ancora di più. «Hai idea di quanto sia umiliante?»

Le mie gambe tremano e non sono sicura che possano continuare a sostenermi. Ho paura di questa rabbia. Non sono sicura che sopravvivrò.

Gli piace farmi piangere, sentirmi gemere e vedermi rannicchiare. È questo che lo eccita. Non gli piace la nuova me coraggiosa.

Si avvicina a me e io cerco di allontanarmi, provo a colpirlo con un calcio, ma lui schiva rapidamente. Non è forte come Ethan, ma è comunque grosso, molto più grande di me, e non posso fargli del male.

Un pugno veloce colpisce la mia guancia e sento il suono terrificante dell'osso che si spezza. Il mio viso. Ha rotto qualcosa nel mio viso.

Vengo gettata a terra. Il dolore mi attraversa. Un forte sapore metallico mi riempie la bocca, la testa mi pulsa e penso che il mio cervello stia per esplodere.

Si avvicina di nuovo a me e il suo viso è contorto dalla rabbia. Mi raggomitolo a palla e cerco di proteggere il viso con le mani. Mi sferra un calcio mirato alle costole e l'aria mi esce dai polmoni in un unico rantolo. Soffoco e cerco di respirare. Il calcio successivo colpisce il mio stomaco. È finita. Morirò ora.

Altri calci colpiscono la mia schiena e il dolore mi sopraffà, riempiendo tutto il mio essere. Urlo, incapace di sopportarlo ancora. È troppo. Voglio vomitare. Poi la mia vista si oscura e l'oscurità viene a prendermi.

*Mi dispiace, Ethan, non sono stata abbastanza forte. Perdonami.*

## CAPITOLO 3
## *Ethan*

Un leone in gabbia. È così che mi sento mentre vado avanti e indietro nel mio appartamento, collegato all'auricolare del telefono come se fosse ossigeno. Ho chiamato chiunque penso possa aiutare.

«Come posso aiutare?» Madeleine si volta verso di me, e vedo che ha pianto.

Perché è ancora qui? Scuoto la testa. «Devi andare a casa, Madeleine. I tuoi nipoti ti stanno aspettando.»

«Non posso andare a casa. Sono troppo preoccupata per Ayala. Sono preoccupata per te.»

Chiudo gli occhi. Sono perso. «Forse potresti preparare qualcosa da mangiare per Ryan, allora. Ha bisogno di forze.»

«Anche tu devi mangiare. Non hai toccato cibo tutto il giorno.»

«Non ho fame.»

Mi mette in mano un panino. «Devi essere forte per salvare la tua bella donna. Ha un buon cuore, proprio come il tuo. Sento nel mio cuore che andrà tutto bene.»

Annuisco e do un morso. Il panino ha il sapore della carta

vetrata. Non riesco a masticare, ma faccio del mio meglio per ingoiare e continuare a mangiare.

Sono impotente. Da quando ho trovato Anna morta nella vasca da bagno, ho fatto di tutto per non sentirmi mai più così, per non trovarmi mai più in una situazione del genere. Ho persino creato Savee in modo che nessuno dovesse passare ciò che ho passato io. Ciò che ha fatto Anna. Ma il fulmine colpisce due volte, e ancora una volta, una donna che amo ha bisogno di essere salvata.

E questa volta, devo riuscirci.

Abbiamo già scoperto che sono saliti su un volo per San Francisco, e ho persino l'indirizzo di casa di Michael.

Sono rimasto sciocccato dalla sua compostezza, dalla sua audacia nel portarla nel posto più ovvio... Non cerca nemmeno di nasconderla, pensando che nessuno possa fermarlo. Ma mi ha sottovalutato. Non sa che non mi arrenderò.

Ho cercato di mettermi in contatto con qualcuno di alto grado nel dipartimento di polizia tutta la mattina. Qualcuno che possa darmi risposte.

Ryan è qui con me, fa telefonate, cerca di aiutare. Ma è difficile gestire l'operazione da così lontano.

Ho provato a chiedere a Paul di mandare un'unità di Savee alla casa, ma senza una chiamata aperta, non possono entrare.

Non posso chiedere ai miei dipendenti di rischiare un reato penale, solo io posso farlo. Gemo di frustrazione, passandomi la mano tra i capelli più e più volte. Vorrei affogarmi in una bottiglia di whisky, ma nonostante il bisogno di intorpidirmi, mi trattengo. Ho bisogno di lucidità per gestire questa operazione.

«Ho bisogno che qualcuno della stazione di San Francisco mi richiami! Subito! È un caso di rapimento e abuso. È urgente!» urlo all'agente di polizia che risponde alla mia chiamata. Il quinto finora.

Uso tutti i miei contatti nel dipartimento di polizia e tutti i contatti che ho fatto attraverso la mia app, ma ci vogliono comunque ore prima che qualcuno mi richiami. Preziose ore sprecate. Quando questa crisi sarà finita, dovrò pensare a come migliorare questa situazione.

«Ho bisogno che mandiate delle auto all'indirizzo che ho fornito. Michael Summers è uno psicopatico, e la donna lì è in pericolo,» dico all'investigatore che finalmente mi ha richiamato.

«Capisco che il signor Summers è il marito della donna in questione,» dice lui.

«Sì! Ma è uno psicopatico, e la picchia.»

«Ha delle prove?»

«Me l'ha detto lei stessa. Ho visto i lividi sul suo viso.»

«Un sentito dire di seconda mano non è sufficiente. Può chiamarci lei?»

«No! L'ha rapita. Non capisce? Dovete andare lì e tirarla fuori.»

«Non capisco come possa essere stata rapita se questa è casa sua. L'indirizzo che mi ha dato è l'indirizzo di residenza di Ayala Summers. È lei la donna di cui parla, giusto?»

È come se parlassi un'altra lingua, e loro semplicemente non capiscono. Non c'è da meravigliarsi che Michael Summers l'abbia portata via apertamente. L'universo lavora a suo favore.

«Le ho mandato le foto che lui le ha inviato. Ha minacciato la mia vita. Come può non essere sufficiente?»

«Non possiamo vedere chi impugna l'arma nelle foto. Ha qualche prova che le foto abbiano a che fare con il signor Summers?»

Continua a spiegare che non ha motivo di entrare in casa, ma io sto urlando e gridando, incapace di far capire a questo tizio. Non sembra comprendere quanto sia urgente.

Dopo una conversazione accesa, lo convinco a mandare una volante lì, probabilmente più per le mie minacce e connessioni che per altro, ma ha accettato, e questo è ciò che conta. Chiedo che mi mettano in contatto con l'agente sul campo. Devo parlargli.

«Agente Garrison. In cosa posso aiutarla?» dice con voce ruvida dopo che la connessione è stata stabilita.

«Agente Garrison, parla Ethan Wolf. Devo avvertirla, l'uomo che vive lì è pericoloso. Ha rapito Ayala, la mia ragazza. Non importa cosa le dirà, lei è in pericolo. Dovete tirarla fuori di lì.»

«Lei vive a New York, vero?»

«Sì. L'ha rapita da qui.»

Garrison sembra sorpreso. «Rapita? Da New York? E perché pensa che sia con lui?»

«È venuto a New York per prenderla. Si fidi di me, è lì. È pazzo.» Sento delle voci in sottofondo.

«Aspetti, sta parlando della signora Summers? La moglie del signor Summers?»

«Sì. È la mia ragazza. Ed è con lui. L'ha presa. So che è lì.»

«Va bene, stiamo arrivando all'indirizzo.»

Sento il tono critico nella sua voce, e non mi piace. È sua moglie sulla carta, ma è tutto qui. E per Dio, troverò un modo per assicurarmi che non sia più sua moglie a lungo. Mi trattengo, sapendo che urlare contro l'agente Garrison ora non mi porterà da nessuna parte.

Aspetto per lunghi minuti che mi richiamino, per sentire la sua voce, per sapere che sta bene, che l'hanno salvata.

Quando vedo di nuovo il numero della stazione sul mio telefono, smetto di respirare.

«L'avete trovata?»

«Abbiamo trovato il signor Summers all'indirizzo. Sua

moglie non è in casa. Ci ha spiegato che ha avuto un crollo ed è stata ricoverata in un istituto privato.»

«Cazzo! Non è ricoverata. È lì. Controllate. Dovete forzare-»

«Abbiamo controllato. Ci ha fatto entrare, ma lei non c'era. Mi dispiace, signore, ma è la sua moglie legale. E lui ha tutti i documenti del ricovero. È suo marito, non lei.»

Sbatto il telefono contro il muro, e si frantuma sul pavimento. «Cazzo!» urlo, e Ryan entra di corsa nella stanza.

«Cos'è successo?»

«Ho sprecato ore con la polizia, e mi dicono che non è lì. Tutto ciò che ho organizzato, tutto quello che ho fatto, anni di lavoro, e alla fine, non riesco a salvarla. Non posso...» La mia voce si incrina. Sto per perdere di nuovo una donna che amo.

Ryan rimane in silenzio, con il telefono stretto in una mano. È l'unico che conosce la storia completa. Sa perché devo avere successo. No. Non è l'unico. Anche Ayala lo sa, ed è ancora viva. Non devo perdere la speranza.

Faccio un respiro profondo e cerco di controllarmi. Perdere la calma non aiuterà. Lei ha ancora bisogno di me. Questa storia non è ancora finita.

«Ryan. Prenotami un volo per San Francisco.»

«Cosa hai intenzione di fare?»

«Secondo te? Prenotami un volo adesso.» Vado in camera da letto, prendo una piccola valigia e inizio a infilarci dentro dei vestiti.

Sento Ryan al telefono, che fa come gli ho chiesto. Grazie a Dio per Ryan. Non sono sicuro di cosa succederà quando arriverò lì, ma devo entrare in quella casa e tirarla fuori di lì, anche se mi costerà tutto quello che ho.

Torno in soggiorno, trascinando la piccola valigia dietro di me.

«È tutto confermato?» ringhio.

«Ti sto già inviando i dettagli.» Ryan annuisce, ancora occupato al telefono.

Guardo il telefono distrutto sul pavimento. Non è stata la cosa più intelligente da parte mia. Non posso andare senza un telefono. Non posso rischiare che Ayala non riesca a contattarmi.

Prendo il dispositivo di Ayala e cambio le schede SIM. Quando tornerà da me, le comprerò un telefono nuovo, uno migliore. Diavolo, le comprerò qualsiasi cosa voglia.

Potrebbe essere ricoverata in ospedale? È possibile che l'abbia fatta internare in un ospedale psichiatrico come ha detto alla polizia?

No. Sono sicuro che non l'ha fatto. Ayala mi ha detto che non ha mai visto lo psichiatra che ha firmato i documenti. Che era tutto falso, e le credo. Sta fingendo di nuovo.

«Sto andando all'aeroporto,» dico a Ryan, già sulla via d'uscita. Non c'è tempo da perdere.

## CAPITOLO 4
## *Ayala*

Apro a malapena gli occhi.
Un occhio fa troppo male e si rifiuta di aprirsi. Ci provo con più forza e lo apro a fessura, sperando di vedere più chiaramente. Il mondo intorno a me è sfocato. È questo l'aspetto del paradiso? O dell'inferno?

Sbatto le palpebre, cercando di capire dove mi trovo. La porta e le finestre sono chiuse ermeticamente, e un'oscurità terribile mi circonda, impedendomi di sapere quanto tempo sia passato o che ora del giorno o della notte sia adesso. La superficie sotto di me è morbida. Sono su un letto, ancora nella camera da letto. Sono viva.

Le braccia mi fanno male e la bocca è pesante e gonfia. Il viso mi brucia con un dolore pulsante. Allungo la mano verso il viso per controllare le ferite, ma il braccio non si muove. Tiro più forte e sussulto quando sento un suono metallico. All'improvviso mi rendo conto che entrambe le mani sono sopra la mia testa.

Cerco di guardare in alto per vedere cosa sta producendo

quel suono. Fa un male cane. Intravedo il metallo argenteo che circonda i miei polsi.

Manette.

Sono ammanettata al letto, alla sua struttura in ferro. Tiro di nuovo ma ottengo solo una sensazione di bruciore alle articolazioni. Non ho via d'uscita. Il cuore mi batte all'impazzata e il panico mi assale. Non aveva mai fatto cose del genere prima. Manette? Non lo riconosco più. Ha ucciso Robin. È un assassino.

Questo è un incubo. Non posso aver sposato questa... cosa. Questa cosa malvagia.

La porta si apre e io trasalisco, cercando disperatamente di scomparire, di essere trasparente, ma non lo sono. Sono ancora qui, legata al letto, incapace di muovermi.

«Oh, finalmente ti sei svegliata.»

«Lasciami andare, Michael» dico con voce sommessa, cercando di convincerlo che sta facendo un errore, che non è così.

«Te lo sei cercata, puttana. Ormai è troppo tardi.»

Provo un approccio diverso, anche se il solo pensiero mi fa venire la nausea. «Ti amo. Lasciami andare.»

Lui aggrotta le sopracciglia. «Mi ami?»

«Sì. Sei mio marito. Possiamo tornare come eravamo prima. Posso tornare a casa e possiamo stare insieme. Ti preparerò i piatti che ti piacciono. Ti ricordi com'eravamo all'inizio? Ti piaceva.»

Si avvicina a me e allunga la mano verso il mio inguine. Non riesco a controllare la mia reazione fisica e trasalisco. Lui sorride. «Lo immaginavo.»

«Tuo padre sa cosa stai facendo?» chiedo, abbandonando la finzione. «Sa che sono rinchiusa qui? Si vergognerà di te.»

Michael ride. «Vergognarsi di me? Forse finalmente sarà

orgoglioso di me. Ha sempre pensato che fossi troppo debole. Sai cosa ho passato dopo che sei scappata? Hai idea? "Michael non riesce nemmeno a tenere la moglie. Come farà a gestire la mia azienda?"» dice, imitando la voce di suo padre. «Gli dimostrerò che non sono debole. Gli mostrerò come ti ho dato una lezione. Come ti ho educata.»

Deglutisco. «Vuole candidarsi come governatore, vero? Non è quello che hai detto? Non potrà mai candidarsi se scoprono cosa mi hai fatto. Rovinerai la sua carriera. Non te lo perdonerà mai.»

Il ghigno di Michael è pieno di amarezza. «Ma nessuno lo scoprirà. Per quanto riguarda l'opinione pubblica, sei in un'unità di cura psichiatrica dopo aver avuto un crollo mentale. Ho tutti i documenti.»

«La polizia mi cercherà. Ethan mi cercherà.» Anche se non gli ho detto perché me ne sono andata, sono sicura che Ethan farà due più due e capirà. Non si arrenderà facilmente.

«La polizia ha già creduto alla storia che gli ho venduto. Un gioco da ragazzi. E il tuo ragazzo? Diciamo pure che conto sul fatto che venga a casa mia. Riesco già a vederlo.» Tira fuori una pistola dai pantaloni e me la agita in faccia. «Oh mio Dio, venite subito, qualcuno è entrato in casa mia. Ha un'arma. E io gli ho sparato per legittima difesa.» Michael sorride ancora di più.

Si sbottona i pantaloni e li abbassa. I miei occhi si spalancano. Oh Dio, ti prego, no.

Un singhiozzo mi sfugge contro la mia volontà. Mi dimeno e mi agito, cercando di tirare le braccia, di liberarmi. «No, ti prego, no» grido.

«Se fai rumore, dovrò imbavagliarti.» Smette quello che sta facendo e alza le spalle. «Tanto non c'è nessuno qui che possa sentirti. Risparmiati la fatica.»

Ma non riesco a fermarmi e urlo più forte che posso.

Prende un pezzo di stoffa dal comodino. «Peccato. Ma non mi piace il rumore. Mi dà fastidio. Quindi...»

Lo guardo con orrore mentre si avvicina. Cerco di prenderlo a calci, ma lui mantiene le distanze dalle mie gambe e mi infila lo straccio in bocca.

Sto soffocando. Non ho aria.

«Calmati. Puoi respirare dal naso.» Continua a parlare con voce calma e sale sul letto. Scalcio, cercando di mirare, e lo colpisco tra le gambe. Uno dei miei calci raggiunge il bersaglio e Michael indietreggia per il dolore.

Sì!

Tira fuori un coltello. I miei occhi si spalancano e mi blocco, esaminando le sue intenzioni.

«Sei sicura di volerlo fare? Posso legare anche le tue gambe.» I suoi occhi si restringono e avvicina il coltello al mio collo mentre appoggia un ginocchio sul mio petto. Gemo mentre l'aria lascia i miei polmoni. Non riesco a respirare. Cerco di muovere un po' la testa e lui preme il coltello sulla mia pelle.

Mi ritraggo per il dolore acuto e un liquido caldo mi scorre sul collo.

Non mi muovo più.

Ho perso.

Strappa e taglia i vestiti dal mio corpo e sale su di me. Il peso del suo corpo fa male alle mie costole contuse. Potrei avere un'emorragia interna. Morirò qui per le mie ferite senza che nessuno lo sappia. Senza che Ethan sappia cosa mi è successo.

Gemo quando appoggia tutto il suo peso su un'area sensibile, ma non oso muovermi, non con la lama ancora sul collo.

Perché non riesco ad essere più coraggiosa? Devo resistergli.

Preferirei che mi uccidesse piuttosto di quello che sta per succedere.

Si strofina sui miei seni e tra le mie gambe. Il mio corpo reagisce con violenti tremori che tradiscono il fatto che non sono coraggiosa come affermo.

«Ti odio» cerco di sussurrare senza successo.

Lui sorride in risposta.

E poi il dolore bruciante della penetrazione. Sono secca come un deserto e anche se so che devo rilassarmi perché faccia meno male, non ci riesco. Il dolore è insopportabile. I colpi che ho ricevuto da lui prima aumentano solo l'intensità del dolore. Vorrei urlare, ma anche questa capacità mi è stata negata.

Le lacrime mi inondano gli occhi e mi bagnano le guance. Cerco di distogliere lo sguardo, di non sentire, di chiudermi a tutto. Ma lui preme di nuovo con il coltello e io mi blocco.

«Non chiudere gli occhi. Volevi un vero uomo, giusto? Voglio che tu veda com'è fatto un vero uomo.»

Spinge dentro di me ancora e ancora. La sensazione di bruciore aumenta e lui geme di piacere. Non ce la faccio più, non posso... E poi esce da me e si strofina finché non viene sul mio petto. Mi sento contaminata. Violata. Vuota.

E ancora, Michael non ne ha avuto abbastanza. Fa scorrere il coltello sul mio corpo, applicando una pressione minacciosa, sufficiente a far male ma non a ferire la pelle. Chiudo gli occhi, pronta a morire.

Ma si ferma.

«Voglio godermiti ancora un po'. Non ho finito con te. Lasciamo un po' di divertimento per dopo», mi sussurra all'orecchio, e un'altra ondata di nausea mi assale.

Mi sferra un pugno mirato allo stomaco, e mi accascio dal dolore.

## CAPITOLO 5
## *Ethan*

È tardi quando lascio l'aeroporto e ritiro l'auto a noleggio. Il mio unico dilemma è se fermarmi a procurarmi un'arma o guidare direttamente all'indirizzo che già conosco a memoria. Dalle notizie, ricordo un uomo che non sembrava particolarmente forte, ma le apparenze possono ingannare. Potrebbe anche avere un'arma.

Cazzo, a cosa sto pensando? Ha sicuramente un'arma. Mi ha seguito con una pistola. Ricordo le foto sul telefono di Ayala.

Sfortunatamente, la California non è il posto migliore per comprare una pistola. Non ho tempo di preoccuparmi di una licenza adesso. Anche con tutte le mie connessioni, ci vorranno alcuni giorni. E non posso coinvolgermi nel mercato nero. Non se voglio che mi rimanga qualcosa della mia attività alla fine di questa ordalia.

Mi fermo in un negozio aperto ventiquattr'ore su ventiquattro e compro un coltellino tascabile - l'unica arma che hanno - e una bevanda energetica. Speriamo che sia sufficiente.

La strada è buia, e solo i lampioni illuminano il mio

cammino. Almeno la strada è vuota a quest'ora, e arriverò velocemente.

Soffoco uno sbadiglio. Dopo un'intera giornata e notte di telefonate e dopo un lungo volo, la mancanza di sonno si fa sentire. Scuoto la testa e bevo un sorso della mia bevanda, cercando di far entrare ossigeno nella mia testa e rimanere sveglio. Non sarò in grado di aiutare Ayala se ho un incidente lungo la strada.

Il mio telefono suona, e premo il pulsante per passare al vivavoce.

«Sì, Ryan?»

«Sei arrivato?»

«Quasi.»

«Cosa hai intenzione di fare?»

«Tirarla fuori di lì.»

Lui sbuffa. «Forse dovresti portare dei rinforzi con te? Non sei un marine, lo sai. Non hai alcun addestramento al combattimento.»

È vero, ma non m'importa. «Non posso aspettare. È stata con lui per quasi tre giorni. Chi sa cosa le ha già fatto...» Posso immaginare cosa le ha fatto.

Puro odio inonda il mio corpo. Non credo di aver mai provato questo prima, nemmeno quando Anna è morta. E verso una persona che non conosco e non ho mai incontrato. Sono pronto a ucciderlo. Voglio ucciderlo a ogni costo.

«So che vuoi salvarla,» dice ora Ryan, «che ti sei messo in testa che sia la tua redenzione per quello che è successo. Ma se ti uccidi nel processo, non servirà a nulla. Non entrare lì da solo.»

«La amo, Ryan, come tu ami Maya. Cosa saresti disposto a fare per Maya?»

Lui rimane in silenzio per un momento. «Stai solo attento, okay?» sussurra.

Le mie mani si stringono sul volante fino a far diventare le nocche bianche. So che è preoccupato, ma ciò di cui ho bisogno ora è coraggio, non esitazione. «Non preoccuparti. Starò attento,» dico e chiudo la chiamata.

Devo essere preparato a qualsiasi scenario. Non so in che condizioni la troverò, cosa ha già passato.

Se è ancora viva.

No. Dev'essere viva. Devo crederci. Deve vivere, e devo salvarla. Devo riuscirci questa volta.

Parcheggio davanti a una casa in pietra a due piani in un quartiere prestigioso di San Francisco. Un quartiere tranquillo. Vicini che non hanno idea di cosa stia succedendo nella casa accanto. È notte fonda, e non c'è anima viva fuori. Anche le finestre della casa sono buie.

Sarebbe meglio aspettare. Michael uscirebbe per andare al lavoro la mattina, e allora potrei entrare e cercarla senza rischi. Ma non posso aspettare. Qualche ora in più è qualche ora in più di inferno per Ayala. Qualche ora in più peserà sulla mia coscienza già fragile. Dopotutto, è qui solo a causa mia.

La porta si apre facilmente, e sono ancora una volta grato per le mie abilità di scasso. Chi l'avrebbe mai detto che sarebbero state così utili?

Entro in silenzio nella casa buia, mantenendo i passi leggeri e cauti. Le mie scarpe cigolano sul pavimento di legno, e mi fermo ad ascoltare. Estraggo il coltello e lo stringo nel pugno.

Ma non sento nulla. La casa è immobile e silenziosa.

Continuo lentamente, muovendomi verso le scale. La casa non ha un seminterrato, quindi presumo che lei sia al piano di sopra.

Come diavolo fa a nascondere quello che succede qui a tutti i vicini?

Le scale sono vecchie e richiedono un'attenzione extra.

Cammino in punta di piedi, cercando disperatamente di non avvertire nessuno della mia presenza, di mantenere l'elemento sorpresa. La sorpresa è il mio unico vantaggio.

Controllo la prima stanza in fondo al corridoio e la trovo buia e vuota. Anche il bagno è vuoto. L'ultima stanza è dove mi dirigo poi. Non ho mai fatto nulla del genere. Ho fatto irruzione in negozi per fare casino, e sono entrato di nascosto da Lunis per lei, ma mai nella casa di qualcuno.

Chiudo gli occhi e faccio un respiro profondo. L'adrenalina mi inonda, svegliandomi. Il mio polso è accelerato, e il cuore mi batte forte nel petto. La stanchezza è scomparsa.

Apro con cautela la porta chiusa, centimetro per centimetro, temendo ciò che troverò dietro di essa.

La stanza è completamente buia, e le finestre sono chiuse. Mi muovo all'interno, cercando di valutare ciò che vedo.

## CAPITOLO 6
### Ayala

Mi sveglio di nuovo dopo qualche ora di sonno agitato. Non ho idea da quanto tempo sono qui. L'oscurità confonde i miei sensi. Non riesco a capire se è giorno o notte. Se lui viene ogni cinque minuti o ogni cinque giorni. Lo fa di proposito, come tortura. Ho smesso di contare quante volte è stato qui. Avevo giurato che non mi avrebbe spezzata, che sarei rimasta forte, ma non sono sicura di poter mantenere la mia promessa. Il dolore è troppo intenso. Sento un liquido caldo che mi scorre tra le gambe. Sangue, forse? Sono certa che mi abbia ferita l'ultima volta. L'ho sentito.

La porta si apre con un click e sbatto le palpebre per abituarmi alla luce che entra dalla soglia. Luce. Significa che è giorno.

Porta un vassoio in mano e posso già sentire la saliva che mi si accumula in bocca. È ora di dar da mangiare agli animali. So che è passato del tempo dall'ultimo pasto perché lo stomaco mi si contorce per la fame. E ho sete. Tanta sete. Mi fa sentire grata per il cibo che ricevo e per ogni briciolo di umanità che mi concede. Sono disgustata dai sentimenti indesiderati che sorgono dentro di me.

«Ti libererò ora così potrai mangiare». Posa il vassoio sul bordo del letto. «Se fai qualcosa di stupido, la pagherai».

Annuisco, accettando la sua minaccia.

Mi toglie il bavaglio dalla bocca e slega le cinghie dalle mie braccia. Le massaggio con le poche forze che mi rimangono nella speranza di far tornare un po' di circolazione e sensibilità negli arti. La pelle sui miei polsi è rossa e irritata a causa dei miei tentativi di liberarmi. Le mie cosce sono macchiate di sangue, in parte secco e in parte fresco. Trattengo un'ondata acida di nausea che mi riempie la gola mentre faccio questa valutazione di me stessa e do un'occhiata allo sperma coagulato sul mio stomaco e sul mio petto.

Ordino al mio corpo di rilassarsi. La paura ha un odore distintivo. Lo noto adesso. Puzzo di paura. Ha un odore amaro e acre, un odore di orrore e disgusto, e ne sono impregnata.

Prendo il bicchiere con mano tremante e bevo l'acqua in un sorso. Deglutire fa male. La gola mi fa male oltre ogni immaginazione. «Posso averne ancora?»

Sorride. «Per favore». Non si muove.

Cosa? Perplessa, lo fisso.

«Di' per favore». Dice, con un tono calmo ma deciso. «Non guardarmi così. Ti sto solo insegnando il tuo posto. Devi capire come comportarti, mia cara moglie».

Mi mordo l'interno della guancia nel tentativo di controllare l'impulso di sputargli in faccia. «Per favore».

Prende il bicchiere e va nel bagno adiacente. Sbircia verso la porta. Questa potrebbe essere la mia occasione. La porta è aperta e non sono legata. Provo a muovere una delle mie gambe verso il pavimento e gemo di dolore. Posso stare in piedi. Le mie gambe sono più o meno a posto. Ma non c'è possibilità di fuga. Non potrei mai sfuggirgli in queste condizioni. E dove correrei? A morire nella foresta? Rischierei la vita di Ethan solo per finire tutto questo con la mia morte?

Non posso scappare, e anche se potessi, ucciderebbe Ethan. So che lo farebbe. Michael ha perso qualsiasi umanità avesse. È diventato un torturatore. Un assassino.

Sono l'unica che dovrebbe subire le conseguenze delle mie scelte. L'unica che dovrebbe pagare per aver sposato quest'uomo.

Come ho potuto sbagliarmi così tanto? Come ho potuto pensare che fosse un uomo gentile che si sarebbe preso cura di me? Pensavo di aver vinto alla lotteria quando l'ho sposato. Come è diventato questa cosa, questa creatura? Il sovrano del mio inferno personale?

Mi mette il bicchiere in mano e bevo a piccoli sorsi. Esamino il piatto che mi ha portato. Patate e un po' di carne. Niente forchetta. Prendo una patata dal piatto e la metto in bocca, seguita da un'altra. Sto attenta a non affrettarmi per non vomitare. Se vomito, morirò di fame. Non mi porterà nient'altro. Lo so perché è quello che è successo l'ultima volta.

Approfitto dei deboli raggi di luce che entrano dalla porta aperta per esaminare di nuovo i miei dintorni. La stanza è semplice, con pochi mobili di legno scuro, che rendono il grande letto di ferro al centro della stanza fuori luogo. Su entrambi i lati ci sono piccoli cassettoni senza cassetti. La finestra è sbarrata e coperta da una tenda di pizzo bianco.

Pizzo bianco.

Sbatto le palpebre.

Non c'è niente qui che possa usare. Se voglio ucciderlo, devo prendergli la pistola. Ho bisogno di un piano.

Dopo che ho finito di mangiare, prende il vassoio, lo mette fuori dalla stanza e torna. Non ha ancora finito con me.

Si avvicina e annusa rumorosamente. «Puzzi».

Rimango in silenzio, non osando alzare la testa e incrociare il suo sguardo, temendo di vedere la crudeltà nei suoi occhi. Sembra che la sua soglia di eccitazione stia aumentando. Prova gusto nella mia sofferenza.

«Va' a farti una doccia».

Alzo lo sguardo. Sta suggerendo che mi lavi? Vorrei lavare via il disgusto e il sangue, sentirmi di nuovo umana. Ma poi capisco perché lo vuole, e mi blocco. Preferisco essere sporca piuttosto che farmi toccare di nuovo da lui.

Tira fuori la pistola dalla cintura e me la punta contro. «Niente scherzi. Alzati e vai sotto la doccia».

Guardo la canna della pistola e mi rendo conto che non ho più paura. Non ho più un motivo per vivere. Non c'è da meravigliarsi che mi tenga debole, con poco cibo. Non c'è da meravigliarsi che mi picchi e mi rompa le ossa. Non c'è modo che possa togliergli la pistola nelle mie condizioni.

Provo ad alzarmi, ma le mie gambe si rifiutano di obbedire. Mi appoggio al letto, gemendo.

«Allora? Non ho tutto il giorno».

Vorrei saltargli addosso. Forse mi sparerebbe e questo incubo finirebbe. Ma zoppico verso il bagno, stringendomi le costole. Ogni parte del mio corpo urla di dolore. Ma la disperazione è la cosa peggiore. Posso sopportare il dolore fisico. Sono sopravvissuta allo stupro in passato. Ma la vendetta ha trascinato questa bestia in un altro mondo di crudeltà, uno che pensavo esistesse solo negli incubi.

Una volta avevo speranza. Speravo di fuggire. Avevo qualcosa per cui vivere. Cosa mi resta da vivere ora? Non c'è via d'uscita da questo ciclo di tortura. E preferirei morire piuttosto che continuare a vivere così.

Mi colpisce in faccia con un pugno e la mia vista si offusca di nuovo. Inciampo e cado in ginocchio.

«Muoviti». Mi afferra il braccio e strattona il mio corpo inerme riportandomi in piedi, mi trascina sotto la doccia e apre il rubinetto al massimo. Sussulto quando l'acqua fredda colpisce il mio corpo come aghi di ghiaccio, lavando via le prove di ciò che mi ha fatto.

Rimango lì, fissando la scia di sangue che si lava via da me. Sto ancora sanguinando. Sapevo che mi aveva ferito. Ma quando è stata l'ultima volta che ho avuto il ciclo? Non me lo ricordo. Beh, non importa se è il ciclo o una ferita. Niente lo fermerà.

Posso sentire i suoi occhi vagare sul mio corpo. Non capisco come possa essere eccitato da questo, dai segni di violenza, i graffi, i lividi e il sangue. Ma è chiaro che lo è. Il suo sguardo trasuda lussuria. È uno psicopatico. Improvvisamente capisco. Il brivido è sempre stato lì, appena sotto la superficie. Durante i due anni precedenti nel suo inferno, avevo appena graffiato la sottile copertura e rivelato il vero mostro sotto la sua facciata.

«Basta». La voce ferma di Michael interrompe il filo dei miei pensieri.

Chiudo l'acqua ed esco, tremando, non so se per il freddo, la paura o entrambi.

Mi porge un asciugamano e mi ci avvolgo, nascondendomi dietro come se fosse un'armatura d'acciaio. L'acqua era effettivamente gelida, ma ho guadagnato qualche grammo di energia. Pulita e con lo stomaco pieno, mi sento di nuovo un essere umano.

«Per quanto tempo hai intenzione di tenermi qui?»

Alza un sopracciglio. «Fino a quando l'interesse per te non si sarà attenuato».

C'è interesse per me? Qualcuno mi sta cercando? Mi raddrizza.

«Non so cosa ti passi per la testa, ma non farti illusioni. Sono il tuo tutore legale. Nessuno può portarti via da me. Ti ho in mio possesso e ho documenti che provano che sei malata».

L'aria mi esce in un lungo respiro. Non so come faccia, come legga così facilmente nella mia mente.

Mi strappa l'asciugamano. Cerco di afferrarlo, ma questo lo irrita solo e tira più forte, facendomi cadere sul pavimento.

I suoi occhi si illuminano. Mi solleva per i capelli e urlo mentre i capelli minacciano di strapparsi dal cuoio capelluto. Più urlo, più tira. Taccio, cercando di soffocare i singhiozzi. Non gli darò la soddisfazione di sottomettermi.

«Mettimelo in bocca», ordina. «Succhialo».

Non me l'ha chiesto da quando sono arrivata qui.

Potrei morderlo. Mi ucciderà, certo, ma sarà una fine appropriata per la mia vita. Morirò, ma lui rimarrà senza il suo-

«Ripensandoci, va' sul letto». Mi fa roteare per i capelli e mi getta sul materasso come una bambola di pezza.

Chiudo gli occhi e aspetto.

## CAPITOLO 7
## *Ethan*

Non è qui.
Faccio un altro controllo della casa solo per essere sicuro. Per quanto posso dire, non ci sono stanze segrete qui. Cazzo. Non è in casa sua.

Vado in macchina e appoggio la testa sul volante. Come procediamo da qui? Non so cosa fare.

Mando un messaggio a Ryan per informarlo che sto bene, poi chiamo Jess.

«Non è qui», gli dico non appena risponde. «Potrebbe essere in quell'ospedale, come lui sostiene?»

«Ho controllato. I documenti sono di un centro privato chiamato Naturcare. Al telefono, hanno confermato di avere una paziente con quel nome ma si sono rifiutati di farcela parlare. Ho mandato qualcuno lì come visitatore. Ha cercato in tutto il posto e lei non c'era. Chiunque lavori per lui sta facendo un buon lavoro. È scomparsa dalla faccia della terra.»

«Trovala», supplico. «Per favore.» Sto perdendo il controllo. Michael Summers ha avuto il vantaggio di diverse lunghe ore prima che scoprissi che era sparita, e ha avuto il tempo di cancellare ogni prova e pianificare bene le sue mosse. È passato troppo tempo. Chi sa che danni le ha già fatto? Di cosa è capace?

«Sto facendo tutto il possibile. Summers non ha altre proprietà a suo nome. Forse ha affittato qualcosa, ma se l'ha fatto, non ha usato una carta di credito. Sto cercando di rintracciarlo. Questo tizio è bravo.»

«Cazzo!» urlo. «Chiamami immediatamente quando hai qualcosa, qualsiasi cosa.»

Mi massaggio le tempie e chiudo gli occhi, cercando di superare il brutto mal di testa. Devo rimanere concentrato. Non c'è tempo per riposare.

Una chiamata in arrivo mi fa sobbalzare e rispondo senza controllare chi sia. «Jess? Hai qualcosa per me?»

«Sono Paul Sheridan.»

Cavolo, non ho nemmeno controllato chi fosse. Non ho pazienza per il lavoro adesso, ma raccolgo quel poco che posso per rispondergli. «Sì, Paul?»

«Ho sentito di Ayala. Mi dispiace.»

«Grazie.»

«Sai dov'è?» chiede.

«Pensavo di saperlo, ma no. Non ho idea di dove la stia nascondendo. Se non l'ha già uccisa», mormoro.

«Hai contattato la polizia?»

«È... complicato.» Faccio una pausa e decido di dire la verità. Paul non mi criticherà. «Non sono disposti ad aiutare perché lei è legalmente sposata con quest'uomo.»

«Sì. L'ho sentito.» Mi ferma. «Immagino che tu sappia cosa stai facendo, ma hai provato a usare Savee per rintracciarla?»

«Cosa? Come?» Mi metto dritto.

«Sai che chiunque installi la nostra app accetta che noi tracciamo il loro dispositivo. Ci dà la possibilità di controllare dove si trova il loro telefono-»

«Non ha preso il suo telefono.» L'aria mi esce di colpo. Per un momento lì...

«Forse non l'ha preso lei, ma che dire dell'uomo che l'ha rapita?»

«Cosa c'entra lui?» Alzo un sopracciglio.

«Sono sicuro che abbia un telefono.»

«Sì...»

«Se installi la nostra app sul suo telefono, potrai localizzarlo nei nostri sistemi.»

«Come diavolo posso installare qualcosa sul suo telefono se non so dove si trova?» Alzo la voce.

«Ascolta un minuto.» Il tono fermo di Paul ferma le mie invettive. «Non hai bisogno di lui o del telefono. Tutto ciò di cui hai bisogno per installare qualcosa da remoto è l'accesso al suo account.»

Porca puttana. «Dannazione. Hai ragione. Sei un genio. Grazie, Paul. Scusami, ma ho delle chiamate da fare.»

Chiamo Jess e gli chiedo di far hackerare l'account di Michael Summers da qualcuno. Non sono sicuro di come lo farà, ma l'unica cosa che ho in mente ora è salvarla. A tutti i costi.

---

Ha funzionato.

Non posso credere che abbia funzionato. Jess è riuscito a installare l'app Savee da remoto e ho un indirizzo.

Beh, non esattamente un indirizzo, ma delle coordinate. Sembra essere nel mezzo di una foresta.

Questo mi incoraggia perché ha senso che l'abbia portata in un luogo isolato. Penso di avere la posizione giusta. Spero solo che non sia troppo tardi. Ho perso un intero giorno a cercarla. Tempo prezioso che è andato perso.

Parcheggio la macchina a distanza dal punto segnato, nascosta tra gli alberi, e proseguo a piedi. Non ho idea di cosa troverò lì. Dovrei aspettare i rinforzi che Jess sta mandando, ma non ho intenzione di aspettare un minuto in più. Sta facendo buio, e ci vorrà del tempo perché si organizzino e si equipaggino, e io sono già qui.

La casa si rivela mentre mi avvicino, mezza nascosta tra gli alberi. Vedo una luce nell'ingresso, che conferma la presenza di persone lì, ma le finestre sono scure e coperte quindi non è possibile vedere cosa succede all'interno. Cazzo.

Dovrò entrare in casa alla cieca. Chiudo gli occhi e faccio un respiro profondo.

Mi preparo a usare le mie abilità di scassinatore ancora una volta, ma mentre controllo la maniglia risulta che non è affatto chiusa a chiave. La apro lentamente, pronto a essere aggredito in qualsiasi momento, ma non c'è nessuno.

Cosa significa che la porta non è chiusa a chiave? Sto cadendo in una trappola? Un sudore freddo mi sale lungo la schiena. Non importa ora. Trovare Ayala è tutto ciò che conta.

Mi muovo all'interno, tenendo il mio coltellino tascabile. Trovo piatti con avanzi di cibo in cucina. Qualcuno vive qui. Mi muovo verso le scale, attento a muovermi lentamente, aggrappandomi al muro. Al piano di sopra apro una porta che conduce a una camera da letto buia e do un'occhiata all'interno. I miei occhi si abituano all'oscurità e il mio cuore smette di battere.

La mia Bambi è sul letto, i suoi occhi sono chiusi e le sue

mani sono legate sopra la testa. La sua bocca è imbottita con un panno.

Non si muove, ma vedo il suo petto alzarsi e abbassarsi. È ancora viva.

È nuda, e il suo viso sembra tormentato, gonfio e picchiato, quasi irriconoscibile. Entro nella stanza con cautela, chiedendomi dove sia Summers. Devo sbrigarmi e portarla via di qui. Vedo macchie di sangue tra le sue cosce e soffoco un grido con il pugno.

Cazzo. Sto per vomitare. Mi piego mentre uno spasmo di rabbia nello stomaco momentaneamente mi sottomette. Non posso perdere il controllo ora. Devo aggrapparmi al fatto che è ancora viva. Devo portarla via di qui.

«Ayala?» sussurro.

Mi avvicino, deglutendo a fatica e combattendo la nausea.

Da vicino, le sue condizioni sembrano ancora peggiori. I lividi coprono il suo bel viso e deturpano le sue costole. Vedo un lungo taglio sul suo collo. Figlio di puttana sadico.

«Ayala?» sussurro di nuovo, e ora si muove un po' ma non si sveglia.

Lascio andare un respiro, senza nemmeno rendermi conto di aver trattenuto il fiato fino a quel momento. Mi avvicino a lei e le scuoto leggermente le spalle per svegliarla. Il suo corpo martoriato non reagisce. Sono arrivato troppo tardi. Ancora una volta sono in ritardo.

Un fruscio alle mie spalle mi fa girare, e alzo il coltello. Un dolore acuto mi fa cadere in ginocchio. La mia spalla brucia. Il dolore mi esplode nella testa.

Guardo la mia spalla incredulo, vedendo solo il manico di un grosso coltello da cucina che sporge dalla pelle. Michael è in piedi davanti a me in posizione accovacciata. Lo fisso, ma la mia mente si rifiuta di credere a ciò che vedo.

Mi ha pugnalato. Quel figlio di puttana mi ha pugnalato.

Il sangue macchia la mia camicia e si espande rapidamente, gocciolando sul pavimento a un ritmo allarmante. Non passerà molto tempo prima che perda i sensi per la perdita di sangue. Devo sbrigarmi. Sono l'unico che può salvarla. Sono pronto a dare la mia vita per salvarla.

Mi alzo a fatica e cerco di colpirlo con il coltellino tascabile ancora in mano, ma non riesco a muovere il braccio ferito. Cazzo. Passo il coltello all'altra mano, ignorando il dolore quasi insopportabile, usando l'adrenalina che mi pompa nelle vene per andare avanti.

Lui fa un passo indietro, allunga la mano alla cintura dei pantaloni ed estrae una pistola. Mi blocco. Non riuscirò a ucciderlo prima che spari.

«Preferisco non fare troppo rumore» dice. «Ci sono campeggiatori nelle vicinanze nella foresta. Non voglio spaventare nessuno. Ma non mi lasci scelta. Non pensavo che saresti venuto per questa puttana. Era così brava a letto, allora? Ne ho avute di migliori». Inclina la testa.

Mi lancio con un ruggito, lascio cadere tutto il peso del mio corpo su di lui e lo sbatto a terra. Scuoto la testa, combattendo l'oscurità che minaccia di sopraffarmi mentre lotto per la pistola.

Nei miei frammenti confusi di coscienza, sbatto la sua mano sul pavimento.

Un forte bang riempie lo spazio quando la pistola spara. Le mie orecchie fischiano e un momento dopo la pistola cade sul pavimento.

Lo colpisco, cercando di farlo svenire. È più debole di me, ma in questo momento non sono nelle migliori condizioni. Una mano pende come un arto senza vita.

Lo colpisco di nuovo in faccia e sento un urlo, non rendendomi conto che sono io a produrlo. Quel figlio di puttana ha afferrato il coltello nella mia spalla e lo sta girando. Vedo le stelle. Non posso svenire ora. Devo rimanere sveglio.

Con le ultime forze, appoggio il gomito sul suo collo nel tentativo di farlo perdere conoscenza. Lui si dibatte sotto di me, contorcendosi. Un'ombra nera copre il mio campo visivo, ma l'adrenalina e l'esperienza di quasi morte mi danno una forza sovrumana. Ho qualcuno per cui combattere.

Urlo e metto più peso sul suo collo, premendo e tenendolo fermo finché non lo sento indebolirsi sotto di me. Le sue lotte si affievoliscono e il suo corpo diventa inerte. Senza vita.

Rimango sdraiato su di lui per qualche momento prima di allontanarmi, ansimando.

La mia camicia è intrisa di sangue e sono stordito e debole. Devo sbrigarmi.

Cerco nelle sue tasche le chiavi delle manette e le trovo. Alzandomi in piedi, cerco di ritrovare l'equilibrio mentre il mondo gira intorno a me.

Ma tutto ciò a cui riesco a pensare ora è Ayala, la mia Bambi, e tutte le sofferenze che ha dovuto sopportare in questi giorni. Torture che non riesco nemmeno a immaginare.

Mi avvicino a lei, le libero le mani dalle manette e le tolgo il bavaglio dalla bocca. Continua a non muoversi. Le sollevo il busto e la raccolgo delicatamente tra le mie braccia. Il suo corpo è inerte. Prendo una coperta e la copro.

*Ti prego, non farmi arrivare di nuovo in ritardo. Non posso perdere anche lei.*

È un peso morto nel mio abbraccio, non reagisce. La vertigine mi colpisce di nuovo e guardo attraverso la nebbia la mia camicia. Troppo sangue. Cerco di ritrovare l'equilibrio, appoggiandomi al letto.

Chiudo gli occhi e vedo Ayala sdraiata nella vasca. I suoi

polsi sono tagliati e l'acqua rossa si riversa sul pavimento. Troppo sangue...

Un altro suono esplosivo riecheggia nelle mie orecchie. Guardo in basso.

Le macchie di sangue si allargano sulla mia camicia.

Cazzo.

## CAPITOLO 8
### *Ayala*

P asseggio lungo il sentiero tortuoso e sorrido alla vista dell'acqua scintillante del lago. Questo è il lago dove Ethan mi ha portata, il luogo in cui mi sono innamorata di lui. Rimarrà per sempre impresso nella mia memoria. Il nostro primo appuntamento. Sorrido e mi giro su me stessa mentre gli alberi frusciano sopra di me. Vedo Ethan che mi sorride, i suoi occhi luccicano al sole, del mio colore dorato preferito.

Una barca sul lago naviga nella nostra direzione, e sono affascinata da quella vista. Forse andremo a vela?

Sento Ethan che mi parla. Sta chiamando il mio nome.

«Sono qui», grido, ma lui sembra non sentirmi. Perché non mi sente?

«Ethan!»

Cerco di battere le palpebre. Le mie palpebre sono disperate di aprirsi. Perché fa così male? Cos'è successo? Non riesco a ricordare. Le mie gambe si muovono istintivamente mentre sento un tocco indesiderato, e i miei pensieri tornano bruscamente alla realtà.

Apro gli occhi inorridita. Michael è in piedi ai piedi del letto. Solleva il corpo senza vita di Ethan da sopra di me e lo getta a terra.

Ethan? Ethan! È qui. Cerco di sedermi e scopro che le mie mani sono libere. Mi ha slegato le manette.

Ma perché Ethan è sul pavimento? Cosa sta succedendo qui?

Sbattendo di nuovo le palpebre, noto i fori nella sua camicia e tutto il sangue.

No. Per favore no. Non può essere reale. Dev'essere solo parte dell'incubo in cui mi trovo. Sono qui per salvarlo. Non dovrebbe essere qui lui a salvare me.

Michael ora è in piedi con le spalle rivolte a me, ignaro che mi sono svegliata. Punta la pistola contro Ethan, con l'intenzione di finire il lavoro.

«No!» urlo come un animale ferito e, con forze che non sapevo di avere, salto sulla schiena di Michael. Cadiamo a terra e un colpo di pistola echeggia nelle mie orecchie.

---

MICHAEL GIACE SOTTO DI ME. Non si muove. Non sta lottando. Rimango immobile ancora per un momento, distesa su di lui, cercando di calmare il mio respiro affannoso. Ma Ethan è qui.

Mi alzo lentamente. Le mie gambe riescono a malapena a reggermi tanto tremano. Mi guardo e tocco il mio corpo. Sono viva. Nessun foro di proiettile che riesco a rilevare. Mando un piede verso il fianco di Michael, toccandolo con la punta delle dita dei piedi. Non si muove.

Ci riprovo, più forte, ma lui è ancora immobile. Devo controllare per esserne sicura.

Mi mordo il labbro inferiore, mi chino e spingo sulla sua spalla, girandolo. Quando rotola sulla schiena, salto in preda al panico, soffoco un gemito e mi copro la bocca con le mani.

Un foro di proiettile si è aperto nel suo collo e il sangue sta sgorgando con un suono orribile. Mi inginocchio e vomito il contenuto del mio stomaco quasi vuoto sul pavimento.

Mentre le ondate di nausea si placano, mi volto verso Ethan, disteso sul pavimento accanto a me. Chiamo il suo nome, ma non risponde.

Una grande pozza di sangue si è accumulata sotto di lui. C'è una ferita da arma da fuoco nel suo stomaco e un coltello è conficcato nella sua spalla. Ricordo di aver visto in TV che non si dovrebbe estrarre il coltello da soli. Ma il sangue è ovunque. Devo aiutarlo.

Cerco di fermare il sangue dalla ferita nello stomaco con i palmi delle mani. È come cercare di fermare un fiume con una piccola pietra.

«Dio, Ethan, non lasciarmi! Non ti lascerò andare via da me!» urlo, non più consapevole di ciò che mi circonda. Non sono sicura se sono ancora in un sogno o se questa è la realtà. Tutto quello che ho passato, tutto questo inferno, era tutto per lui.

*No, non me lo porterete via adesso*, urlo dentro di me. *Non è giusto. Non sono pronta!* Singhiozzo mentre appoggio i palmi su di lui, cercando di fare pressione sulla ferita.

Braccia forti mi circondano e mi allontanano da Ethan. «No!» urlo. «Devo aiutarlo!» Sto scalciando, infuriandomi, cercando di liberarmi dalle persone sconosciute che sono improvvisamente apparse e stanno cercando di tenermi lontana da lui.

«Ci prenderemo cura di lui», sento dire da una voce sconosciuta.

«Cosa mi state facendo? Lasciatemi in pace!» urlo. Lotto contro di loro con tutta la mia misera forza senza successo.

La sensazione del pizzico di un ago mi sorprende. Cerco di raggiungere il nuovo punto doloroso sul mio braccio, ma le mani che mi tengono non mi permettono di muovermi.

I miei pensieri si confondono e girano, e sprofondo di nuovo nell'oblio, ma questa volta gli incubi sono anche nel buio.

## CAPITOLO 9
## *Ayala*

B ip.
*Bip.*
*Bip.*

Un bip monotono è costante sullo sfondo, un suono forte e fastidioso. Apro un po' gli occhi e una luce bianca e intensa riempie il mio campo visivo. È così dolorosa che mi faccio piccola per il dolore.

Dov'è l'interruttore della luce? Voglio spegnere questa luce terribile. Cerco di cercarlo, ma le mie mani sono pesanti, così pesanti.

«Si sta svegliando!» Sento una voce familiare dalla sinistra.

«Mamma?» Riesco a malapena a sussurrare. La mia voce è roca e soffocata. Tossisco. Come mi ha trovata?

«Ecco un bicchiere d'acqua. Alza un po' la testa», dice, e una mano è lì dietro la mia testa per sostenermi, per aiutarmi a bere. Faccio un sorso, poi un altro.

Provo di nuovo a forzare gli occhi ad aprirsi. La mia testa è pesante e gli occhi bruciano. Li apro a fessure strette.

«Ehi, tesoro». Mamma mi abbraccia ora, attenta a non

mettermi peso addosso. «Ti sei svegliata. Sei tornata da noi». Sembra così... scioccata.

«Mamma? Cosa è successo? Dove sono? Cosa ci faccio qui?» Sono confusa, cerco di ricordare cosa sia successo, ma il mondo è sfocato, solo un miscuglio di colori e suoni e dolore. Fa male ovunque.

«Non ricorda», sento un'altra voce dire, e cerco di girare la testa nella sua direzione.

«Papà?»

«Sì, sono qui», dice, ora più vicino a me. Ma non riesco a girare la testa.

«Dove sono?» Il mio viso fa male, e c'è qualcosa di bianco che blocca il mio campo visivo. Provo ad alzare la mano, ma c'è qualcosa sul mio dito. Cerco di scrollarmelo di dosso.

«Shh, calmati», dice mamma. «Ora stai bene. Sei in ospedale».

Ma non sono per niente calma. Alzo di nuovo la mano per toccarmi il viso. Sento le bende sulla guancia. Anche il naso è coperto, e ogni tocco fa male.

Mia madre mi mette una mano addosso e scambia uno sguardo significativo con mio padre. «Shh. Rilassati, tesoro. Andrà tutto bene ora».

Perché non mi dicono cosa è successo? Cerco di togliermi tutti i tubi di dosso. Cos'è questo? Cosa mi hanno fatto? Cosa mi è successo?

Lotto per liberarmi, estraggo l'ago che è infilato nel mio braccio e lo getto a terra. Devo alzarmi e scappare via. Michael mi troverà.

«Ti stai facendo male». Mamma cerca di tenermi la mano per impedirmi di alzarmi. «Calmati».

«Non posso tornare da lui», gemo. «Non posso».

«Stai bene, Ayala. Sei in ospedale», dice di nuovo mamma. «Siamo qui, vegliamo su di te».

Guardo papà e vedo le lacrime che gli scorrono sulle guance. Non l'ho mai visto piangere prima.

Un dottore, almeno presumo che quest'uomo sia un dottore visto che indossa un camice verde, entra nella stanza e si avvicina a me. «Come si sente, signora Summers?»

Rabbrividisco a quel nome. Non voglio più sentirlo.

«Come sono arrivata qui? Cosa mi è successo?»

«Perché non ricorda?» chiede mio padre al dottore.

«È tipico del trauma. Il cervello reprime. Di solito, la maggior parte dei ricordi torna nel giro di pochi giorni».

«Quindi non dovremmo dirle cosa è successo?»

«Datele tempo. Non forzatela».

Li guardo, parlano di me come se non fossi nella stanza. Come sono arrivata qui? Devo ricordare. L'ombra di un ricordo si trova proprio al limite della mia mente, ma non è pronta a solidificarsi. Aleggia appena sopra il bordo della mia consapevolezza. Dannazione.

Il dottore continua a sondare il mio corpo, e io mi contorco. «Si fermi, per favore», lo supplico, ma lui continua.

L'esame finisce, e io chiudo gli occhi. Troppo stanca per continuare a lottare, ricado nel sonno.

---

NON C'È senso del tempo in questo posto. Quando mi sveglio di nuovo, tutto sembra e suona uguale. La luce intensa, il bip...

Mi viene in mente una visione di Michael che mi trattiene con le manette, e mi sento male. Stringo forte le braccia contro il mio corpo, cercando di liberarmi.

«Ayala, calmati. Sei in ospedale». Sento la voce di mio padre. «Caroline! Vieni subito», grida, e dei passi si avvicinano.

«Ayala». Mamma appare accanto a me e mi accarezza il braccio. Il mio corpo si rilassa sotto il suo tocco gentile. Michael non è qui.

«Da quanto tempo sono qui?»

«Tre giorni», risponde senza guardarmi.

Stringo gli occhi chiusi. Tre giorni sono stati tolti dalla mia vita.

Cerco di controllare di nuovo le mie condizioni. Le costole sono doloranti, e anche il viso lo è. Ma le braccia e le gambe si muovono senza restrizioni.

Un operatore ospedaliero entra nella stanza e posiziona un vassoio con il pranzo accanto a me. Chi può mangiare adesso? La fame è lontana dai miei pensieri.

«Cosa mi è successo?»

«Non ricordi?» La voce di mia madre si spezza, e non riesce a completare la frase. «Mi dispiace tanto, tesoro. Mi dispiace tanto di non averti sostenuta. Di aver pensato che lui agisse nel tuo interesse», piange.

Immagini della cabina nel bosco mi saltano davanti agli occhi. Michael mi ha presa. Ero una prigioniera. Ero la sua schiava.

«Michael. Era lì», piango mentre i ricordi mi colpiscono. Ricordo. Ogni orribile momento. Ogni momento di dolore. Ma come è finita... La fine è confusa. Non ricordo come è finita.

«Ora sei al sicuro», piange mamma accanto a me. «Sei sopravvissuta».

«Eri isterica quando ti hanno trovata», sussurra papà. «E Michael è morto».

Espiro, e i miei occhi si spalancano. «Morto?»

«Sì. Ricordi cosa è successo?»

Scuoto la testa. Poi, immagini di Michael sdraiato sul pavimento, sangue che gli esce dalla gola. No. Non era reale. Non voglio crederci.

Anche immagini di Ethan fluttuano nella mia mente. Il suo corpo senza vita sul pavimento, sangue... Tanto sangue. Michael l'ha ucciso.

Grido e cerco di coprirmi il viso con le mani, ma vengo fermata dal dolore. Il mio viso è rotto.

Ricordo.

Ethan e Michael sono morti.

Mia madre viene ad abbracciarmi, cerca di confortarmi, ma quando tutti i ricordi mi cadono addosso in una volta, sono sopraffatta e affogo sotto il loro potere.

Il suono di qualcuno che si schiarisce la gola attira la nostra attenzione, e mamma e io ci separiamo. Lei si asciuga le lacrime che le scorrono sulle guance. Io non mi preoccupo nemmeno di farlo.

Una poliziotta in uniforme è in piedi sulla porta. Volgo la mia attenzione a lei. Un altro poliziotto è in piedi proprio dietro di lei.

«Signora Summers», inizia, ma papà la interrompe.

«Non si è ancora ripresa, e non è in condizione di rispondere alle domande» insiste mio padre e si avvicina alla poliziotta in modo minaccioso. Ma la poliziotta non sembra affatto turbata da questo.

I suoi passi si fermano quando papà le blocca la strada verso di me. «Signora Summers, mi chiamo detective Delfino. Sono un'investigatrice di polizia». Rimane in piedi con i pollici nelle tasche.

«Non Summers. Non voglio mai più sentire quel nome. Il

mio nome è Ayala Beckett». Non voglio avere niente a che fare con quel mostro.

Lei scuote la testa. «D'accordo, signorina Beckett. Può rispondere ad alcune domande per me?»

Un dottore si fa strada nella stanza, seguito dal poliziotto. «Le ho già spiegato che non è in condizione di rispondere alle domande. Lasciate immediatamente questa stanza».

La poliziotta alza le mani in segno di resa ed esce. So che tornerà presto, ma in questo momento voglio capire dal dottore cosa sta succedendo.

«Voglio andare a casa», dico. «Quando posso andare a casa?» Dopo aver chiesto, mi rendo conto che non ho una casa dove andare. Dove andrò? Inghiotto il nodo che mi si forma in gola.

«Facciamo prima una chiacchierata, e poi vedremo, va bene?» mi dice così tranquillamente che mi irrita.

Fisso attraverso i suoi occhiali nei suoi occhi marroni. Tutti vogliono fare domande allo stesso tempo. Ma io non voglio rispondere. Dovrebbero lasciarmi andare. Voglio stare da sola. Non voglio vedere nessuno. Non voglio parlare con nessuno.

«Ricordi cosa ti è successo?» chiede il dottore.

«Michael mi è successo».

Annuisce. «Michael era tuo marito, vero?»

Annuisco, anche se ai miei occhi era il mio torturatore, non mio marito. Che strano parlare di lui al passato. Posso non averne più paura?

«Posso visitarti?»

Annuisco di nuovo, e il dottore chiude la tenda per darmi privacy. «Mamma, resta con me». Tendo la mano e lei la stringe per sostenermi.

Si avvicina al mio viso e controlla il naso e la vista, tenendo una torcia vicino alle mie pupille. Sbatto le palpebre per il dolore.

«Abbiamo sistemato il tuo naso. Sarai bella come prima». Mi rivolge un sorriso compassionevole e passa a controllare la fasciatura sulle costole, toccandomi delicatamente. «Hai due costole rotte. Ti farà male per un po', ma fortunatamente non ci sono stati danni interni dalla ferita».

Mi mordo il labbro per il dolore. Non credo ci sia un punto del mio corpo che non mi faccia male in questo momento. Solleva il camice dell'ospedale e dà un'occhiata tra le mie gambe. Chiudo gli occhi.

Si raddrizza. «Ti stai riprendendo bene. Abbiamo suturato le lacerazioni, ma mi dispiace dirti che hai perso il bambino. Il trauma all'utero è stato troppo grande. Hai subito un distacco della placenta».

Sussulto e giro la testa verso mamma. Lei abbassa lo sguardo e si copre il viso con le mani.

«Bambino?»

«Non lo sapevi?» chiede. «Eri incinta, al primo trimestre. Mi dispiace, ma l'hai perso. L'emorragia è stata troppo estesa».

Bambino? Una gravidanza? Oh mio Dio, ero incinta? «Di quante settimane?» chiedo con voce tremante.

«Stimo intorno all'ottava settimana», dice.

«Ethan. Era di Ethan...» mormoro. Probabilmente da quella sera quando sono tornata da lui, e non siamo stati attenti. La pillola del giorno dopo deve non aver funzionato... Ma ho perso il suo bambino. Le lacrime mi si accumulano negli occhi. Lui è morto e ho perso l'unica cosa che mi rimaneva di lui.

«No!» urlo e scuoto le braccia. «No...»

Non ce la faccio. Non mi è rimasto nulla.

Piango finché non ricado in un sonno senza sogni.

Quando mi sveglio di nuovo e mi rendo conto di dove sono, chiudo gli occhi. Non ho la forza di affrontare la realtà. Ho perso il bambino di Ethan. Mia madre mi accarezza le dita. Non voglio parlare con lei. Non voglio niente. Per favore, lasciatemi morire e basta.

I detective sono tornati, entrando di nuovo nella stanza, e mio padre li blocca con il suo corpo.

Alzo una mano per fermarlo. «Va bene, papà. Posso rispondere alle loro domande». Finiamola una volta per tutte. Niente ha più importanza. Non ha senso rimandare. Dopo che sarò dimessa, metterò fine a tutto.

Papà mi rivolge uno sguardo lungo e scrutatore. Sta cercando di decidere se sono in grado di parlare senza crollare, senza dubbio. Non ne sono sicura nemmeno io, ma più di ogni altra cosa, voglio capire cosa è successo quel giorno.

Finalmente annuisce, prende la mano di mia madre ed escono dalla stanza, chiudendo la porta dietro di loro.

Cerco di tirarmi su in posizione seduta e gemo. Tutto il mio corpo sembra un mucchio di ossa messe insieme per caso.

«Signorina Beckett», dice di nuovo l'agente donna, tirando su una sedia e sedendosi accanto al mio letto. «Ho bisogno di farle alcune domande».

Annuisco e la osservo mentre tira fuori un blocco e una penna e si prepara a scrivere le mie risposte. Il poliziotto in piedi accanto a lei ha la barba incolta. Anche Ethan aveva la barba incolta. Non potrò mai più toccare il suo viso.

«Per quanto tempo Lei e il signor Summers siete stati sposati?»

«Poco più di due anni».

«La vostra relazione è mai stata violenta?»

Chiudo gli occhi. Mi sta giudicando. Lo sento nel tono della sua voce. «Non all'inizio. È iniziato qualche mese dopo il matrimonio», spiego, «Mi lanciava oggetti addosso nei momenti di rabbia, poi sono iniziate le botte».

«E per quanto riguarda lo stupro?»

Sbatto le palpebre alla domanda invadente e annuisco.

«Questo è un sì?» chiede.

«Sì, ci sono state volte in cui mi ha stuprata». Cerco di tenere la testa alta, anche se la mia voce trema. Mi ricordo che non ho nulla di cui vergognarmi.

«E non ha mai sporto denuncia alla polizia?»

«Ci ho provato, ma Michael aveva documenti che dicevano che ero mentalmente incapace. È diventato il mio tutore legale, quindi non mi hanno presa sul serio».

«A proposito dei documenti...» Sfoglia indietro il suo taccuino, cercando qualcosa. «Il signor Wolf ha affermato che erano falsi?»

«Il signor Wolf?»

«Sì, Ethan Wolf. Questa è la terza persona che era nella cabina. Lo conosce, giusto?»

Annuisco.

«Ha chiamato la polizia il giorno prima dell'incidente, sostenendo che suo marito l'avesse rapita e che tutti i documenti fossero falsi. Gli agenti che hanno visitato la vostra casa a San Francisco non hanno trovato nulla di sospetto, e quindi la denuncia è stata archiviata». Mi scruta negli occhi. «Mi dispiace».

Se avessi continuato a controllare, forse Ethan non sarebbe stato ferito. Avrebbe potuto essere vivo ora. «Sì, erano falsi. Non sono mai stata da quei dottori».

«Qui dice che stava soggiornando a New York per alcuni mesi?»

Annuisco di nuovo.

«Può spiegarmi la sequenza degli eventi? Come è arrivata a New York e poi da New York di nuovo qui?»

«Sono scappata a New York alcuni mesi fa perché avevo paura di Michael. Credevo che mi avrebbe uccisa. Ma mi ha rintracciata anche a New York». Mi fermo per prendere fiato. «Ha ucciso la mia amica!» La mia voce si spezza mentre ricordo la povera Robin. Non era gentile con me, ma non meritava di morire. Nessuno meritava di morire tranne lui.

La detective alza lo sguardo dal suo taccuino. «Ha ucciso la sua amica?»

«Sì. Robin Moyes, che lavorava con me al Lunis. È un bar di New York. Me l'ha confessato lui. Lei gli ha detto dove mi trovavo e gli ha chiesto dei soldi. Lui ha inscenato il suo suicidio. Non si è uccisa. L'ha uccisa lui. È un assassino».

«Ha delle prove?»

Scuoto la testa. «No. Ma mi ha detto che l'ha fatto lui».

La detective scambia uno sguardo con il poliziotto accanto a lei, che inizia a digitare sul suo telefono. «Dovremo verificarlo».

Annuisco.

«Qual è il rapporto tra Lei ed Ethan Wolf?» Alza gli occhi, fissandomi.

Guardo le mie mani, strette in grembo. Cosa posso dirle? Che è l'amore della mia vita? Il mio amante? Come posso definire la nostra relazione?

«Siete intimi?» continua a chiedere.

Annuisco, umiliata. Sono una donna adultera. Come suona agli estranei?

«La prego, continui», fa un gesto con la mano e continua a scrivere le mie parole.

«Michael mi ha chiamata e ha detto che se non fossi tornata volontariamente, avrebbe ucciso Ethan».

«Quindi ha minacciato di uccidere il signor Wolf, e Lei ha ritenuto che fosse una minaccia seria?» chiede.

«Sì. Mi ha mandato delle foto».

La detective annuisce. «Abbiamo ricevuto le foto dal signor Wolf».

«Vi ha mandato lui le foto?»

«Sì, l'investigatore inviato a intervistarlo, in modo simile a quello che stiamo facendo ora, ha ricevuto da lui le foto con la minaccia alla sua vita. Ma non abbiamo potuto confermare che le foto provenissero dal signor Summers. Lei sta dicendo che gliele ha mandate lui?»

Il mio cuore palpita e quasi mi esce dal petto. «Aspetti, sta dicendo che Ethan ha mandato le foto *dopo* quello che è successo nella cabina? È vivo?» grido.

Smette di scrivere e alza la testa. «Sì. Mi dispiace, pensavo lo sapesse».

È vivo.

Ethan è vivo.

La mia mente è vuota di pensieri. Ethan è vivo.

È qui nello stesso ospedale? Forse addirittura nella stanza accanto alla mia? E io non lo sapevo. Non sono andata a vederlo. Perché non me l'hanno detto? Può parlare? Perché non mi ha chiamata? «Dov'è? Cosa gli è successo?» Le afferro il braccio.

Mi fissa la mano stretta intorno al suo polso ma non la rimuove. Mi guarda solo con pietà. «Da quello che so, la famiglia ha chiesto di trasportarlo a New York per il trattamento. Non sono stata aggiornata sulle sue condizioni. La dichiarazione che ha rilasciato è tutto ciò che ho. Mi dispiace».

Ha rilasciato una dichiarazione. Significa che è sveglio. Sta parlando. Il sollievo mi pervade e mi sento piena di rinnovata forza. Devo parlargli. Devo sapere se sta bene.

Scaccio i miei pensieri quando la detective richiama la mia attenzione.

«Può dirci per favore cosa è successo dopo che è tornata qui con Michael?»

«Sì». Ricordo i giorni orribili che ho passato. Spero che questa sia l'ultima volta che dovrò ricordarli. Le racconto del tempo che ho trascorso legata al letto.

La detective ascolta in silenzio.

«Aveva un coltello. Mi minacciava. Si godeva ogni minuto». Rabbrividisco. «Continuavo a pensare che questa volta non sarei sopravvissuta, che mi avrebbe uccisa». Le lacrime mi scorrono sulle guance, ma non mi preoccupo di asciugarle.

Le racconto degli stupri, delle percosse. Mi fermo mentre il mio corpo trema violentemente. «Non credo di poter continuare».

«Respiri profondamente. Ancora un po', signorina Beckett», dice. «Per favore».

Deglutisco, e lei mi porge un fazzoletto. Mi tampono delicatamente il viso. Ogni tocco fa male.

«Può darmi uno specchio?» chiedo, rendendomi conto che non mi sono vista da quando è successo.

«Uno specchio?»

«Sì. Può portarmi uno specchio, per favore? Voglio vedere cosa mi ha fatto».

«Non credo sia una buona idea». Cerca di farmi desistere.

«Uno specchio», insisto.

Si arrende e va nel bagno adiacente, ne porta un piccolo specchio a mano e lo tiene davanti al mio viso.

Mi mordo l'interno della guancia fino a farmi male.

Il mio viso è gonfio al punto da essere irriconoscibile, e il mio naso è coperto di bende. Cerchi neri circondano i miei occhi. Le mie labbra sono screpolate, e c'è un taglio sul labbro inferiore coperto da diversi punti. Ecco cosa mi fa male quando parlo. Tocco delicatamente il mio viso contuso, poi abbasso la mano verso il grande taglio arrabbiato sul collo. È qui che teneva il coltello. Sono sicura che il resto del mio corpo abbia un aspetto simile.

Distolgo lo sguardo. Non voglio più vederlo.

«Non ero cosciente quando è avvenuta la maggior parte della...» Mi chiedo quale parola scegliere. «Della lotta. Non sapevo che Ethan fosse venuto a salvarmi».

«Era cosciente quando l'hanno trovata. Deve aver visto parte di quello che è successo».

«Quando mi sono svegliata, ho visto Ethan a terra, e Michael stava per sparargli. Non sapevo cosa fare, così gli sono saltata addosso».

«Gli è saltata addosso?» Sembra sorpresa, e mi chiedo perché.

«Sì. Sono saltata addosso a Michael, e siamo caduti a terra. La pistola è partita». Ricordo quei momenti di terrore. «Ero sicura di essere morta. Che mi avesse sparato. Ma quando mi sono alzata, ho visto che il proiettile aveva colpito Michael invece. C'era così tanto sangue. Anche Ethan... Pensavo fossero morti entrambi».

Scuote la testa. «Il signor Summers è morto per le sue ferite». Mi guarda con un'espressione seria. «È sicura della sua versione? Lei gli è saltata addosso e un proiettile è partito?»

«Sì». Socchiudo gli occhi. «Perché?»

«Interessante». Mormora e scambia uno sguardo con l'altro poliziotto.

«L'ho ucciso io. È stato un incidente, ma l'avrei ucciso di proposito, se ne avessi avuto l'occasione. La pistola è partita

65

mentre lottavamo a terra. Andrò in prigione?» chiedo. Non mi dispiace andare in prigione. Ne è valsa la pena. Ethan è vivo.

«Non credo che si arriverà a questo. Sembra un incidente. O legittima difesa. Soprattutto dopo quello che ha passato. Supponendo che stia dicendo la verità e che le prove forensi corrispondano alla sua versione».

«Pensa che stia mentendo? Che motivo avrei di mentire?»

Si alza. «Credo che non abbia motivo di mentire. E questo basterà per ora. Tornerò più tardi se avrò altre domande per Lei.»

Annuisco, e lei lascia la stanza. I miei genitori si precipitano dentro.

«Ayala.» Mia madre corre verso di me. «Stai bene?»

Cerco di trattenere le lacrime e annuisco. «Mamma. Mamma, ha detto che Ethan è vivo. È a New York. Voglio un telefono. Devo parlargli. Devo dirgli che sto bene.»

«Non sono sicura che sia una buona idea, Ayala.»

Cosa? «Lo sapevate? Avete sempre saputo che era vivo e non me l'avete detto?» Volevo morire. Pensavo di non avere più nulla per cui vivere, e per tutto questo tempo, loro sapevano.

«Hai avuto una relazione con lui mentre eri sposata. Michael pensava che lo stessi tradendo. È per questo che ti trovi in questa situazione ora.» Sento il tono di rimprovero nella sua voce.

Una relazione. Ecco come la chiama. Quello che abbiamo noi è amore. Non può essere ridotto a una semplice relazione. Voglio sentire la sua voce. Voglio parlargli, sapere che è vivo e che respira. «Lui non ha colpa per quello che è successo. Michael sì» insisto. «Perché non mi avete detto che Ethan era vivo? Voglio parlargli!» piango.

«Lui non vuole parlare con te.»

Scuoto la testa, nonostante il dolore. «Non ci credo.

Lasciatemi parlare con lui!» grido. Voglio sentire la sua voce. Ho bisogno di sentire la sua voce.

Mamma mi porge riluttante il suo telefono. «Non penso sia una buona idea.»

Il telefono squilla e squilla ma va alla segreteria. Chiamo di nuovo, e ancora nessuna risposta.

Stringo i pugni. Devo parlargli. Provo ancora, e il terzo tentativo è quello fortunato.

Risponde al secondo squillo. Non avevo pensato che non avrebbe riconosciuto il numero.

«Sì?» La sua voce bassa e roca mi fa correre un brivido lungo la schiena. Che bello sentirlo.

«Ethan» sussurro nel telefono. «Sono io.»

«Ayala.» Il mio nome che rotola nella sua bocca è sufficiente a far risvegliare tutto il mio corpo.

«Ayala, non chiamarmi più. È finita.»

Il telefono è ancora nella mia mano, e il monitor continua a emettere bip. Sento ancora i rumori dell'ospedale sullo sfondo, ma il mondo si è fermato.

«Cosa?» dico, pensando di non aver sentito bene. Perché non c'è altra possibilità.

«È finita, Ayala. Sono contento che tu stia bene, ma non chiamare più qui.» Riaggancia, lasciandomi con il telefono in mano, e rimango seduta sul letto d'ospedale per lunghi minuti mentre il mondo mi crolla addosso.

## CAPITOLO 10
## *Ethan*

La mia mano cade e il telefono finisce sul pavimento. Non m'importa. Non m'importa di essere rimasto sdraiato su questo divano tutto il giorno, quasi urlando dal dolore. Non m'importa di non aver mangiato nulla da quando mi sono dimesso dall'ospedale ieri. Non m'importa di essermi già annegato in mezza bottiglia di vodka, insieme agli antidolorifici.

La vodka mi regala una piacevole foschia, ma sento ancora il vuoto, il buco nero che mi risucchia da dentro.

Non mi è rimasto più nulla.

Il mio telefono squilla incessantemente. Ryan, Olive e i miei genitori, sempre più chiamate, e io riattacco a tutti. Immagino che alcuni di loro abbiano già scoperto che ho lasciato l'ospedale ieri contro il parere dei medici e vogliano rimproverarmi. Ma non voglio sentire nessuno in questo momento.

Quando il numero sconosciuto ha chiamato per la terza volta, ho ceduto e ho risposto, pensando che forse fosse qualcosa d'importante, ma poi la voce dall'altro capo, quella che pensavo non avrei mai più sentito, mi ha travolto. Dio, che bello sentirla!

Volevo chiederle se stesse bene, come stesse. Ma non ho chiesto nulla.

Devo lasciarla andare.

Non sono adatto a lei. Non sono riuscito a salvarla dalle sue mani. L'ho delusa, proprio come ho deluso Anna.

Quando l'ho sentita crollare, ho quasi rimpianto di non averle gridato *ti amo*. Invece, ho detto la cosa peggiore che potessi dire e ho riattaccato.

È meglio così. Come mi hanno detto i suoi genitori, sono io il colpevole di quanto è successo.

Mi è stato detto di mantenere le distanze. Mi hanno chiesto di non contattarla. Mi hanno detto che la sua vita sarebbe stata migliore senza di me. Hanno ragione. Rivivo la conversazione nella mia testa. Sono io che l'ho convinta a tradire suo marito. A causa mia, è tornata da lui. Niente di tutto questo sarebbe successo se non avessi insistito perché fosse mia.

Mi alzo lentamente dal divano, tenendomi lo stomaco fasciato con la mano sana. I medici hanno detto che sono stato fortunato. Se il proiettile mi avesse colpito anche solo un po' più a destra, oggi non sarei qui, ma in qualche modo, miracolosamente, il proiettile è entrato e uscito senza colpire alcun organo vitale. Evviva, che fortuna. Come se il destino mi stesse prendendo in giro, volendo che rimanessi vivo per vedere soffrire tutti quelli che amo.

Ho ricevuto quattro trasfusioni di sangue solo per rimanere in vita, e sono ancora debole. Devo appoggiarmi al muro quando cammino. Ma almeno cammino da solo. Non appena sono riuscito a mettermi in piedi, ho voluto uscire da quell'ospedale.

Sbuffo contro me stesso mentre cerco di raggiungere la cucina. Un passo, e ansimo. Che disastro che sono.

La mia spalla urla dal dolore, e cerco di non muoverla.

Ingoio altri due antidolorifici, anche se mi è stato detto di non prenderne più di due al giorno, ma non m'importa di nulla in questo momento. Voglio la nebbia dell'oblio, la foschia. Perché se continuo a pensare a lei, impazzirò.

Voglio cancellarla dalla mia memoria, la vista di lei in quel letto degli orrori, distesa e sanguinante. Ma né le pillole né l'alcol mi aiutano in questo, e ogni volta che chiudo gli occhi, la rivedo. Non potrò mai più dormire. Lei non mi perdonerà mai. Io non mi perdonerò mai.

Torno al divano, ansimando dal dolore e dalla mancanza di fiato, e ci crollo sopra, piangendo, finché finalmente la stanchezza ha la meglio e mi addormento.

Non so quanto tempo sia passato quando mi sveglio al suono di qualcuno che bussa alla porta. Ci metto un'eternità ad alzarmi dal divano.

Poche persone hanno il permesso di salire al mio appartamento. Nemmeno i miei genitori ce l'hanno. Quindi so già chi è.

Mezzo cammino, mezzo striscio fino alla porta, incapace di stare dritto. Il dolore mi sta uccidendo. Lasciare l'ospedale in anticipo non è stata la mia idea migliore. Ma c'erano anche i miei genitori. Medici. Visitatori. Che frugavano nel mio corpo, nella mia mente. Non voglio vedere nessuno. Preferisco stare da solo.

«Ethan». Ryan irrompe dentro, quasi buttandomi a terra. Vorrei urlargli e chiedergli di andarsene, ma non riesco a formulare le parole. Non mi sento molto bene in questo momento.

Rimango in piedi, appoggiato al muro, e ansimo pesantemente.

«Che diavolo stai facendo? Sono andato in ospedale oggi e mi hanno detto che ti sei dimesso contro il parere dei medici», dice iniziando a camminare avanti e indietro sul pavimento.

Mi ha sorpreso che non si sia presentato qui ieri. A quanto pare ci è voluto un po' perché la notizia lo raggiungesse.

La stanza gira, e mi arrendo alle gambe che si sciolgono sotto di me, scivolando in posizione seduta sul pavimento e appoggiando la testa al muro.

«Merda, Ethan». Ryan si precipita e si accovaccia davanti a me. «Non svenirmi addosso. Chiamo un'ambulanza».

Scuoto la testa. Non tornerò lì. «No. Sto bene. Dammi solo un momento per riprendermi». Cerco di regolare il respiro. Il mondo mi gira intorno, ma non glielo dico.

Sembra preoccupato, davvero preoccupato. Probabilmente ho un aspetto pessimo quanto mi sento.

«Puzzi di alcol».

«Non avevo in programma una tua visita, quindi non ne ho conservato per te».

«È pericoloso con le pillole che stai prendendo. Ma lo sai già». La sua bocca si contorce di rabbia. «Dai». Si china e mette la spalla sotto il mio braccio sano per sostenermi. Gemo di dolore. Cazzo.

Chiunque altro l'avrei buttato fuori, ma Ryan mi ha già visto in situazioni difficili prima. Mi aiuta ad arrivare al letto, e mi sdraio con cautela, cercando di non aprire i punti.

«Non ti ho visto così da...»

«Da Anna. Puoi dirlo». I miei occhi sono chiusi e non vedo la sua reazione. Per un momento, sono tentato di aprirli solo per quello. Non posso spiegargli come entrambe si siano fuse in un'unica donna nella mia mente. E ogni volta che chiudo gli occhi, vedo gli occhi morti di Anna trasformarsi in quelli blu di Ayala.

«Sì, da Anna. Stai cadendo a pezzi per questa donna, Ethan».

«Sì, essere accoltellato e sparato tende a far cadere a pezzi qualcuno». Lascio uscire una risata finta.

«Sai cosa intendo, e non è la tua condizione fisica. E tra l'altro, hai un aspetto orribile. Non avresti dovuto tornare a casa così».

Storco l'angolo della bocca in un mezzo sorriso. «Sono stato ingenuo a pensare che potessimo stare insieme. Che potessimo sconfiggere il passato. Sono un disastro ambulante. Porto l'inferno a ogni donna che amo. Quindi sì, un po' di autodistruzione dopo aver distrutto la vita di un'altra donna e averla fatta violentare non mi sembra così male. Non avrei dovuto uscire con lei fin dall'inizio».

«Ma che diavolo stai dicendo? Non hai fatto violentare nessuno». Sono contento di non aver aperto gli occhi ora e di non poterlo vedere.

«Non sarebbe mai tornata da lui se non fosse stato per me. È stato a causa della minaccia contro di me. È tornata da lui per colpa mia. Solo per colpa mia». Persino i suoi genitori lo dicevano. Mi incolpavano per tutto ciò che era successo, e avevano ragione.

«Perché ti ama».

«E dove l'ha portata questo? Di nuovo dal mostro. Non avrei mai dovuto corteggiarla. Ora ho ucciso un'altra donna che amavo». Un'altra morte sulla mia coscienza nera.

«Non è morta, Ethan! Non l'hai uccisa tu. È sopravvissuta. E non sei tu il colpevole di questo più di quanto non lo fossi per quello che è successo ad Anna. Ayala conosceva Michael Summers molto prima di incontrare te, ed era in una relazione abusiva con lui molto prima di incontrare te. Non sei tu quello che l'ha messa nei guai. Stavi solo cercando di salvarla».

Ora sto urlando forte quanto Ryan. «Tu non c'eri. Non l'hai vista. Nessun essere umano può sopravvivere a una cosa del genere senza morire. Io sono morto un po' solo guardandola. Dopo questo, non posso più guardarla negli occhi. Semplicemente non posso».

«Tu la ami, Ethan. Non puoi semplicemente rinunciare a lei così». I suoi occhi si spalancano. «Ha bisogno di te».

«Posso. Ho già rinunciato a lei. Starà meglio senza di me».

«Ethan. Non è Anna», dice, ma io chiudo il mio cuore alla sua supplica e rimango in silenzio. Non c'è nulla al mondo che possa dire ora per farmi cambiare idea. Starà meglio senza di me. I suoi genitori mi hanno chiesto di mantenere le distanze, e questo è quello che farò. Non ha bisogno della distruzione che porto con me.

Con un po' di fortuna, Ayala si riprenderà e ricomincia da capo. Forse troverà un bravo ragazzo. Io faccio del male a tutti quelli che amo. Ho sempre saputo che le relazioni non facevano per me. Devo assicurarmi che questo non accada mai più.

«Spero solo che siano le pillole e l'alcol a parlare, e che dopo esserti ripreso un po', capirai quello che stai facendo. Spero solo che non sia troppo tardi».

Giro la testa dall'altra parte.

Ryan esce dalla stanza e ritorna dopo pochi minuti, tenendo in mano una pila di fogli.

«Sei ancora sveglio? Devo parlarti di qualcosa come tuo avvocato. Mi dispiace, ma non può aspettare».

Giro il viso verso di lui e vedo che è serio. Cerco di concentrarmi, ma faccio fatica nella nebbia in cui mi trovo.

«Il detective Delfino mi ha chiamato oggi dal Dipartimento di Polizia di San Francisco. Hanno preso una dichiarazione da Ayala Beckett».

Stringo gli occhi, chiedendomi cosa stia per dire.

«C'è una discrepanza tra le vostre versioni».

«Cosa?»

«Tu mi hai detto di aver sparato e ucciso Michael. Hai firmato questa dichiarazione giurata in mia presenza». Agita i fogli.

«Giusto».

«Ayala ha dichiarato che in quel momento tu eri privo di sensi. Dice che il proiettile è partito durante una colluttazione tra lei e Michael».

Onestamente non ho idea di come sia morto Michael. Ho saputo che era stato colpito ed era morto solo quando mi sono svegliato in ospedale, e Ryan mi ha aggiornato sui dettagli. Avevo perso così tanto sangue che non sono riuscito nemmeno a salvarla da lui. Ero svenuto.

Grande aiuto che sono stato.

Ho tirato fuori l'unica cosa logica che potevo dire per cercare ancora di salvare Ayala. Ho detto loro che ero stato io a spargli così lei non sarebbe stata processata per omicidio.

«Ethan, sono io. La verità, per favore. Poi penseremo a cosa fare».

Chiudo gli occhi e li riapro. Mi fido di lui con la mia vita.

«Sinceramente non so cosa gli sia successo. Ero svenuto».

«Cazzo!» Guarda in basso verso il pavimento, poi mi fissa di nuovo. «Questo non è buono. Perché hai fatto una cosa del genere?»

«Secondo te perché? Pensavo che l'avesse ucciso lei».

«Pensavi che l'avesse ucciso lei?» ripete dopo di me.

«Ovviamente. Chi altro avrebbe potuto farlo? Non volevo che finisse in prigione. Avrei voluto ucciderlo io comunque, ma ho fallito anche in questo».

«Merda, Ethan. Nessuno di voi due avrebbe dovuto ucciderlo. Avrebbe dovuto marcire in prigione per il resto della sua vita». Ryan inclina la testa. «E ora siete entrambi nei guai perché hai mentito».

«Mi dispiace. Dirò alla polizia che ho mentito».

«No. Potrebbe creare ancora più complicazioni, ed è incerto che ti crederebbero a questo punto in ogni caso».

«Quindi, cosa dovrei fare?» Alzo le mani, dimenticando momentaneamente che il mio braccio è in una fascia, e faccio una smorfia di dolore.

«Stai zitto e non parlare con nessuno tranne me. Nemmeno con la polizia. Rilascerò una nuova dichiarazione. Cercheremo di cavarcela con il fatto che eri stordito e avevi perso molto sangue».

«Ayala finirà nei guai per colpa mia?»

«Non lo so», dice e si siede sul letto accanto a me.

Cazzo. L'ultima cosa che voglio è che lei finisca nei guai. «Cosa stai facendo?» Mi raddrizzo.

«Ti sto guardando».

«Non ho bisogno di supervisione. Non sono un bambino».

«Ti comporti sicuramente come un bambino di sei anni».

«Starò bene. Madeleine arriverà a breve, quindi avrò supervisione. Vai a casa. Maya ha più bisogno di te di quanto ne abbia io», mento. Ho dato a Madeleine il giorno libero perché non volevo che ci fosse nessuno qui.

Esamina il mio viso. «Ok, me ne vado. Ma chiamami se hai bisogno di qualsiasi cosa. D'accordo?»

Annuisco.

## CAPITOLO 11
## *Ethan*

La sveglia non smette di suonare. Alzo la mano e la lancio contro il muro. Emette un debole suono e poi si ferma.

Silenzio.

Il mio telefono squilla. Cazzo. Perché non mi lasciano in pace?

Resisto all'impulso di lanciare anche il telefono e invece lo silenzio. Poi metto la testa sotto il cuscino. Voglio che mi lascino tutti in pace.

Qualcuno bussa alla porta della mia camera.

«*Kýrios*. Vuole qualcosa da mangiare?» chiede Madeleine attraverso la porta.

Cazzo. Cosa ci fa qui? Quanto tempo è passato? «No! Sto bene. Lasciami in pace», grido verso la porta chiusa.

«Devi alzarti e uscire dal letto. Non esci da tanto tempo. Quando hai mangiato l'ultima volta?»

So che è preoccupata, ma non lo sopporto. Lasciatemi fottutamente solo. È così difficile?

«Lascia il cibo in frigo per me. Grazie, Madeleine». Provo

con un approccio amichevole, e lei si arrende e se ne va. Ha funzionato.

La spalla mi pulsa di dolore, e così anche la testa. Cerco di alzarmi dal letto ma mi muovo lentamente poiché gli attacchi di vertigini a volte mi colpiscono di sorpresa.

Faccio pipì e prendo qualche Percocet, poi esamino la bottiglia mezza vuota. Dovrò parlare con Jess per farmene dare altri visto che quel fastidioso dottore si è rifiutato di rinnovare la prescrizione. Non capisce che sono in dolore?

Faccio fatica a stare in piedi e sono così nauseato che mi trascino di nuovo a letto. Ho solo bisogno di sdraiarmi un po', e sono sicuro che starò bene.

La prossima cosa che il mio cervello annebbiato registra è qualcuno che mi schiaffeggia.

I miei occhi non si aprono.

«Ethan! Svegliati!» Riesco a sentire la voce attraverso la nebbia, ma non riesco ad aprire gli occhi.

«Madeleine, chiama un'ambulanza!»

---

«No, mi prenderò la responsabilità per lui». Sento la voce di Ryan. «Nessun problema. Firmerò tutto il necessario».

Apro gli occhi a fessure sottili. Ospedale. Sono di nuovo in ospedale.

«Oh, vedo che hai deciso di non morire neanche questa volta». La voce cinica di Ryan suona dura alle mie orecchie.

«Ho detto-» mi fermo per schiarirmi la gola perché la mia voce è così rauca che la riconosco a malapena. «Ho detto che non volevo andare in ospedale».

«Se non fossi stato trovato privo di sensi sul pavimento della tua camera da letto, forse avresti potuto risparmiarti tutto questo. Ma preferisco che tu non muoia», dice sarcasticamente. «Sul serio, Ethan, quante pillole hai preso? È stato un tentativo di suicidio? Sei stato fortunato ad aver vomitato. Altrimenti non saresti più qui con noi».

Sospiro. «Sono in dolore, Ryan. Un fottuto dolore. Tutto qui. Non ho cercato di uccidermi. Avevo solo bisogno di qualcosa per il dolore».

«Non è solo il dolore fisico, e lo sai. Sono già tre settimane. Tre settimane che non funzioni».

Passo all'attacco. «Cosa ci facevi tu a casa mia?»

«Dovevi venire alla riunione del consiglio oggi, ricordi? Il tuo primo giorno in ufficio. Ma non rispondevi al telefono, e Madeleine ha detto che non uscivi dalla stanza, quindi...»

Ah. Ecco perché la sveglia stava suonando. Tutto è così confuso nella mia testa. Nessun pensiero si forma correttamente. Quando sono passati tutti questi giorni?

«Mi avevi detto che stavi bene, che eri pronto a tornare al lavoro».

«Cosa vuoi che ti dica?» urlo. «Che sto perdendo la testa? Che non voglio più vivere?» Quante volte posso chiedergli di salvare il mio povero culo?

«Sì. È esattamente quello che voglio che tu dica. Sono qui per te, proprio come tu c'eri per me ogni volta che ne avevo bisogno. Hai già dimenticato quante volte ho pianto sulla tua spalla perché Maya non mi voleva? E come mi hai sostenuto dopo l'aborto? E quella volta al liceo quando volevano espellermi, e tu ti sei preso la colpa?»

Rimango in silenzio.

«Dovrai stare a casa mia per un po'».

«Cosa? Assolutamente no».

«Vogliono tenerti sotto controllo. Ho insistito per farti dimettere». Mi guarda con occhi di rimprovero. «Ma devo firmare che sarai sotto la mia supervisione. Questo ti rende una mia responsabilità. Quindi, vieni a casa con me finché non dico diversamente».

«Col cazzo».

«Sono un avvocato, Ethan. Sono il *tuo* avvocato. Sai che non firmo nulla senza intenzione, quindi è così che stanno le cose. Un ospedale o casa mia. Fattene una ragione».

## CAPITOLO 12
## Un Anno Dopo

### Ayala

«Mamma, ho trovato un appartamento!» Entro in casa dei miei genitori e getto la borsa all'ingresso.

Vivo qui da quando mi hanno dimessa dall'ospedale, ma è passato un anno ormai, ed è tempo di tornare a essere indipendente. Le festività si avvicinano. L'anno scorso le ho celebrate in ospedale. Quest'anno voglio festeggiare a casa mia.

Mamma non risponde. Vado in cucina a cercarla, e infatti è lì, che fa tintinnare le pentole e cucina mentre canta.

Mi sono sempre chiesta perché non abbia fatto nulla con il suo talento culinario, ma mamma crede in questa relazione tradizionale, dove solo l'uomo lavora e la donna si occupa della casa.

«Cosa hai detto? Non ti ho sentita», si gira verso di me.

«Ho detto che ho trovato un appartamento».

«È troppo presto. Non credi?»

Non potrò mai superare quello che è successo. Farà sempre parte di me. Ma lei non riesce a capirlo. Forse è perché non le ho mai raccontato cosa è successo là. Sa che Michael mi ha violentata e picchiata, le ho persino detto che ha ucciso Robin, anche se non sono state trovate prove, e so che mi ha creduta. Ma non ha idea dell'entità del suo abuso o del legame di Ethan con tutta la storia.

Vorrei dirle quanto amo Ethan, quanto mi abbia aiutata, ma ogni volta che lo nomino, lei si ritrae. Per quanto la riguarda, lui era l'uomo con cui ho fatto sesso mentre ero sposata. Per lei, è lui il colpevole di tutto ciò che è successo, e dovrei tenermi lontana da lui. Non che sia un problema dato che Ethan ha detto che non voleva più sentirmi.

Per continuare la mia ripresa, ho bisogno di essere di nuovo indipendente. Voglio riavere la mia privacy. Voglio sapere che quando mi sveglio di notte da un incubo, lei non è seduta nel suo letto a preoccuparsi per me.

«Mamma, vado in terapia due volte a settimana, e continuerò anche dopo che me ne sarò andata. Ho trovato un lavoro che mi piace. Sto perfettamente bene». Bene quanto potrei essere. Ho smesso di sperare in qualcosa di più.

Dopo che mi hanno dimessa dall'ospedale, i miei genitori mi hanno vegliato come uccelli sul loro pulcino. Non mi lasciavano un momento, assicurandosi che non rimanessi sola, temendo che appena avessero distolto lo sguardo, mi sarei uccisa.

Non mentirò. Ci sono stati momenti in cui ci ho pensato. Momenti in cui le ombre nere circondavano tutto, e non riuscivo a vedere un futuro. Non capivo come avrei mai potuto riprendermi e vivere di nuovo quando non avevo più nulla per cui vivere. Senza Ethan, senza il bambino.

Dopo la telefonata con Ethan, quando mi disse che era tutto finito, pensai che anche la mia vita fosse finita. Se lui non mi voleva più, nessuno mi avrebbe voluta. Nessuno avrebbe voluto la persona difettosa e rotta che sono.

Ma i mesi sono passati, e sono guarita. Il mio corpo è guarito tranne che per alcuni segni sbiaditi che rimangono e un naso che ora è permanentemente leggermente storto. All'esterno, sono completamente normale, ma all'interno...

La mia mente probabilmente non si riprenderà mai, ma ho imparato ad accettarlo. Mi sono rassegnata al fatto che gli incubi probabilmente rimarranno con me per sempre, che probabilmente non avrò mai una relazione normale come le altre persone. Ma sono arrivata a capire che posso essere in qualche modo felice. Pensandoci, il mio psicologo ha fatto un buon lavoro con me.

Tre mesi fa, ho iniziato a cercare di nuovo lavoro. Questa volta usando il mio vero nome. È stato difficile mostrarmi fuori quando alcune persone mi ricordavano ancora dall'incidente.

Non potevo negare gli sguardi di pietà nei loro occhi, i lampi di riconoscimento e gli sguardi fluttuanti in cerca di cicatrici, aspettando che crollassi, urlassi o facessi qualcosa di imbarazzante. Sebbene abbia risposto a tutte le domande e superato i colloqui senza problemi, non sono stata assunta. Alla fine, non ho avuto altra scelta che accettare un colloquio alla T.J Publishing, un'azienda appartenente allo zio di mia madre, Toby Jefferson. Su richiesta di mamma, ha accettato di darmi una possibilità e assumermi, ma richiedeva comunque un colloquio preliminare.

Ero felice di essere come tutti gli altri.

Mi sono seduta di fronte allo zio Toby e l'ho fissato. Non gli avrei dato alcun motivo di pensare che sarei crollata da un momento all'altro. Non ha avuto pietà di me, e ho risposto a tutte le sue domande rapidamente ed efficacemente.

Quando sono uscita con una stretta di mano, sapevo che il lavoro era mio.

Stava cercando un brand manager per la loro rivista digitale di moda. L'ho convinto che il lavoro era fatto su misura per me. Ha accettato di darmi un mese per dimostrare le mie capacità, anche se sono arrivata senza esperienza precedente.

Nel primo mese, ha esaminato ogni mia mossa, ma ora, tre mesi dopo, gestisco un team di dieci persone con un alto livello di competenza. Pianifico e distribuisco campagne sui social network, seguo tutti i rapporti finanziari, e ora sono immersa in una ricerca sulla concorrenza che sto conducendo per pianificare la nostra strategia per il futuro.

Questo è esattamente il tipo di lavoro che volevo quando sono andata a studiare amministrazione aziendale.

Lo zio Toby sa che non ho finito la laurea, e sebbene continui a incoraggiarmi a tornare a scuola, il titolo non era importante per lui quando mi ha assunta.

«Vedo la scintilla nei tuoi occhi», ha detto. «Sei affamata di questo lavoro». E oh, quanto aveva ragione.

Amo il mio lavoro.

«Sono pronta, mamma. È passato un anno ormai. Non posso vivere qui per sempre». Alzo le spalle e mi siedo su una sedia vicino al bancone della cucina.

«Puoi vivere qui finché ne hai bisogno. Lo sai. Non ti chiederò mai di andartene». Un'espressione di colpa le attraversa il viso.

Non te lo chiederò di nuovo, intende. «So che ti senti ancora in colpa per quello che è successo. Ma non ti incolpo». Incolpo me stessa. Ero io quella debole e stupida che ha creduto all'uomo che mi ha detto che mi voleva. E non una volta, ma due. Due volte sono caduta nella trappola.

Devo sopportare le espressioni di pietà dei miei genitori ogni giorno, insieme al senso di colpa che portano, ma quello che non sanno, quello che non capiscono, è che nonostante le gravi ferite che Michael ha inflitto al mio corpo, il danno maggiore è stato fatto da Ethan. L'uomo di cui mi fidavo, l'uomo a cui ho dato il mio cuore. Ero pronta a dare la mia vita per lui, e al momento della verità, mi ha abbandonata.

Mi guarda da sopra la spalla. «Va bene, Ayala. Se è questo che vuoi. Ma continuerai la terapia, vero?»

«Sì, sì». Annuisco. I miei genitori hanno insistito per continuare a finanziare la mia terapia anche dopo che ho trovato lavoro. Vogliono la garanzia che continuerò ad andarci, cosa che non ho problemi a promettere perché non ho intenzione di smettere. Le sedute mi aiutano.

Salgo in camera mia e mi sdraio sul letto, con le scarpe e tutto, guardando le stelle luminose attaccate al soffitto della mia stanza. Credo di avere avuto sette anni quando ho convinto mio padre ad attaccarle per me.

Amo il mio lavoro. Faccio gli straordinari ogni giorno, anche se non vengo pagata per questo. Non perché non riesca a finire il lavoro in una normale giornata di otto ore o perché non ne sia all'altezza, ma perché il lavoro mi aiuta a dimenticare. Il lavoro mi appaga. Sono indaffarata come un'ape che raccoglie il miele, costantemente impegnata nei compiti e a supervisionare i miei dipendenti. Occupa tutto il mio tempo e tutta la mia attenzione, non lasciando spazio ad altri pensieri.

Ma non appena torno a casa, la realtà bussa alla porta e mi colpisce con tutta la sua forza.

Non riesco più a dormire senza sonniferi. I miei incubi sono cambiati. All'inizio, sognavo quello che era successo, Michael sopra di me, l'odore del suo sudore nelle mie narici e il dolore intenso, e correvo in bagno a vomitare.

Ora è peggio. I sogni sono peggiori.

Sogno Ethan. Facciamo l'amore vicino al lago. Il sole ci scalda la pelle, il bagliore dorato del desiderio nei suoi occhi. Posso sentire i rami nel vento, come quel giorno in cui eravamo sdraiati insieme sulla coperta. Lo sento. Sento il suo calore. Poi lo scenario cambia. Gli alberi scompaiono e diventano un'ombra nera e minacciosa. Il sole sparisce e il viso di Ethan diventa quello di Michael. E allora urlo...

A volte vedo Michael in piedi davanti a me, con la pistola puntata contro Ethan, e io rimango lì ferma, osservando il cerchio di sangue che si allarga sulla camicia di Ethan, mentre non riesco a muovermi. Le mie membra sono incollate al pavimento. Non posso raggiungerlo, non posso aiutarlo. Rimango lì e lo guardo appassire e morire davanti ai miei occhi.

Ci sono brevi momenti in cui mi dispiace che non sia morto. Forse se l'avessi perso per la morte, sarebbe definitivo, e il dolore sarebbe definitivo. Sarebbe duro, ma non duro come il rifiuto. E poi sono inorridita dai miei terribili pensieri.

Ho avuto difficoltà a spiegare al mio psicologo cosa sia successo con Ethan. Perché non riesco a superarlo. Come può essere che l'uomo che amavo, un uomo che mi ha restituito il mio corpo, me lo abbia anche tolto con una breve telefonata?

Non riesco a capire cosa sia successo lì, non riesco a capacitarmene. Come può essere che sia venuto a salvarmi ma non sia rimasto per vedere se fossi sopravvissuta? Come ho potuto pensare che fossimo innamorati, dare la mia vita per lui, solo per scoprire che era tutto una bugia?

Una grossa, grassa bugia che divora mondi.

Sto superando il trauma di Michael e vedo la luce alla fine del tunnel, ma non credo che riuscirò mai a superare Ethan.

## CAPITOLO 13
### *Ethan*

Osservo la presentazione organizzata dai manager di Lemon Games e cerco di mostrare interesse per i numeri, ma i miei pensieri vagano altrove.

Ho acquistato l'azienda poco prima dell'"evento" - è così che chiamo ora quel terribile giorno - ma non mi ci sono dedicato nei mesi successivi.

Beh, non abbellire la realtà. Ero fatto il novanta per cento del tempo.

L'alcol e le pillole erano le uniche cose che offuscavano l'immagine che dominava i miei pensieri. Fortunatamente Ryan ha insistito per portarmi a casa sua e sottopormi a una riabilitazione accelerata. Lui e Olive mi hanno tirato fuori prima che fosse troppo tardi.

Da quando sono tornato in ufficio qualche mese fa, ho cercato di riprendere il controllo del mio piccolo impero, ma il mio livello di interesse è talmente basso da essere praticamente inesistente. Non riesco a risvegliare la mia grinta. Persino Savee non mi interessa come una volta, e lascio che Paul la gestisca senza di me. A cosa serve tutta l'operazione che ho messo in piedi se, al momento della verità, non sono riuscito nemmeno a salvare la donna che amo?

Dopo mesi di assenza, non capisco proprio cosa ci faccio qui. Tutto ha funzionato perfettamente senza di me. Ho degli ottimi manager che conoscono il loro lavoro. Non hanno bisogno di me qui.

Annuisco nei momenti giusti e dico le cose giuste, ma nulla mi smuove. Dall'esterno, la vita è tornata sui binari. Mi comporto nel mondo come al solito, ma nulla è come al solito.

Mi sento intorpidito. Mi sento... fuori fase.

All'esterno, sto perfettamente bene. Le ferite sono guarite, anche se faccio ancora fisioterapia ogni sera per migliorare le condizioni della mia spalla. Mangio regolarmente, funziono normalmente e ho persino confermato la mia presenza alla raccolta fondi per i bambini della prossima settimana. Anche se preferirei farmi pugnalare di nuovo piuttosto che sorridere a tutti. Ho confermato senza accompagnatrice.

Dopo che la presentazione e le riunioni sono finite, mi siedo da solo nel mio ufficio e apro il rapporto settimanale di Jess.

Nessuno sa che la sto ancora seguendo, che la sto ancora controllando.

Ryan impazzirebbe se lo sapesse.

Ma non riesco a starle lontano. Devo vederla, anche da lontano e sapere che sta bene. È l'unico punto luminoso della mia settimana.

Apro l'e-mail con le mani tremanti. Ha mandato delle foto. Aspetto un po' che si scarichino sul dispositivo e le apro.

Faccio un respiro profondo.

La sua figura, così familiare per me, cammina per strada, indossando una gonna a tubino nera al ginocchio e una camicetta gialla aderente che mette in risalto il suo seno. Indossa tacchi alti con una borsa infilata sotto il braccio. I suoi capelli, ora più chiari e lunghi, svolazzano nel vento, e lei allunga la mano per sistemare le ciocche fastidiose dietro l'orecchio.

Non riesco a vedere i suoi occhi dalla distanza a cui è stata scattata la foto, ma ricordo quanto siano blu.

Ha un aspetto fantastico.

Sembra una donna che è andata avanti.

Lavora ancora alla rivista e sembra eccellere nel lavoro. Ho sempre saputo che sarebbe stata straordinaria. Le avevo offerto un lavoro una volta. Aveva quel fuoco che stavo cercando e una mente acuta. Ma ha rifiutato la mia offerta, e ora mi chiedo se la situazione sarebbe stata diversa se non avesse ancora lavorato al bar ma avesse invece lavorato per me quando lui ha iniziato a cercarla.

Sono contento di vedere quanto bene stia, quanto sia viva. Non come Anna. Ayala è più forte di Anna e lo è sempre stata.

Distogliendo lo sguardo dalle foto, continuo a leggere l'aggiornamento. Sembra che abbia affittato un appartamento in periferia. Ben fatto, Bambi. Brava ragazza.

Mi chiedo se mi abbia dimenticato o se mi abbia già superato. Perché non credo che riuscirò mai a superare lei.

La porta del mio ufficio si apre ed entra Ryan. Abbasso lo schermo del telefono in modo che non veda cosa sto guardando. «Non bussi mai?»

«Da quando devo bussare?» Si siede sulla sedia di fronte a me. «O avevi intenzione di scoparti qualcuno qui?» Si guarda intorno come se cercasse dove ho nascosto una donna. «Ti farà bene ricominciare a scopare. È passato molto tempo.»

«Concentrati sulle tue scopate.»

«Non preoccuparti per me. La gravidanza rende Maya così arrapata.» Sorride compiaciuto, e io aggrotto la fronte fingendo disgusto.

Ma in realtà, sono felice per lui. Temevo che l'aborto li avrebbe distrutti. Quelli sono stati giorni difficili. Ma Maya è rimasta incinta di nuovo facilmente, e la loro relazione è tutto ciò che si potrebbe sperare. Per un momento, ho pensato che potesse succedere anche a me, ma ora mi rendo conto che erano false speranze. Tale felicità non è il mio destino.

Ma Ryan ha ragione. Ho bisogno di tornare agli affari. Scopare mi darà un po' di interesse per la vita. Il divertimento che mi manca.

«Ok, veniamo al punto», dice Ryan, interrompendo il mio filo di pensieri. «Oggi ho ricevuto una lettera ufficiale dalla polizia di San Francisco che stanno chiudendo il caso.» Sorride. «Non ci sono prove che la morte sia stata causata da altro che un incidente sfortunato.»

Mi permetto di sorridere. È un sollievo sapere che Ayala è finalmente libera. E io anche. I miei affari hanno subito un colpo quando è uscita tutta la storia. Essere sospettato di omicidio, anche se non era stato presentato alcun atto d'accusa, non è un bene per gli affari. Sono contento che quella parte sia finalmente alle mie spalle.

Mi chiedo se anche lei abbia ricevuto la notizia. Mi chiedo se fosse felice quanto me. Se fosse preoccupata o se non le importasse. Mi chiedo se pensi a me.

«Terra chiama Ethan.»

Cazzo, non ho ascoltato di nuovo.

«Che ti prende? Non sei concentrato.»

«Ho molte cose per la testa, Ryan. Lasciami in pace», borbotto. «Cos'altro vuoi?»

Ci sediamo per alcuni minuti e discutiamo degli aggiornamenti su alcune questioni legali urgenti, eppure, faccio fatica a rimanere concentrato. Quando finiamo, non provo altro che sollievo.

Mi verserei un bicchiere di whisky adesso, ma so che Ryan non la prenderebbe bene. Non dopo quello che gli ho fatto passare in questi ultimi mesi, quindi mi trattengo.

---

MI FISSO nello specchietto retrovisore e cerco di aggiustare il mio papillon. Perché diavolo ho accettato di venire a questo evento?

Metto su un sorriso finto ed entro. La mia prima apparizione a una raccolta fondi pubblica dopo l'"evento", e a quanto pare l'interesse non è scemato. I fotografi mi inseguono, scattano foto e chiedono una risposta.

Mi limito a mantenere il sorriso stampato sul viso e continuo a camminare. La pubblicità è sempre buona.

«Maya, sei splendida», dico, salutando i miei amici che mi si avvicinano vicino all'ingresso. Il suo pancione è enorme. Quando è la sua data prevista? Non me lo ricordo, ma sembra possa essere da un momento all'altro.

«Lo so, sembro un elefante. Ma grazie per avermi mentito». Mi regala un sorriso abbagliante, con la felicità riflessa nei suoi occhi mentre si gira verso Ryan. Quel fortunato figlio di puttana. Le prendo il braccio e la conduco all'interno.

È la prima volta da un po' che vado a un evento da solo, e le voci si sono diffuse. La gente sussurra di me, pensando che non possa sentirli.

Non mi dà fastidio, però. Non m'importa di cosa pensi la gente di me. Mi guardo intorno, cercando qualcuno che sembri interessante. È ora di rompere il periodo di astinenza. Molti occhi sono puntati su di me. Sarà più facile del previsto.

Merda. I miei genitori.

Prendo un bicchiere di champagne da un cameriere che passa, e Ryan mi lancia uno sguardo di rimprovero.

«Sto bene». Lo fisso male. Non avevo intenzione di ubriacarmi oggi, ma ho bisogno di un po' di alcol per sopravvivere a questa serata se ci sono i miei genitori.

Vedo lo sguardo di mia madre che mi localizza tra la folla. Si dirige verso di me.

Ryan segue il mio sguardo, afferra Maya, e se ne vanno, lasciandomi solo nella tana del leone.

«Ethan». La voce di mia madre è dolce.

«Mamma». Inclino la testa e sorseggio lo champagne. Peccato non sia whisky.

«Ethan, sono passati mesi». Vedo le lacrime nei suoi occhi. «Ti sei fatto male e non mi hai nemmeno permesso di venire a trovarti». Allunga la mano verso il mio braccio, e io faccio un passo indietro. Il dolore balena nei suoi occhi. «Stai bene?»

«Sì. Bene». Non sono dell'umore per cooperare.

«Sei nostro figlio. Per favore, non tagliarci fuori. Voglio sapere cosa ti succede. Ti vogliamo bene».

«Tu forse, ma papà è un'altra storia». Volgo lo sguardo verso di lui, in piedi a pochi passi dietro di lei, mantenendo una distanza di sicurezza. Forse è preoccupato che possa fare una scenata.

«No. Anche lui si preoccupa per te, come me. Verrai a cena? Così possiamo parlare?»

Non ho voglia di passare di nuovo attraverso tutto questo, ma hanno cercato di salvarmi da tutto il casino che ho combinato in passato. Mi sento ancora in debito con loro. «D'accordo».

Lei cerca di avvicinarsi per un abbraccio.

Faccio un altro passo indietro, e lei si ferma, guardandomi

con delusione. Ho detto che sarei venuto. Al momento, è tutto ciò che posso dare loro. Mi allontano e mi siedo a un tavolo.

È incredibile cosa faccia un famoso caso di omicidio alla libido di una ragazza. Per tutta la serata si avvicinano a me, mi toccano e fanno più o meno di tutto tranne togliermi i pantaloni. Dovrei essere felice, è quello che volevo, ma invece sono a disagio.

Devo uscire di qui con una donna. Ryan ha ragione. È passato troppo tempo. Non sono sicuro che il mio cazzo funzioni ancora.

La bionda al tavolo laterale mi sta esaminando da diversi minuti. Ha un bell'aspetto. Le sorrido e alzo il bicchiere verso di lei. Sì. Bingo.

Mi alzo e vado da lei. «Balliamo?»

Si alza, e io le metto una mano sulla schiena, conducendola in pista.

Domani la nostra foto sarà su tutti i siti di gossip. Speriamo che abbia scelto bene.

---

CAZZO, il sole acceca. Che ore sono? Do un'occhiata al telefono accanto al letto e leggo il messaggio sullo schermo.

> **Ryan**
> Allora, hai rotto il periodo di astinenza?

Lo chiamo.

«Stai vivendo la tua vita attraverso me adesso? Vai a farti fottere».

«Io scopo benissimo, grazie. La domanda è, tu lo stai facendo?»

Ahhh... Non si arrende proprio. Cosa dovrei dire? Che è stato orribile? Lei non era Ayala. Non aveva i grandi occhi blu di Ayala. Non gemeva come faceva Ayala. Quasi non riuscivo ad avere un'erezione. Per fortuna lei non se n'è accorta. Avrebbe potuto essere un disastro.

«Certo che l'ho scopata».

«Spero che tu l'abbia fatta venire almeno due volte. Ma perché hai dovuto scegliere la figlia di Richard?»

«Richard?» Il nome non mi dice nulla.

«Richard Castle».

«Cazzo».

«Sì. Spero che tu non l'abbia contrariata. Altrimenti ci sarà un aumento dell'affitto».

È venuta. Ne sono sicuro. Le ho praticato sesso orale per ore finché non è venuta. La mascella mi fa ancora male.

«Okay, Ryan, perché mi svegli la mattina per queste sciocchezze? È sabato. Lasciami dormire».

«Non corri più?» C'è una nota di sorpresa nella sua voce.

«Cosa?»

«Non stai correndo? Non ti ho mai svegliato alle otto del mattino prima. Pensavo che fossi già tornato dalla tua corsa».

«Uh... Ho cambiato un po' gli orari. Non corro fuori a causa dei pettegoli ficcanaso». Mezza verità. Non ho più l'impegno di prima. Non corro ogni giorno come facevo una volta.

«Altro, o ne parliamo dopo?»

Dopo qualche altro commento insignificante, mi lascia andare. E proprio mentre mi sdraio di nuovo, c'è un colpo alla porta. Cazzo, cosa vuole la gente da me oggi?

«Ehi, Olive». Irrompe nell'appartamento appena apro la porta, agitando il suo telefono. «Buongiorno anche a te», mormoro.

«Perché l'hai fatto? Perché con Lena?»

«Eh?»

Il telefono viene agitato di nuovo davanti ai miei occhi. Vedo una foto della festa di ieri sera con Lena Castle e me.

«Oh».

«Perché ci sei andato a letto, Ethan? Questa donna porterà solo guai».

«Perché vi state tutti intromettendo nella mia vita sessuale oggi?» Premo il pulsante della macchina del caffè. «Vuoi un caffè?» Non aspetto la sua risposta e tiro fuori una seconda tazza per lei.

«Tu non ti intrometti nella mia perché non c'è nulla in cui intromettersi. Jenny e io ci siamo lasciati mesi fa. Perché hai fatto questo?»

«Perché no? Sai, sono un uomo. Mi piace il sesso.» Sta oltrepassando il limite.

«Tu ami Ayala.»

«Non più.»

«Ethan, lei vedrà queste foto. Non ti importa di farle del male?»

Cazzo. Ha ragione. Se Jess mi mandasse una foto di lei con un altro uomo, impazzirei. «Non stiamo insieme.»

«Ancora non capisco perché no. È ovvio che la ami ancora. E il modo in cui l'hai fatto... Non riesco ancora a credere che le abbia fatto questo.» Olive è seduta su uno sgabello all'isola della cucina e allunga le sue lunghe gambe prima di prendere un sorso di caffè. «Devi parlare con qualcuno di quello che è successo. Non deve essere per forza con me, ma devi parlarne con qualcuno. Non ti comporti più come te stesso. Mi preoccupo per te. È come se fossi spento.»

Wow, è una descrizione piuttosto accurata di come mi sento. Spento. Non pensavo fosse così evidente. «Non mi piace che tu ti immischi nei miei affari.» Mi giro e vado a mettermi alla finestra.

Prima Ryan, ora Olive. Sono sicuro che abbiano coordinato questo intervento.

Nessuno sa cosa sia successo lì, niente se non quello che i media hanno diffuso, e non ho intenzione di dirglielo. Non ho voglia di tornare a scavare nel mio cervello con gli psicologi di nuovo. Non mi hanno aiutato quando avevo diciassette anni e non mi aiuteranno ora. Ma forse ha ragione. Forse non sono capace di gestire questa cosa da solo come pensavo. Immagino di aver fallito di nuovo.

## CAPITOLO 14
## *Ayala*

«Ehi, Olive.» Inserisco l'auricolare e rispondo al telefono mentre cammino a passo svelto. Non voglio arrivare in ritardo in ufficio. «Che succede?»

«Scusa se non ti ho chiamato la settimana scorsa. Ero impegnata con il nuovo negozio.»

«E come sta andando il negozio?» Attraverso la strada e un'auto che sfreccia mi suona il clacson.

«Lavori in corso. Ci sono alcune crisi perché sembra impossibile farne a meno.» Ride. «Ma apriremo in tempo.»

«È fantastico! Non posso credere che stia per accadere.»

«Verresti? So che è a New York, ed è lontano e tutto, ma vorrei che tu fossi presente. Posso comprarti un biglietto e puoi dormire da me.»

«Hmmm.» Non so cosa dire. «Non sono sicura di potermi assentare dal lavoro.» Posso volare a New York?

«Non devi rimanere a lungo. Puoi tornare il giorno dopo. Per favore, sii con me all'apertura. Tutti i tuoi discorsi motivazionali e le tue idee degli ultimi mesi sono stati parte integrante del negozio, e devi assolutamente vederlo di persona. Come è venuta la carta da parati che hai scelto e tutto il resto.»

«Penso che tu sia confusa. Sei tu quella che mi ha incoraggiato, non il contrario.» Rido. È stata al mio fianco tutto questo tempo, dal momento in cui ha scoperto che Ethan mi ha lasciata, anche se non era tenuta a farlo. Dopotutto, ci conoscevamo appena.

«Va bene, farò uno sforzo per venire. E non c'è bisogno che tu mi compri un biglietto. Ora ho un lavoro.»

«Lo so, signora molto importante. A proposito, forse c'è una piccola, minuscola, microscopica possibilità che la tua rivista copra l'apertura?»

Mi mordo il labbro. «Vedrò cosa posso fare. Ma non posso promettere nulla, okay? Non voglio che tu rimanga delusa.» Mi piacerebbe aiutarla, ma non sono io a decidere cosa coprire.

«Lo so. Allora, come stai?»

Olive ed io ci immergiamo nella nostra solita conversazione finché non arrivo in ufficio, poi ci salutiamo.

Busso alla porta dell'ufficio di zio Toby. «Posso entrare?» Fa un cenno con la mano e io entro e mi siedo di fronte a lui.

«Ho un'idea per un articolo o un servizio sulla rivista. Un nuovo negozio di design a New York aprirà tra due settimane. Conosco la designer, ed è fantastica.»

«A New York? Cosa ha di speciale questo negozio? Perché dovremmo recensirlo in particolare, e più precisamente, a New York?»

«La designer è qualcosa di speciale. È una stella emergente dei social network e ha un'incredibile risonanza. Più di un milione di follower sui social. L'apertura sarà sicuramente un successo. Verranno molte celebrità. Dovremmo esserci.»

«Un milione di follower, dici? Okay, sembra più interessante. E come otterrai un invito?»

«Ne ho già uno.» Sorrido. «La designer è una mia amica.»

«Puoi scrivere l'articolo? Forse sarebbe meglio mandare Liz.»

Scuoto la testa. «Per lei è importante che ci sia io. Posso scrivere un pezzo, ma se preferisci, Liz ed io possiamo volare insieme.» Non sono una giornalista, ma posso coprire un evento.

Lui considera le mie parole. «Va bene. Ma dovrai portare con te un fotografo. Avremo bisogno di foto.»

Annuisco. «Sì, certo.»

«Okay, quindi mandami le date e prenota i voli per te e Claire.»

Quasi salto fuori dalla stanza. È andata alla grande. E questo sarà un ottimo servizio per la rivista. Claire è una delle nostre migliori fotografe ed è anche divertente lavorare con lei.

Mando un messaggio a Olive.

> Vengo a New York! E porto anche una fotografa con me. Ci sei. Okay?

> **Olive**
> Sì! Sei fantastica. E, ovviamente, la fotografa è la benvenuta. Sono così emozionata!

Torno alla mia scrivania, invio le informazioni a Claire e prenoto i voli e un hotel per entrambe.

Solo quando l'eccitazione si placa, mi rendo conto di cosa ho fatto. Olive è mia amica. Abbiamo parlato quasi ogni giorno da quando è successo. Ma è anche un'amica intima di Ethan.

Ethan è stato coinvolto in questo negozio fin dall'inizio. Non c'è modo che non venga a questa apertura.

Cerco di fermare le vibrazioni che mi assalgono. Come

dovrei affrontarlo? Non posso. Annullerò il viaggio. Ma Olive... Le ho già promesso. Dovrò far andare Liz al mio posto come ha suggerito Toby.

Il mio respiro è veloce e superficiale. Cerco di inspirare profondamente per fermare l'insorgere dell'attacco d'ansia. Forse Ethan non ci sarà affatto? Cerco il suo nome su Google ogni giorno e non compare nulla tranne alcuni articoli sulle sue attività. Dopo l'incidente, è sparito dalla società. Non appare in pubblico.

E come per infastidirmi, quando digito il suo nome ora, appare una foto di ieri.

Certo. Ovviamente ci sarebbe una nuova foto di lui proprio quando sono sull'orlo di un attacco di panico. È ancora bellissimo, ha ancora un aspetto fantastico. Fa ancora desiderare al mio corpo di averlo. Ma riesaminandolo, vedo che qualcosa è cambiato. L'intensità che ero solita vedere in lui manca, quel malizioso giocoso. Apro la foto successiva e il mio cuore fa male come se mi avesse colpito. Sono inorridita nel vedere che c'è una bionda appesa al suo braccio. Mi chiedo se sia importante per lui. Se sono innamorati come lo eravamo noi.

Le mie unghie si conficcano così forte nelle mie cosce da lasciare il segno. Mi ricordo che Ethan può frequentare chi vuole. Non stiamo insieme. Solo perché io non riesco a superarlo, non significa che lui non sia riuscito a superare me.

Mi impegno nel lavoro e riempio la mia testa di numeri e campagne. Non c'è niente di meglio che essere occupati per distrarsi.

È passato molto tempo dall'ultima volta che sono stata così tesa prima di una seduta con il mio psicologo, ma oggi mi sento come quasi un anno fa. Ricordo le prime volte che sono andata da lui quando le ferite erano ancora fresche e aperte. È come se fossi tornata di nuovo ai giorni dell'inizio, alla paura paralizzante, a un luogo in cui pensavo di non essere più. A quanto pare ho ancora molta strada da fare.

---

Mi accascio sul divano grigio di fronte al Dottor Sullivan.

«La ballerina è davvero bellissima.» Indico la statua nell'angolo della stanza.

«Piace molto anche a me. Ma era qui anche le volte precedenti che sei venuta. Cosa ti turba, Ayala?» I suoi occhi marroni mi studiano attraverso gli occhiali, ma non c'è giudizio in essi. Ecco perché non mi dispiace venire qui. Nessun giudizio, solo aiuto.

Annuisco e cerco di tirar fuori le parole. «Olive mi ha chiesto di andare alla festa di inaugurazione del suo locale.»

«È fantastico. È bello che manteniate i contatti a distanza. Capisco che lei sia importante per te. Hai intenzione di andare?»

«Volevo. Ho persino organizzato per farle avere un servizio PR sulla rivista. I piani di viaggio sono già stati fatti per me e anche per il fotografo che la rivista intende mandare.»

Lui aspetta che io continui, osservandomi in silenzio.

«Poi mi sono ricordata che ci sarebbe stato Ethan.»

«Ethan Wolf?»

«Sì. Non c'è modo che non sia lì. È un amico intimo di Olive. È molto coinvolto nell'attività.»

«E cosa ne pensi?»

«Penso che svenirò.»

«Capisco che hai paura di rivederlo.»

«Sì. È troppo presto. Sono ancora... Ancora...»

«Provi ancora dei sentimenti per lui?»

«Sì.»

«E cosa pensi che succederà se lo vedrai?»

«Andrò in pezzi.»

«Penso che tu sia più forte di quanto credi. Ma solo tu puoi giudicare se la situazione ti farà fare un passo indietro. Devi decidere tu.»

Continuiamo la conversazione e me ne vado con una decisione. È troppo presto per me. Non posso partecipare all'inaugurazione. Dovrò vedere Olive e il negozio un'altra volta.

## CAPITOLO 15
## *Ethan*

> **Ryan**
> La festa di compleanno di mamma è alle otto.

Chiudo gli occhi e sospiro. Non si preoccupa nemmeno di chiedere se verrò perché non c'è altra opzione. Devo andare alla festa di Jennifer. Di solito non avrei problemi a partecipare. Sono in buoni rapporti con i genitori di Ryan, ma sono così esausto. Sono stanco della finzione, stanco dei sorrisi finti.

Ma questa è Jennifer. La persona che mi ha dato un posto quando sentivo di non appartenere a nessuno. Quando i miei genitori mi ignoravano. Ricordo come tutti i miei amici mi hanno abbandonato su consiglio dei loro genitori. «*Non dovresti farti vedere accanto al figlio ribelle, quello che ha abbandonato la scuola e crea problemi.*» Potrebbe essere contagioso. Solo Ryan è rimasto al mio fianco. E sua madre non mi ha mai fatto sentire indesiderato a casa loro. Al contrario, era sempre felice di vedermi come se fossi suo figlio.

Durante il mio anno difficile, ero un ospite a casa mia e un membro della famiglia a casa loro. Non mi rendevo conto allora di quanto lei avesse sacrificato per fornirmi quel posto sicuro. Di come la nostra comunità li abbia emarginati solo per essermi vicini.

Mando un messaggio a Olive.

> Puoi venire con me a una festa stasera alle otto?

Mi siedo e spero in una risposta positiva. Ho bisogno di lei al mio fianco oggi. Si assicurerà che non faccia o dica nulla di stupido di cui mi pentirò dopo, e sorriderà anche quando io non ne sarò capace.

> **Olive**
> Per te, sempre.

---

«Sei magnifica.» Mi congratulo con Jennifer e le do un bacio sulla guancia. «Hai fatto qualcosa?»

«Acido ialuronico» mi sussurra all'orecchio. «È la nuova moda ora. Ma non dirlo a nessuno. Voglio che tutti pensino che semplicemente dimostro bene la mia età.»

«Dimostri benissimo la tua età.» Le stringo le braccia e la esamino. La sua figura snella è avvolta in un lungo abito color vinaccia. È difficile credere che stia compiendo sessantatré anni. «Perché sui cartelli c'è scritto cinquantanove?»

Alza un sopracciglio ben disegnato. «Secondo te perché?»

«Ti ho portato qualcosa.» Le porgo la borsa con il nuovo logo del marchio di Olive, il fiore di orchidea inciso in delicato oro.

«Sai che non devi portarmi regali.» Un rossore le sale alle guance.

«Ho disegnato l'abito appositamente per te» dice Olive con un sorriso. «È un pezzo unico.» Gli occhi di Jennifer si illuminano.

Ci conosciamo da oltre vent'anni, e Jennifer si imbarazza ancora a ricevere regali da me. La verità è che non sapevo cosa portare. Poi Olive si è offerta di regalarle un nuovo pezzo che ha disegnato, e ho colto al volo l'opportunità. I design originali e unici di Olive sono un regalo che qualsiasi donna vorrebbe, e sono felice di lasciare che Jennifer ne sfoggi uno. Faccio tutto il possibile per farla sentire orgogliosa di chi sono oggi, in gran parte grazie a lei.

Entriamo e noto i miei genitori. Cazzo. Mi affretto a unirmi a Ryan e Maya, usando loro come scudi umani.

«Nessun vestito mi sta bene» si lamenta Maya. «Tutto è brutto. Quando aprirai una linea di abbigliamento premaman?» chiede, rivolgendosi a Olive.

«Fammi prima aprire il negozio. Poi vedremo. E tu stai per partorire. Quindi potrai comprare da me presto.» Olive fa l'occhiolino a Maya. «Ti disegnerò qualcosa di speciale.»

Ryan sbuffa. «Sarà fantastico quando non dovrò più uscire nel cuore della notte per comprare gelato e mais.»

«Mais?» Alzo un sopracciglio.

«Non chiedere.» Ride.

Maya gli dà un pugno sulla spalla. «Non hai diritto di lamentarti, ragazzo ricco. Non sei tu a portare una palla da bowling che ti contorce tutto il corpo, e non sarai tu a spingere un'anguria attraverso la tua v-»

«Ahhhh...» La fermo prima che immagini sgradevoli si materializzino davanti ai miei occhi. «Troppi dettagli. Vado a prendere da bere. Qualcuno vuole qualcosa?»

«Acqua per me» dice Maya, e vedo quanto sia felice della sua gravidanza.

«Puoi prendermi del vino rosso, per favore?» chiede Olive, e con un cenno vado al bar e ordino.

«Ethan.»

Faccio un respiro profondo prima di voltarmi verso di lei. «Mamma.» Mi guardo intorno e, fortunatamente, papà non si vede da nessuna parte. Sembra che si stia tenendo a distanza da me. Eccellente.

«Ho visto che sei venuto con Olivia.»

«Esatto.»

«Siete tornati insieme?»

Mi lascio sfuggire una risata. «No. Siamo solo amici.»

Sembra delusa. «Quindi non c'è nessuno di speciale nella tua vita?»

Rabbrividisco. C'era. Ma ho quasi causato la sua morte. «No.» Prendo il whisky che ho ordinato e lo bevo in un sorso, accogliendo il bruciore nella gola.

«Verrai a cena? Domani?»

«Non posso domani» mento.

«La settimana prossima?»

«Forse.»

Scuote la testa. «Per favore, non tagliarci fuori. Hai promesso che saresti venuto. Parli più con Jennifer Blake che con me.»

Forse perché lei mi parlava quando tu mi mandavi solo dagli psicologi senza scambiare una parola? «Verrò quando potrò.»

«Ethan Wolf.»

La voce ferma che proviene da dietro mi fa sobbalzare. «Martin Nightingale.» Stringo la mano che mi tende. Non ci parliamo da molto tempo, e so che erano arrabbiati perché ho licenziato loro figlio l'anno scorso. Spero che non intenda fare una scenata. L'ultima cosa che voglio è mettere in imbarazzo Jennifer alla sua festa di compleanno. Non ho reso pubblico il motivo del licenziamento. Non volevo svergognare la famiglia.

«Mi è dispiaciuto sentire cosa ti è successo. Spero che ti sia completamente ripreso.»

Annuisco. «Sì, va tutto bene, grazie.» Aspetto che arrivi al punto.

«Sarei felice se potessimo fissare un incontro per parlare di PlayMaker.»

Inclino la testa. «È un'azienda di sua proprietà, giusto?»

«Verissimo.» Sembra compiaciuto. «Ho capito che ultimamente stai investendo in aziende di giochi, e noi stiamo cercando nuovi investitori.»

Okay. Non è il punto che mi aspettavo, ma... Ripensandoci, considerando il tradimento di loro figlio, non sono sicuro di voler fare affari con loro. Un figlio con una morale discutibile può certamente testimoniare contro i suoi genitori. Almeno non è venuto a urlare contro di me.

«Può fissare un appuntamento tramite l'ufficio.»

«Cosa stai facendo, papà?» Clifford appare improvvisamente al fianco di suo padre.

Merda. Proprio quando pensavo che non potesse essere qui stasera. Perché è qui? Non pensavo volesse mostrare la faccia a un evento dei Blake. Come fa a non vergognarsi?

«Cosa pensi che stia facendo?» dice Martin a bassa voce.

«Leccare i piedi a Wolf. Di nuovo. Non capisco che affari hai con loro, papà. Non sono la famiglia reale. Li ammiri così tanto? Vuoi baciare i loro piedi?»

Gli occhi di Martin si socchiudono, e afferra il braccio di suo figlio tirandolo da parte. Li vedo bisbigliare, e il viso di Clifford si contorce dalla rabbia.

Non ho idea di cosa stia succedendo qui in questo momento, ma sono felice per il salvataggio, e velocemente mi allontano.

La mia felicità è prematura, tuttavia. Clifford si libera da suo padre e si avvicina a me di nuovo.

«Non osare fissare un appuntamento con mio padre» dice a bassa voce, ma la rabbia gocciola da lui come veleno.

«Perché no?»

«Sarò dannato se lascerò che le nostre attività vadano alla tua famiglia.»

«La mia famiglia vale quanto qualsiasi altra.» Ho sempre sospettato che avesse qualcosa di personale contro di me, ma non sapevo cosa. Questa potrebbe essere la mia occasione per capire.

La sua bocca si stira in una linea sottile. «Per qualche motivo sconosciuto, papà adora la famiglia Wolf. 'Clifford, perché non puoi essere più come Ethan? Guarda come eccelle e quanto bene stanno andando i suoi affari. Guarda quante aziende ha avviato da solo'» imita. «Non voglio sentire un'altra parola. Anche dopo che tua sorella è stata violentata, ti sei messo nei guai e non ti sei diplomato al liceo, e lui pensa ancora che tu sia perfetto. Il figlio perfetto. Ci credi a questa merda? Io mi sono laureato con lode, e tu hai mandato a puttane l'intero ultimo anno, eppure sei ancora migliore di me.» Finisce la sua tirata sbattendomi un dito contro il petto.

«Non sono perfetto.» Vorrei che mio padre avesse pensato anche solo alcune di queste cose di me.

«Dannazione se non lo sei. Non sei altro che spazzatura, come tutta la tua famiglia. E l'azienda di mio padre andrà a me. Non sono pronto perché lui la venda, e certamente non a te. Non m'importa cosa pensa.»

«E cosa sta pensando, Clifford?»

«Pensa che io non sia capace di guidare l'azienda, che non riuscirei nemmeno a mantenere un lavoro. Ma sarò io quello che la gestirà. Non tu.»

Non voglio la sua azienda o l'incontro con suo padre. Ma non mi piacciono le minacce. «Deciderò io in merito.»

«Se interferisci, la pagherai.»

«Vuoi che renda pubblica la ragione per cui ti ho licenziato? Devo imbarazzare te e la tua famiglia in quel modo?»

Socchiude gli occhi ma non risponde. Faccio un respiro profondo. «Ti suggerisco di mantenere le distanze da me d'ora in poi. Se mi minacci di nuovo, ne subirai le conseguenze.»

Prendo il vino e l'acqua e torno dai miei amici.

## CAPITOLO 16
### *Ayala*

> Buona fortuna per domani!

Invio il messaggio a Olive e ricevo in risposta un'emoji a forma di cuore. È incredibile quanto velocemente sia arrivato il giorno. Entro negli uffici e vado a cercare Liz e Claire per dare loro un ultimo briefing.

Trovo Claire nel suo ufficio, intenta a esaminare obiettivi fotografici, e mi lascio cadere sulla sedia accanto alla sua scrivania. «Tutto pronto?»

Claire alza lo sguardo. «Sto decidendo quale obiettivo portare». Agita due grandi obiettivi che mi sembrano uguali.

«Entrambi?» Alzo le mani e lei sospira. «Quando è il volo?»

«Non ricordo esattamente, ma non prima di stasera, quindi hai ancora un'intera giornata. Si prevede che saranno presenti diversi influencer del network. Dovrai fotografarli, preferibilmente con una citazione. Ti ho fatto una lista di chi è importante fotografare». Le porgo un foglio di carta, che lei prende e scorre rapidamente i nomi.

«Hai allegato anche le foto». Sorride.

«Non sapevo se saresti stata in grado di identificarli solo dai nomi».

«È eccellente. Altrimenti avrei potuto facilmente perderne qualcuno». Mette il foglio nella sua borsa.

«Dov'è Liz? Volevo parlare anche con lei».

«Non è ancora arrivata». Claire bilancia gli obiettivi nelle sue mani come se li stesse pesando su una bilancia. «Perché non vieni con noi? Ho capito che si tratta dell'inaugurazione della tua amica».

«Sì, e mi piacerebbe tanto essere lì per lei. Ma c'è una storia per me a New York, e preferisco non riaprire vecchie ferite», mormoro.

«È legato a...?»

Annuisco e lei tace. È passato un anno e ancora nessuno riesce a parlarmi di questo. Hanno paura di tirare fuori l'argomento. Questo è il più vicino che qualcuno sia arrivato finora. Il Dr. Sullivan pensa che mi aiuterà parlare di ciò che è successo con altre persone. Che vedrò che il mondo non crollerà su di me e che la vita andrà avanti. Ma se si sbagliasse?

Torno nel mio ufficio e inizio a lavorare sull'organizzazione del budget per i social media del mese prossimo. Aggiungo una sezione per Olive. Dovrebbe unirsi alla nostra campagna influencer e ho intenzione di chiederle a riguardo. È perfetto per lei. La aggiornerò con i dettagli dopo che avrà superato lo stress dell'inaugurazione. Sono sicura che accetterà.

Quando alzo la testa dal mio laptop e mi guardo intorno, mi rendo conto che è l'ora di pranzo e ancora non ho visto Liz oggi né ho avuto la possibilità di darle i miei ultimi consigli sul viaggio. Sto andando in mensa per cercarla quando Toby mi ferma.

«Puoi venire nel mio ufficio un momento?»

Annuisco e lo seguo.

«Liz non è venuta oggi», mi informa non appena entriamo. «Ha contattato il suo manager questa mattina, facendogli sapere che è malata e non potrà fare il viaggio».

«Cosa? Ma probabilmente starà bene per domani, giusto?» Mancano solo poche ore al volo. È così all'ultimo minuto.

«Non lo so. Lei dice di no, e non posso correre il rischio. Dobbiamo mandare qualcun altro. Sei sicura di non voler volare al suo posto? Era una tua idea».

Scuoto la testa. Non posso chiedere a Olive di disinvitarlo, e semplicemente non sono pronta. «Carol può sostituirla?»

«Carol deve finire un altro articolo per la rivista della prossima settimana. Ho bisogno di lei qui».

«Che ne dici di Samantha?»

«Puoi provare».

Sorrido e lascio il suo ufficio, affrettandomi a trovare Samantha. Ho poco tempo per convincerla. La trovo in mensa, insieme a diversi altri reporter. Non mi piace interrompere, ma non ho scelta.

«Ehi». Mi fermo davanti a lei.

Mi sorride con uno sguardo sorpreso. Sa chi sono, ma non ho avuto l'opportunità di conoscerla veramente fino ad ora. Vado dritta al punto.

«Sto cercando qualcuno per sostituire Liz all'evento di domani. È malata».

Samantha sembra interessata. «Di che articolo si tratta?»

«L'inaugurazione del negozio di Olivia Danske. Si sta espandendo negli abiti da sera e sta aprendo il suo negozio».

Gli occhi di Samantha si illuminano. «Danske? La famosa stilista di abiti da sposa?»

Annuisco.

«Sembra fantastico. Hai detto domani? Qual è l'indirizzo?»

«L'inaugurazione è a New York. C'è un volo prenotato per questa sera».

Si ritrae. «Oh. Mi dispiace. Ma no, grazie».

«Cosa? Ma un attimo fa hai detto che eri interessata».

«Era prima di capire che avrei dovuto volare. Io non volo».

«Cosa? Perché no?»

«Non entro in quelle scatole di latta strette che dovrebbero tenermi in aria. Mi dispiace, ma dovresti uccidermi per farmi salire su un aereo».

Dannazione. Sembrava davvero entusiasta. Do un'occhiata agli altri reporter seduti al tavolo, implorandoli con gli occhi. Non mi guardano.

«Jerry?»

«Mi dispiace. Non posso volare con così poco preavviso. Non posso lasciare mia moglie con i bambini in questo modo. Sarebbe furiosa».

Mi mordo il labbro. «Ok, grazie». Me ne vado e torno di corsa nell'ufficio di Toby. Cosa dovrei fare? Non posso cancellare. Non posso farlo a Olive. Non è solo una stilista anonima. È un'amica. Un'amica che mi ha sostenuto durante l'ultimo anno. E Claire sta già aspettando il volo di oggi. Busso alla porta di Toby e lui mi invita ad entrare.

«Allora? Gliel'hai chiesto?»

«Non è disposta a volare». Storco la bocca con disappunto. «E nemmeno Jerry può».

«Guarda, non posso costringerti ad andare. Ma abbiamo già pagato per il viaggio. Tutto è pronto per domani e, di nuovo, questa era una tua idea». Alza un sopracciglio. «Eri tu quella che doveva andare, se ricordi».

Capisco molto bene cosa sta dicendo tra le righe. Vuole che

io prenda la storia. E immagino che se non mi conoscesse, mi licenzierebbe per aver rifiutato dopo che avevo chiesto di andare e l'avevo convinto che tutta questa cosa sarebbe stata fantastica per la rivista. Posso dirgli perché non voglio andare lì, ma sembrerebbe nient'altro che una scusa. Ethan è solo un uomo che non mi voleva più. Come apparirà non accettare un lavoro a causa del mio ex? Soprattutto dopo aver dichiarato che l'intero episodio era alle mie spalle e aver promesso che non avrebbe mai interferito con il mio lavoro?

Chiudo gli occhi e inspiro profondamente. «Ok. Hai ragione. Ci andrò».

Posso farcela. Sono passata attraverso l'inferno e sono sopravvissuta. Posso gestire un uomo che non mi ama più. Anche se il suo nome è Ethan Wolf.

## CAPITOLO 17
## *Ethan*

«Olive». Cerco di fermarla dal suo incessante affaccendarsi e agitarsi per il negozio. «Basta. Mi stai facendo venire il capogiro. È tutto perfetto».

«Deve essere impeccabile», dice continuando a sistemare un espositore, disponendo i palloncini e i tavoli con la giusta angolazione. Il locale è decorato con eleganti toni di bianco e argento, in coordinato con il fatto che la maggior parte del negozio è destinata alle spose.

«Esco un attimo», annuncio, anche se in questo momento non sembra notare la mia esistenza. È divertente vederla così eccitata. Mi fa sentire persino un po' emozionato, cosa che non provavo da molto tempo.

Mi siedo sui gradini fuori e faccio un respiro profondo. Peccato che non fumi. Non posso bere perché tra poco decine di persone riempiranno questo posto e ho bisogno di avere la mente lucida. Olive avrà bisogno del mio supporto, ma ho qualche minuto per godermi gli ultimi istanti di calma prima della tempesta.

Una buona tempesta, ovviamente. Molti giornalisti hanno

espresso interesse e diverse celebrità saranno presenti. Il marketing preliminare che abbiamo fatto è stato eccellente e non ho dubbi che il lancio sarà un successo. Ne sono certo.

Rientro e trovo Olive ancora in giro come un uragano.

Provo di nuovo a fermarla. «Devi vestirti. Ti restano solo quaranta minuti».

I suoi occhi si spalancano. «Quaranta minuti? Perché non me l'hai detto prima? Come diavolo faccio a prepararmi in quaranta minuti? Ethan!» Mi dà un pugno sulla spalla.

«Ahi!» grugnisco. «Non colpirmi. Non è colpa mia se non facevi attenzione all'ora».

Vado nell'ufficio interno per indossare il mio completo prima che arrivino le persone, portando Olive con me.

Mi metto di spalle mentre lei si veste dietro di me.

«Ethan», mi chiama, e mi giro, ancora intento ad abbottonare la camicia. «Aiutami con la cerniera, per favore».

«Cavolo», sbotta, guardando il mio petto.

Abbasso lo sguardo, cercando di capire cosa ho sbagliato. «Cosa? Ho macchiato la camicia?»

Si morde il labbro inferiore. «Le tue cicatrici».

Chiudo gli altri bottoni. «Sono sano e salvo. Non è niente». A volte dimentico che il mio nuovo aspetto sciocca le altre persone. Mi piacciono le mie cicatrici. La loro bruttezza si adatta a come mi sento.

L'abito che ha scelto per l'evento è di un rosso sgargiante, lungo e fluido, ma con uno spacco sexy che arriva quasi all'inguine e delle spalline che si chiudono dietro il collo, enfatizzando le sue spalle nude.

Le chiudo la cerniera e fischio. «Sei stupenda. Tutti vorranno comprare questo vestito per assomigliarti».

«Ci conto». Sorride. «Ne ho fatto fare diverse copie da vendere».

«Questa è la mia Olive». Le do un bacio sulla testa e lei allunga le mani per sistemarmi la cravatta grigio argento.

Scendiamo al piano di sotto giusto in tempo per vedere Ryan e Maya arrivare. È impossibile non sorridere quando vedo tutti i miei amici abbracciarsi, tutti riuniti. Sono fortunato ad averli.

Il locale si riempie a una velocità vertiginosa e devo assicurarmi che l'evento proceda correttamente, che l'alcol scorra e che il cibo sia abbondante. Vengo chiamato più volte per confermare l'ingresso di ospiti che non sono in lista. Il posto è pieno.

Sorrido e mi raddrizzo quando vengo fotografato con Olive, con la mia mano appoggiata sulla sua schiena. Sono così orgoglioso di lei. Ce l'ha fatta. Ha avviato la sua attività.

Un altro sorriso per le fotocamere.

Con la coda dell'occhio vedo i miei genitori entrare, girando la testa, esaminando il posto, o forse cercando me. I miei pugni si stringono istintivamente e metto una mano in tasca.

Mi imploreranno per la cena che ho promesso loro. Ci andrò alla fine, ma non posso fare a meno di rimandare il più possibile. Non voglio passare un'altra serata difficile in loro compagnia.

Appena i fotografi finiscono, afferro un bicchierino di vodka dal bar e lo bevo tutto d'un fiato.

Poi mi giro e la mia mente si svuota quando la noto. Che diavolo ci fa qui?

Dovrebbe essere a San Francisco. Non può essere qui a New York.

È la donna che vedo nei miei sogni e nei miei incubi. Una visione in un abito argentato che mette in risalto ogni curva, ogni straordinaria curva che conosco nei minimi dettagli, e sta camminando dritta verso un abbraccio con Olive.

E Olive... Non sembra affatto sorpresa di vedere Ayala. Olive sapeva che sarebbe venuta. E io la chiamo amica.

Si salutano e chiacchierano felicemente tra loro. Non sapevo nemmeno che fossero rimaste in contatto.

Non riesco a muovermi. Sono paralizzato e fisso. La rabbia sale dentro di me e mi riempie, attraversandomi. Che diavolo ci fa qui? Come osa?

Bastano quattro grandi passi per raggiungerla e le afferro saldamente il braccio.

Un'espressione di shock le invade il viso e le pupille dei suoi occhi azzurro cristallino si dilatano. Non si aspettava che la affrontassi e ne approfitto trascinandola con me nell'ufficio prima che possa opporre resistenza. Prima che i fotografi ci notino.

Appena entriamo, si libera dalla mia presa. Le impronte delle mie dita appaiono come segni rossi sulla sua pelle bianca. Cazzo. Non volevo stringerla così forte.

«Cosa credi di fare?» Si allontana da me e assume una postura aggressiva.

Dio, è così bella. Più bella di quanto ricordassi. I suoi seni si alzano e si abbassano rapidamente con il respiro. Non riesco a pensare. Cosa volevo dire? «Cosa ci fai qui?»

«Olive mi ha invitata a seguire l'evento».

«Perché? Non sei né una scrittrice né una fotografa».

«Come fai a sapere cosa sono?» I suoi occhi si restringono in sottili fessure blu.

Merda, mi ha colto in fallo.

«Non hai alcun diritto di essere qui». E di avere quell'aspetto, come l'angelo dei miei sogni.

«Cosa? Ho lo stesso diritto di chiunque altro. Ho un

invito da Olive. È la sua attività e può invitare chi vuole. Non posso credere alla tua sfacciataggine. E pensare che avevo paura di venire qui per colpa tua».

Il suo discorso arrabbiato sveglia il mio cazzo. Dannazione.

«Vattene via subito».

Lei sussulta. «Non vado da nessuna parte. Olive voleva che fossi qui e sono venuta per lei».

«Vattene, o...»

«O cosa?» Il suo mento si alza in segno di sfida, ed è tutto ciò di cui ho bisogno per cedere.

È tra le mie braccia, e le accarezzo la bocca. La costringo ad aprire le labbra e ad accettarmi mentre la bacio con violenza. È perfetta. Totalmente perfetta. Io sono quello danneggiato, quello spezzato, ma non ho alcun controllo. Devo avere la sua bocca, devo assaggiarla.

E Dio, è così deliziosa che non riesco a fermarmi. Neanche lei mi ferma, ma anche se ci provasse, non sono sicuro che potrei sopravvivere. La attiro verso di me. Il suo corpo si adatta perfettamente al mio. Ogni curva e arco si fonde con le linee dure del mio corpo.

Il mio cazzo è duro come una roccia adesso, dopo mesi in cui riuscivo a malapena ad averlo eretto, e so che lei lo sente contro il suo stomaco. La stringo più forte, più vicina - devo essere dentro di lei ora. Nient'altro è abbastanza. Nient'altro si avvicina a questo.

È come se qualcuno mi avesse svegliato da un sonno profondo, e ora, ora non riesco ad averne abbastanza.

## CAPITOLO 18
### *Ayala*

La sua lingua mi circonda l'interno della bocca. Cosa sta facendo?

Il mio corpo lo riconosce e reagisce istantaneamente. Mi sciolgo tra le sue braccia. Cavolo, non era questo che volevo che accadesse.

Su consiglio della mia psicologa, avrei dovuto approfittare dell'evento di oggi per affrontare Ethan e capire che è solo un uomo. Un uomo comune e umano. Non il dio che avevo immaginato nella mia mente. Ma in questo momento, sembra davvero divino.

Mi ero preparata per questo momento in una sessione di visualizzazione guidata, ma in nessun momento era successo questo. In nessun momento Ethan mi aveva baciata.

So che dovrei fermarlo, tenerlo lontano da me, ma non voglio. La sua bocca, il sapore dell'alcol, il suo membro duro contro il mio corpo. È troppo piacevole. Troppo giusto. Troppo eccitante.

La sua mano è sotto la mia gonna, risale lungo la coscia. Mi sfugge un sospiro involontario. Che diavolo sto facendo? Torno in me e lo allontano.

È in piedi lì, ansimante, con gli occhi selvaggi e scuri di desiderio. È più magro di quanto ricordassi, molto più magro. Ma ha ancora l'aspetto di un dio e, dannazione, tiene ancora il mio cuore. Non l'ho superato affatto.

Vorrei allungare la mano verso di lui, toccarlo, controllare il suo corpo in cerca di ferite, vedere che è sano e integro proprio qui davanti a me, ma non posso.

«Ho bisogno di te». La sua voce è roca e bassa.

«Al diavolo!» grido. «Con quale diritto? Quando avevo più bisogno di te, mi hai scaricata. Mi hai gettata in pasto ai lupi. Non hai alcun diritto di venire da me ora. E per cosa? Solo per il sesso? Vai a dormire con una delle ragazze che ti corrono dietro». Urlo il mio dolore, tutto quello che ho dentro esce con ogni parola.

È come se tutta l'aria gli fosse uscita dal corpo in un colpo solo, le spalle dritte ora curve. Si passa una mano tra i capelli.

«Hai ragione», dice con una voce così debole che devo sforzarmi per sentirlo.

Rimango in silenzio, e lui si volta e se ne va, lasciandomi lì in piedi da sola con le gambe tremanti.

Mi siedo sulla sedia, cercando di controllarmi. Cercando di fermare il tremore incontrollabile per lunghi minuti. È stato un errore venire qui. Non ero affatto pronta per questo, e lo sapevo. Vorrei chiudere a chiave la porta dell'ufficio e rimanere qui, lontana da tutti. Ma ho promesso una storia a Olive. Non posso deluderla.

Chiudo gli occhi e inspiro profondamente prima di tornare tra la folla.

L'evento è incredibile. Modelle in abiti da sposa camminano tra gli ospiti, schermi giganteschi proiettano interviste con Olive e sfilate degli abiti. Riconosco molti volti familiari, celebrità e influencer.

Devo intervistarli. Ho una storia da preparare. Dannazione, ero così scioccata che ho dimenticato di avere del lavoro da fare. Dov'è Claire?

La trovo immersa nei servizi fotografici delle modelle. Almeno lei fa il suo lavoro correttamente.

La chiamo per venire con me e mi avvicino a una delle star di TikTok che riconosco.

«Libby! Libby!» la chiamo, e lei si gira verso di me con un sorriso finto.

«Sì?»

«Sono Ayala Beckett, della rivista *Style in Class*. Ti dispiace rispondere a qualche domanda?» Sembra colpita. Sono sempre assetate di più attenzione e più pubblicità.

Le faccio alcune domande sull'evento, cosa pensa della designer, il suo vestito preferito e così via. Le solite cose. Non sto cercando di fare scalpore, solo di dare un po' di pubblicità a Olive.

Andiamo avanti, ma sento gli occhi di Ethan bruciarmi la schiena per tutto il tempo, seguendomi ovunque vada. Ma non lo guardo.

Durante la nostra terza intervista, Claire mi sussurra all'orecchio: «C'è un uomo che ti fissa».

Annuisco. «Lo so».

«Lo conosci?»

Annuisco e basta. Conoscerlo? Sono legata a lui con le fibre della mia anima.

«Aspetta un attimo. È questo? È quell'uomo...?» Non finisce la frase.

Mi mordo il labbro e annuisco di nuovo. Sapevo che sarebbe stato difficile venire qui e vederlo, ma il suo orribile comportamento di prima rafforza la mia rabbia. E la rabbia è buona. So come gestire la rabbia.

«Cosa vuole da te?» Sta ancora sussurrando come se lui potesse sentirci sopra il rumore della festa.

«Non lo so e non mi interessa». Ha fatto la sua scelta.

C'è uno sguardo curioso sul suo viso. Nessuno sa cosa sia successo lì e cosa avesse a che fare Ethan Wolf con tutto ciò. Ci sono state molte voci, alcune piuttosto folli, come quella che fosse un sicario assoldato che è stato catturato o che lui e Michael fossero una coppia. Alcune si avvicinano alla verità sul fatto che fosse il mio amante, ma non ne ho mai parlato con nessuno.

«Perché non volevi venire?» chiede Claire. «Cioè, può farti qualcosa? Sembra spaventoso».

«No. Va tutto bene. Non preoccuparti». Mi giro per guardarlo e il suo sguardo incrocia il mio.

Sembra spaventoso, seguendomi come un'ombra. Ai suoi occhi manca quel bagliore dorato che amavo tanto, ora sono scuri e cupi. Ma non mi farà mai paura. Solo la forza dei miei sentimenti per lui mi spaventa adesso.

Continuiamo a cercare persone da intervistare per l'articolo, e dopo che penso di avere abbastanza materiale, mando Claire a scattare altre foto senza di me.

Claire si allontana, e istantaneamente Ethan mi si attacca da dietro, facendomi sobbalzare. Fa un passo indietro.

«Dobbiamo parlare».

«No». Mi allontano da lui con passi veloci. Non mi attirerà di nuovo. Sono venuta per Olive.

Mi avvolge di nuovo una mano intorno al braccio, poi mi

lascia andare quando si rende conto che stiamo attirando attenzioni indesiderate.

«Per favore. Parliamo in privato».

«Perché? Così puoi attirarmi a letto con te, per poi dirmi al telefono che è finita? No, grazie».

Si passa di nuovo una mano tra i capelli, sospira e si allontana da me.

Faccio fatica a respirare. Sarebbe stato molto più facile se non lo amassi ancora, ma non gli permetterò di abbattermi di nuovo.

Ripeto nella mia testa il mantra che mi dà forza.

Sono forte; controllo la mia vita; merito un amore vero.

Il numero degli ospiti si riduce con il passare delle ore, e Claire sbadiglia davanti a me.

«Credo che tu possa tornare in albergo» dico. «Abbiamo più che abbastanza materiale per l'articolo. Non credi?»

«E tu? Non vieni?»

«No, sono venuta per sostenere Olive. Resterò fino alla fine. Ma tu puoi andare». Ci abbracciamo e lei se ne va.

Mi metto in disparte, cercando di non attirare l'attenzione. È passato del tempo dall'incidente, e l'interesse dei media è svanito e scomparso, ma ancora, in qualsiasi momento, un giornalista curioso potrebbe notare Ethan e me nella stessa stanza e trasformarlo in una notizia.

Mi rilasso solo quando vedo che sono rimasti pochi ospiti, e Ryan si avvicina per salutarmi.

«Ayala». Mi abbraccia. «Non siamo riusciti a parlare. Sarai qui anche domani?»

«No. Il mio volo parte domani a mezzogiorno. Tu non resti ancora un po'?»

«Maya è stanca. È quasi al termine. È un po' difficile per lei. Voglio che si riposi».

«Sì, certo». Do un'occhiata a sua moglie seduta al tavolo, con le mani sulla pancia. Sembra esausta. Ci abbracciamo di nuovo e lui e Maya se ne vanno.

Finalmente, tutti quelli rimasti sembrano stare uscendo. Olive si gira per iniziare a pulire il disordine, e io vado ad aiutarla.

Ethan è in piedi vicino all'ingresso. Accanto a lui c'è una coppia più anziana, probabilmente i suoi genitori. Non li ho mai incontrati, ma ricordo la donna dall'evento in cui ho servito.

Sembra arrabbiato o frustrato. Non ne sono sicura, ma sono curiosa, quindi mi avvicino un po' e cerco di sentire i frammenti della conversazione.

«Ho detto che verrò, quindi lo farò». Alza la voce, rendendo più facile per me origliare.

«Lascialo stare, Laura», sento dire l'uomo. «Sai com'è fatto. Mai disposto a scendere a compromessi, sempre nei panni del tormentato».

«Perché sei l'unico a soffrire qui, vero? Solo tu l'hai persa! Non dovrebbe importarmi affatto?» Ethan sembra furioso. I suoi occhi lampeggiano di rabbia.

Li osservo con la coda dell'occhio. Si è fidato di me e mi ha raccontato cosa era successo a sua sorella. So quanto ha sofferto e soffre ancora per questo. Loro semplicemente non capiscono. Vorrei abbracciarlo. Sostenerlo e confortarlo. Poi mi sorprendo e faccio esattamente questo.

«Salve». Mi avvicino e mi presento a loro. «Ayala Beckett».

Sembrano scioccati. Per un momento, dimenticano persino di parlare. Adoro quei momenti in cui le persone capiscono chi sono, e si imbarazzano e non riescono a trovare le parole. Mi dimostra semplicemente quanto sono arrivata lontano e quanto sono forte adesso. Ho superato l'inferno. Nessuno mi farà sentire a disagio.

Il loro imbarazzo è ancora peggiore di quello degli altri perché il loro figlio era coinvolto. Mi chiedo se abbia raccontato loro cosa è successo e cosa esattamente ha fatto lì, ma dalla conversazione che ho appena sentito, presumo di no.

Ethan mi fissa. Come se potesse bruciarmi se potesse. Ma io lo ignoro completamente.

«Salve, signor e signora Wolf», dico con voce calma. «Mi dispiace interrompere, ma devo dirvi qualcosa».

Tutti mi guardano con occhi spalancati. Continuo. «So che avete buone intenzioni, ma avete fatto un lavoro terribile con Ethan. Non ha mai superato quello che è successo ad Anna. Un ragazzo giovane trova sua sorella in uno stato terribile, e tutto ciò che avete fatto è stato mandarlo da uno psicologo. Uno di voi gli ha mai parlato? Gli ha detto che non è colpa sua per quello che è successo? Che non poteva aspettarsi ciò che sarebbe accaduto? Voi siete da biasimare per quello che è successo, non Ethan. Avete lasciato una ragazza di tredici anni da sola a casa». Sento la rabbia intensificarsi in me ora. I miei genitori mi hanno sostenuto tutto questo tempo in tutto ciò di cui avevo bisogno dopo la morte di Michael. Una volta che si sono resi conto di quanto si sbagliavano con Michael, sono stati dalla mia parte. Non credo che avrei potuto farcela da sola. Ed Ethan era completamente solo.

Ethan mi afferra il braccio per la terza volta stasera e mi trascina fuori, lontano dal negozio e dai suoi genitori, prima che possano dire una parola.

Le sue narici si dilatano per la rabbia. «Che diavolo stai facendo?»

«Sto dicendo ai tuoi genitori cosa penso di loro».

«Perché?» L'intensità del dolore nel suo sguardo mi rende difficile guardarlo.

«Perché hanno bisogno di saperlo. Perché ti amo, e non posso vederti continuare ad affrontare qualcosa che non è mai stata colpa tua».

Rimane in silenzio, e per un momento penso che si girerà e si allontanerà da me. Tremo, e lui si toglie la giacca e me la mette sulle spalle.

«Perché hai detto che mi ami?»

«Perché è così». Non ho problemi ad ammetterlo. «Sei tu che hai deciso che ciò che c'era tra noi era finito. Io non ho mai smesso di amarti. Non è un interruttore che posso semplicemente spegnere».

«Cazzo!» grida, le emozioni che cambiano sul suo viso, e mi volta le spalle. Resto in piedi a guardare, chiedendomi cosa farà.

«Non ce la faccio più. Non posso», si gira verso di me e mormora.

Cosa? Di cosa sta parlando?

«Non posso lasciarti andare. Non quando sei qui davanti a me, dicendomi cose del genere».

Non capisco cosa voglia. «Di cosa stai parlando?»

Fa un passo avanti ed è ora pericolosamente vicino a me. «Vieni con me».

Posso sentire la tensione emanare dal suo corpo. Posso sentirne l'odore. Le mie difese iniziano a crollare una ad una quando mi rivolge quegli sguardi che mi dicono che mi vuole. Ma è stato molto chiaro che ciò che c'era tra noi era finito. Non dovrei andare da nessuna parte con lui. Devo chiudere questo capitolo della mia vita. Niente di buono può venirne fuori.

Le sue labbra sfiorano le mie, quasi toccandole. «Per favore».

Inclino la testa verso l'alto, e le sue labbra catturano le mie, assaggiando.

Il suo sapore è divino, di caffè e alcol e menta mescolati con il familiare sapore di Ethan Wolf.

Si sente meraviglioso, come se non me ne fossi mai andata, e non ho dubbi che appartengo qui, in questo momento.

## CAPITOLO 19
## *Ethan*

La sua mano è nella mia, e questa è l'unica cosa che sento in questo momento, l'unica cosa che sono capace di sentire. La porto alla macchina, a casa mia.

È facile dirmi che sta meglio senza di me quando è a San Francisco. È una storia completamente diversa quando è qui accanto a me e quando mi dice che mi ama ancora con tanta facilità.

I suoi occhi blu penetrano la mia anima e mi vedono attraverso. Come posso starle lontano?

Siamo entrambi silenziosi durante il tragitto verso il mio attico. Ho paura di dire qualcosa fuori luogo. È difficile per me credere che sia davvero qui accanto a me, proprio qui con me. Posso toccarla, e non solo nei miei sogni.

Sta meglio senza di me, ma se è stato difficile dirle addio quando era così lontana, come potrei mai farcela quando è vicina.

Entra nel mio appartamento ma è esitante, i suoi occhi scandagliano il luogo familiare.

Vado in cucina e mi verso un whisky. «Ne vuoi un po'?»

Annuisce, e prendo un altro bicchiere.

«Mi sono comportato in modo terribile», dico. «Non ho scuse. Sapevo che ti stavo ferendo, ma pensavo che sarebbe stato meglio per te così. Che sarebbe stato meglio se fossi rimasto lontano da te».

«Lasciarmi in un ospedale, dopo tutto quello che è successo, spezzata e ferita, quando avevo più bisogno di te, e dirmelo al telefono?» singhiozza. «Dirmi al cazzo di telefono che non mi volevi più? Era per il meglio? Come può essere per il meglio?» Mi sorprende con il suo sfogo. È dannatamente furiosa.

Merda, ha così ragione. E non c'è modo al mondo che possa capire perché l'ho fatto.

«Sono andata con lui solo per te!» grida.

«Ed è esattamente per questo che me ne sono andato!» grido di rimando.

Rimane in silenzio, uno sguardo confuso le riempie gli occhi.

«Non riesco a proteggere le donne che amo. Né Anna, né te». Deglutisco. «Finiscono tutte per essere ferite a causa mia. Distruggo tutti quelli a cui mi avvicino. Anche i tuoi genitori la pensano così».

«Hai parlato con i miei genitori?»

«Sì. Mi hanno chiamato in ospedale diversi giorni dopo... Volevano sapere della natura del nostro rapporto, e hanno chiarito molto bene che quello che è successo era colpa mia. Hanno insistito che non ti contattassi più, e avevano ragione».

«I miei genitori hanno detto questo?» Sembra scioccata. È evidente che non le abbiano parlato della nostra conversazione.

Ayala inizia a camminare avanti e indietro, poi si gira di nuovo verso di me. «Mi avrebbe fatto del male comunque. È quello che è. O era», corregge.

«Ma non saresti andata via da qui se non avesse mandato quelle foto, giusto?»

«Le hai viste?»

Annuisco. «Sì. E quando non sono riuscito a far fare nulla alla polizia, sono volato lì per cercarti io stesso».

«Quando mi sono svegliata e ti ho visto ferito sul pavimento, ho pensato che fossi...» Le lacrime le scorrono sulle guance. «Ho pensato che fossi morto».

Scuoto la testa e cerco di allontanare il ricordo. «Per un momento, l'ho pensato anch'io».

«Quando mi hanno detto che eri vivo, cosa che non mi hanno detto fino al giorno in cui ti ho chiamato, tra l'altro, l'unica cosa che volevo era che tu stessi bene. Volevo sapere che eri al sicuro. Eri tutto per me... E tutto quello che avevi da dire era che tra noi era finita. Mi hai spezzata, Ethan. Sei stato tu a spezzarmi», piange. «Michael non è riuscito a spezzarmi, ma tu ci sei riuscito».

Dannazione. Voglio stringerla e confortarla. Faccio un passo avanti, ma lei sobbalza.

«Mi dispiace. Pensavo fosse meglio così. Che mi avresti superato e saresti andata avanti. Che avresti scelto qualcuno che ti merita».

«Non sta a te decidere chi mi merita o non mi merita. Non mi hai nemmeno dato una possibilità, Ethan».

«Non potevo. Non potevo guardarti negli occhi e sapere che l'avevo causato io. Non dopo aver visto...» Rabbrividisco dall'immagine del suo corpo spezzato che mi viene davanti agli occhi.

«Quindi ti faccio schifo». Abbassa lo sguardo.

Chiudo la distanza tra noi e le alzo il viso verso di me. «No, mai. Sei la donna più straordinaria e forte che conosca».

«Ti sei ripreso abbastanza in fretta».

Aggrotto la fronte, cercando di capire.

«La bionda nella foto».

Ah merda. La foto. Un errore sfortunato. «No. Solo il mio disperato tentativo di mostrare a tutti che va tutto bene con me quando in realtà sono completamente a pezzi». Sorrido tristemente. «Com'è possibile, sono io quello che è crollato, e tu sei così intera? Come fai ad essere così forte?»

«Oh, sono crollata. Ma mi sono rimessa insieme. Sai perché? Perché te l'avevo promesso. Perché avevo giurato che mi avrebbe uccisa prima di spezzarmi». Lascia andare una risata vuota. «Ma alla fine mi sono spezzata comunque. Ma sai quando? Quando ho capito che non saresti tornato da me».

Chiudo gli occhi stringendoli, cercando di trattenere le lacrime. Poi la guardo e cerco di farle capire. «Sono stato stupido. Sono stupido. Ti amo ancora. Non ho mai smesso di amarti e di volerti. Per favore, lasciami sistemare le cose. Dammi una possibilità». La avvolgo in un abbraccio, e lei si sente così bene tra le mie braccia, ma si allontana da me.

«Mi dispiace, Ethan. Non posso. Semplicemente non posso». Il suo sguardo è fisso sul mio, e i suoi occhi blu brillano di lacrime. «Ti amo. Non credo che potrei mai smettere di amarti. Ma quando avevo più bisogno di te, non c'eri per me».

E così, scompare, lasciandomi di nuovo solo.

Tristezza, shock, rabbia e vergogna. Tutte le emozioni si mescolano nella mia testa in questo momento. Ma almeno finalmente sto provando qualcosa di nuovo. Mi sento vivo. Mi ha riportato in vita.

E ora so cosa devo fare.

Devo riconquistarla.

## CAPITOLO 20
## *Ayala*

«...Gli ho detto che non potevo più fidarmi di lui», dico mentre sono sdraiata sul divano dello psicologo. «So di aver fatto ciò che dovevo per prendermi cura di me stessa. Allora perché mi sento così male?»

«Perché provi ancora dei sentimenti per lui. Ed è naturale. Ma hai fatto ciò che era meglio per la tua guarigione.»

«Non mi sembra di fare progressi. Volevo rimanere con lui.»

«Ma non hai agito seguendo quei sentimenti. Hai agito secondo la tua decisione. Questo è un progresso. È quello che vogliamo. Progresso.»

Non sono ancora molto convinta. Il mio cuore è pesante, ma almeno da quando sono tornata a San Francisco, gli incubi sono migliorati. Ethan non muore più ogni volta davanti ai miei occhi. Ho ancora degli incubi, ma Ethan non appare più in essi. Questo è un enorme sollievo.

«Penso che dovresti iniziare a passare del tempo con alcune

amiche», mi dice il dottore. «Sei giovane. Voglio che tu trascorra del tempo con ragazze della tua età. Divertiti.»
Scuoto la testa. «No. Non sono pronta e, inoltre, non ho amici qui.»
«Questo fa parte del problema. Ti sei chiusa in te stessa. Non ti apri a nuove amicizie. Mi hai detto che quando eri a New York, uscivi con gli amici per feste e ti divertivi.»
«Era un periodo diverso. Michael-»
«Michael è morto. Non ti inseguirà più. Lascia che ti dia un compito. Prima del nostro prossimo incontro, dovrai uscire con un'amica. D'accordo?»
Annuisco.
Uscire la sera e passare del tempo con un'amica. È qualcosa che non faccio da così tanto tempo. Non ho molti amici qui, non veri amici, e posso capire perché. È difficile connettersi con qualcuno il cui passato è così complicato e spaventoso. Chi ha bisogno di una storia simile sulla propria testa?
Mando un messaggio a Claire. Non siamo diventate amiche esattamente durante quel viaggio, ma abbiamo trascorso una bella serata a New York. Forse accetterà.

> C'è una festa venerdì al Fantasy Club. Ti va di unirti a me?

Ci mette un po' a rispondere. Fisso il telefono quando vedo i tre puntini che mostrano che sta scrivendo una risposta e quasi mi schianto contro un palo. Ops.

> **Claire**
> Sì, certo. Posso portare un'altra amica?

Probabilmente ha paura di stare da sola con me. Va bene. Sarà meno imbarazzante anche per me in questo modo.

Sì, certamente.

Missione compiuta. Uscirò con un'amica venerdì, e non è stato nemmeno così difficile come pensavo. Arrivo a casa, felice del mio rapido successo, e cerco le chiavi nella borsa. Dove sono finite?

«Ayala Beckett?»

La voce dietro di me mi sorprende e lascio cadere la borsa sul marciapiede in preda al panico. Il cuore mi batte forte nel petto. «Sì?»

«Mi scusi, non volevo spaventarla. Le è stata notificata una citazione.» Il tizio con il casco mi consegna una grande busta, sale sulla moto e scompare.

Raccolgo la mia borsa ed esamino la busta.

Entro in casa, metto la borsa nell'ingresso, mi tolgo i tacchi e strappo il sigillo.

Ma che diavolo?

Sono stata citata in giudizio. I maledetti genitori di Michael mi stanno facendo causa. Quindici milioni di dollari di risarcimento per la morte del loro figlio. Una risata isterica esplode da me. Non riesco a smettere di ridere.

Quindici. Milioni.

Sanno che non li ho. Dove pensano che possa trovare questa cifra? Ridicolo. Non possono essere seri.

Il mio umore passa da felice a depresso con un colpo di mano. O di busta.

Un nuovo messaggio di testo appare sul mio telefono. È di Ethan e mi sorprende. Dove ha preso il mio numero? Beh, è sempre stato bravo a spiare.

**Ethan**
I genitori di Michael hanno intentato una causa.

Stanno facendo causa anche a te?

Guardo di nuovo i moduli. Come ho fatto a non notarlo? Il suo nome è scritto accanto al mio. Stanno facendo causa a entrambi. Ora tutto diventa chiaro. Sperano di ottenere i soldi da Ethan.

**Ethan**
Hai un buon avvocato?

No. E non ne ho nemmeno uno cattivo.

Rispondo scherzosamente, ma sono sicura che Ethan non stia scherzando. È una cifra enorme.

**Ethan**
Ryan può esercitare anche in California e mi rappresenterà, ma non può rappresentare entrambi, quindi ti sto inviando il numero di un eccellente avvocato. Parlagli. Non preoccuparti del pagamento.

Perché pagheresti un avvocato per me?

**Ethan**
Per ragioni completamente egoistiche. Siamo entrambi parte di questa causa. Non voglio perdere.

Merda. A causa mia, l'ho trascinato in tutto questo casino e ora in questa causa.

> Va bene.

Apro e salvo il nuovo contatto che mi invia.

---

LA MUSICA nel Fantasy Club mi rimbomba nelle orecchie, il basso fa tremare il pavimento e devo gridare a Claire e Jenny per farmi sentire. «Vado in bagno!»

Dopo un'ora di balli e qualche drink, il sudore mi gocciola addosso e ho bisogno di un momento per rinfrescarmi.

I ballerini indossano gli abiti più rivelatori che abbia mai visto. Allo stesso modo, potrebbero ballare nudi. Sono diretta al bagno e non posso fare a meno di fissarli.

Il club è decorato in rosso e verde, come le decorazioni natalizie, ma su una scala enorme. È fantastico.

Il bar presenta un menu speciale di bevande per la serata, e servono uno zabaione scoppiettante di bourbon e un rum al burro caldo che ha un sapore incredibile. Anche il resto delle bevande ha ricevuto colori rossi e verdi, nello spirito della festa, e sono decorate con piccole caramelle su uno stecco e miniature di alberi di Natale. Dopo aver assaggiato alcune di queste bevande, la mia vescica mi preme e la testa mi gira.

Mentre sono in fila per il bagno, mi appoggio al muro del corridoio, spostando il peso da un piede all'altro, cercando di alleviare il dolore causato dai tacchi particolarmente alti che ho indossato oggi.

«Posso aiutarti?» sussurra una voce dietro di me all'orecchio. Una voce bassa e familiare.

Mi giro così velocemente che la testa mi gira, e trovo Ethan, con gli occhi scuri nella luce fioca.

«Cosa ci fai qui?»

«Mi sono trasferito qui.»

La mia bocca si spalanca per la sorpresa. «Trasferito qui?»

«Solo per il prossimo futuro. A causa della causa legale e dell'udienza imminente. Sarà più conveniente per me gestire tutto da qui.»

«Ma cosa ci fai qui?» insisto, indicando il pavimento. «Nel locale?»

«Ti ho seguita.»

Inspiro velocemente. Non è esattamente la risposta che mi aspettavo. «Mi stai seguendo?»

«Sì. Non mi arrenderò. So di averti ferita, Ayala. So di essermi comportato da stronzo. Non posso biasimarti per non aver accettato di rimanere a New York e darmi una possibilità, ma farò tutto il possibile per farti cambiare idea.»

Non dovrebbe piacermi così tanto, ma è così. Mi piace la sua determinazione.

«Il vestito che indossi... sarei felice se lo indossassi per me e poi lo togliessi anche per me.»

Esamina la generosa scollatura del corto vestito nero che ho scelto per la serata. La sua voce roca mi manda brividi di anticipazione. Poi si allontana.

Uscendo dal bagno, lo cerco, ma non si vede da nessuna parte. Possibile che se ne sia già andato?

Torno dalle ragazze e le trovo vicino alla pista da ballo con i drink in mano. Claire mi serve la tequila in un bicchiere verde.

«Salute!» Alziamo i bicchieri e la tequila mi scivola in gola riscaldandomi.

«C'era un uomo qui che ti cercava» Jenny si china verso di me e mi urla nell'orecchio per farsi sentire.

«Sì, mi ha trovata» rispondo, e lei mi guarda con interesse. Non è il momento di spiegare chi sia. Non voglio spaventarle con il mio passato.

Torniamo sulla pista e sento gli occhi di Ethan su di me. È come un formicolio che parte dallo stomaco e scende. Mi giro, ed è lì. Mi sta guardando. Chiude la distanza tra noi in pochi passi veloci, e prima che me ne renda conto, è proprio accanto a me, corpo a corpo, le sue braccia appoggiate sulla mia schiena, e sta ballando con me. Sento la sua erezione premuta contro il mio stomaco. La sua camicia nera con i bottoni è leggermente aperta in alto, e il mio sguardo vaga verso quel punto di pelle esposta. Le luci, la musica, l'oscurità, tutto aumenta la sensazione erotica di questo momento.

Vedo come il suo sguardo scende sui miei capezzoli turgidi, che si intravedono attraverso il tessuto. C'è una fame animalesca in quello sguardo mentre le ombre tremolano sul suo viso, ed è così sexy.

Avvicina il viso al mio, così vicino che posso sentire il suo odore. Il mio respiro si fa più rapido mentre tutto il mio corpo si risveglia per lui. Sempre pronto per lui. Non riesco a fermare la mia reazione fisica. Non ci sono mai riuscita. Ricordo come si sente sopra di me, sotto di me, dentro di me.

Il suo corpo si muove al ritmo della musica. Mi arrendo alla sensazione mentre mi spinge sempre più verso il bordo del precipizio.

Le nostre labbra quasi si toccano. Dio, quanto lo voglio adesso.

«Ti amo» mi sussurra all'orecchio, le sue labbra sfiorano la mia guancia ora, e poi le sue mani mi lasciano. Si allontana e scompare dalla mia vista, lasciandomi lì, stordita. Tutto il mio corpo si riempie di un'anticipazione insoddisfatta.

Claire si avvicina e mi afferra il braccio. «Che. Diavolo. Era. Quello?»

«È stato il ballo più sexy che abbia mai visto» aggiunge

Jenny. «Dio, potrei venire solo guardandovi ballare. Vi conoscete?»

Annuisco.

«Cosa ci fa qui?» mi chiede Claire.

«Non sapevo fosse qui. E non stiamo insieme.»

«Allora posso averlo io? Sembra così buono. Voglio leccarlo dappertutto.» Jenny sembra pronta a spogliarsi proprio ora sulla pista. Non la conosco abbastanza bene per sapere se sia l'alcol a parlare o se si comporti sempre così, ma le sue parole mi fanno stringere lo stomaco. Non è mio, ma non posso nemmeno vederlo con qualcun'altra.

Claire ride. «Tu credi? Hai gli occhi? Li hai visti ballare? Non ti guarderebbe nemmeno se fossi nuda, Jenny. E poi, non sai nemmeno chi sia.»

«Che importa chi sia? Hai visto che aspetto ha? Sono pronta a farmi scopare da un uomo come lui come vuole, quando vuole» geme Jenny. La sua voce è un po' impastata, e immagino sia abbastanza ubriaca.

Non ho ancora deciso cosa pensare di lei, soprattutto con questa leggerezza che non mi viene naturale. Ma questo è ciò che il mio psicologo voleva per me. Voleva che passassi del tempo con ragazze della mia età e sperimentassi una vita vera e non complicata. Allora perché mi sento come se non appartenessi? La mia vita *è* complicata. Non posso semplicemente cancellare tutto ciò che ho passato.

«È Ethan Wolf» dice Claire a Jenny, e lei si guarda intorno come se il suo nome facesse girare tutti a guardarci, ma nessuno sente. C'è troppo rumore qui dentro.

«Ethan Wolf?» sussurra di rimando, e questo mi fa ridere. Saresti fortunata a sentire qualcuno urlare qui dentro, a meno che non ti stia proprio accanto.

«È una lunga storia» dico. «E in questo momento preferisco ballare.»
Lei rinuncia e annuisce, e io la trascino di nuovo in pista.

## CAPITOLO 21
## *Ethan*

Sebbene questa causa legale sia una brutta notizia, mi ha anche dato la scusa perfetta per venire a San Francisco a cercarla. Ho intenzione di fare tutto il possibile affinché Ayala capisca che siamo destinati a stare insieme.

Ho assunto qualcuno per poter vedere cosa stesse facendo in ogni momento. Sì, è inquietante. Sì, è un po' folle. Ma devo sapere che è al sicuro e devo trovare un modo per inserirmi nei suoi piani quotidiani.

Quando ieri il suo localizzatore mi ha inviato un aggiornamento che era andata in un locale, la prima cosa che ho fatto è stata andarci io stesso. Non volevo disturbarla al lavoro e non potevo disturbarla nello studio dello psicologo. Ma in un locale? Certo. È il posto perfetto per mostrare la mia presenza. Voglio che sappia che sono qui.

Il ballo è stato un leggero errore da parte mia. Avevo pianificato di osservare da lontano e scambiare qualche parola, ma semplicemente non riesco a controllarmi quando lei è così vicina.

Voglio portarla a un appuntamento. Uno vero.

Esito prima di premere il pulsante Chiama. Non sono mai stato così spaventato dal rifiuto.

«Ehi», dico quando risponde al telefono.

«Ethan?»

«Sì.»

«Cosa vuoi?»

«Voglio che tu sappia che ti amo ancora.»

«Perché sei venuto al locale ieri?»

«Perché tu capisca che sono qui e ti sto aspettando.»

«Ma te ne sei andato.»

Sembra delusa o sono le mie speranze a darmi false illusioni?

«Non me ne sono andato. Sono qui. Sarò qui e aspetterò finché non sarai pronta.»

«Ti amo anch'io.» Sento un sospiro dalla sua parte. «Ma non è abbastanza.»

«Lo so. Ho sbagliato gravemente. Ti prego, lasciami dimostrare di nuovo. Dimostrare che non tradirò mai più la tua fiducia.»

Non risponde.

«Volevo chiederti di uscire con me. Un primo appuntamento.»

«Un primo appuntamento?» Posso quasi sentirla sorridere attraverso lo schermo.

«Sì. Ricominciamo dall'inizio.»

«Non credo sia una buona idea.»

«Ayala, ci siamo appena conosciuti», dico con un sorriso. «Dammi la possibilità di conoscerti.»

Rimane in silenzio per un lungo momento. «Va bene. Mi aspetto che tu mi porti a un appuntamento costoso. E paghi tu.»

Rido perché so che non le importa dei soldi. Ma ha accettato. Ha detto sì.

«Domani alle sette?»

«D'accordo. Vivo in Bul-» si ferma. «In realtà, ho dimenticato che mi stavi seguendo, sconosciuto. Quindi sai già dove vivo.»

«Ciao, bellissima.» Riaggancio.

Provo cinque fiorai finché non ne trovo uno aperto a quest'ora. Stanno chiudendo, ma un generoso pagamento convince il proprietario a fare un'ultima consegna per la giornata.

Mi sento di mandarle il mondo. Fiori, cioccolatini, diamanti. Voglio impressionarla, ma non è questo il modo per conquistare il cuore di Ayala. La conosco meglio di così. E devo andare piano.

Non ho idea di dove portarla per questo appuntamento. Non siamo a New York e questo non è il mio regno. Non conosco bene i dintorni.

Alzo il telefono per scrivere al mio assistente di trovarmi un posto, ma mi fermo. Devo farlo io stesso. Sono io che devo investire in questa relazione, non delegare ruoli ai miei assistenti.

Google sia.

Dopo aver esaminato tutti i ristoranti in cima alle liste su tutti i siti web, mi assale la disperazione. Non è questo che stavo cercando. È vero che ha detto di volere un appuntamento di lusso, ma era solo uno scherzo. La conosco bene. Quello che voglio è unicità, romanticismo e privacy. Tutti questi ristoranti sono... solo ristoranti.

Mi strofino il viso e poi mi viene in mente. So dove portarla. Richiederà un po' di lavoro e molta preparazione in anticipo, ma può funzionare.

**Ayala**
Cosa dovrei indossare?

Jeans e una maglietta.

**Ayala**
Jeans e una maglietta per un appuntamento? Hmm. Ora sono curiosa. Dove andiamo? Di nuovo a fare un'escursione nella natura?

È una sorpresa.

Mi rende felice che sia curiosa. Spero che le piaccia quello che ho pianificato. È un azzardo, che può andare in entrambi i modi. Ma non siamo veramente al nostro primo appuntamento, quindi credo di sapere cosa le piacerà.

---

Esattamente alle sette, sono alla porta del suo appartamento. È vestita con jeans chiari e una delicata camicetta bianca lavorata a maglia che le avvolge il corpo. Apre la porta a piedi nudi e mi studia con quegli occhi blu affascinanti.
«Che scarpe dovrei mettere?» chiede.
«Le sneakers andranno bene.» Alzo le spalle e aspetto mentre si siede e infila un paio di Sketchers bianche.
«Mi hai mandato molti fiori.»
«Non sono molti. È quello che è rimasto nel negozio.»
Lei ride, ed è musica per le mie orecchie. «Non sono molti?

Guarda il mio appartamento. Ci sono fiori ovunque, in cucina, in soggiorno, persino in bagno.» Mi guarda. «So che ti ho detto che volevo un appuntamento costoso, ma non lo intendevo davvero. Non voglio che tu mi compri cose costose o quantità di fiori.»

«Lo so. Tendo a esagerare con i gesti.» Lei prende il mio braccio teso. «Ma ci sto provando.»

Quando raggiungiamo la nostra destinazione, sembra confusa.

«Non c'è niente qui.» Mi guarda interrogativamente, agitando il braccio verso la strada perfettamente ordinaria.

«Ma c'è.» Le prendo la mano e faccio un passo avanti. L'edificio scuro non rivela cosa c'è all'interno.

Il suo sussulto di sorpresa quando entriamo e si rende conto di dove siamo è esattamente quello che volevo ottenere. Non sono ancora sicuro se le piacerà, ma almeno non ho scelto qualcosa di banale.

«Ceramica?» Un bagliore di eccitazione le riempie gli occhi.

Mi avvicino al suo orecchio per sussurrare: «Pensa solo all'argilla morbida e bagnata quando la premi e l'accarezzi sotto le mani e la modelli nella forma che vuoi. Non riesco a pensare a niente di più sexy di questo.» Cavolo, è sexy. Mi raddrizzo in tutta la mia altezza e mi sistemo i pantaloni. «Ma prima, mangiamo perché ti ho promesso del cibo e non voglio che tu abbia fame.»

Quando ho preso questi accordi, ho chiesto al proprietario del locale di preparare un tavolo per noi e di lasciarci soli per la prima ora mentre godevamo del nostro pasto. Ho trovato qualcuno che prepara cibo fresco fatto in casa e le ho chiesto di portare i suoi piatti migliori. Ora non resta che vedere se sono riuscito in tutti i piani.

Ayala si siede e io mi siedo di fronte a lei. Sul tavolo c'è già una pentola piena di stufato di manzo, con del pane fresco accanto. Il cibo profuma magnificamente.

La bottiglia di vino rosso si apre facilmente e lo verso nei nostri bicchieri.

«Al primo di molti appuntamenti.» Alzo il bicchiere e la osservo. Lei tocca leggermente il mio bicchiere e beve. Mangia emettendo piccoli suoni di piacere. Deve essere mia. Deve esserlo. Ho provato a vivere senza di lei e non ha funzionato.

Jane entra proprio mentre finiamo, e Ayala la guarda con interesse, ascoltando attentamente le spiegazioni.

«Vi mostrerò come lavorare al tornio. Iniziamo il lavoro centrando l'argilla, così non sarà traballante. Questa è anche la parte più difficile. Dopo questa fase, potete iniziare ad aprire l'argilla e alzare la parete per la forma che preferite. Cominciamo?»

Annuiamo, indossiamo grandi grembiuli di nylon per proteggere i nostri vestiti e ci sediamo fianco a fianco ai torni. Jane porta a ciascuno di noi una ciotola d'acqua, una spugna e un grande pezzo di argilla grigia.

Ayala lo guarda con sospetto come se stesse per attaccarla, e io sorrido.

Entrambi posizioniamo le mani sul materiale e Jane resta accanto a noi, spiegando come far funzionare il dispositivo, come controllare la velocità e come premere l'argilla in modo che smetta di muoversi come un grumo buffo.

Dopo aver completato il primo passo, con un po' di aiuto, ci mostra diverse opzioni. Io scelgo una ciotola e Ayala un vaso. Poi entrambi iniziamo a lavorare seguendo la dimostrazione.

Il suo grumo crolla e, ridacchiando, ricomincia. Entrambe le nostre mani sono piene di argilla bagnata. Lei alza una mano per asciugarsi la fronte e si spalma una striscia di argilla sulla guancia.

Dio, quanto è bella.

«Vi lascerò un po' di tempo per esercitarvi da soli.» Jane coglie la mia espressione e se ne va. Colgo l'occasione al volo e vado a mettermi dietro Ayala. «Hai bisogno di aiuto?»

Ayala alza lo sguardo verso di me e annuisce con un sorriso giocoso.

Le mie mani sono sulle sue e applico un po' di pressione, guidando l'argilla verso il centro. L'umidità del materiale e il lieve contatto corpo a corpo sono sufficienti per eccitarmi. C'è qualcosa in questo materiale, forse il rumore che fa, l'aspirazione umida, la pressione... Qualunque cosa sia, concentra tutti i miei pensieri in un unico punto. Devo essere fuori di testa. Non c'è altra spiegazione per il fatto che sono eccitato a causa di del fottuto fango.

Inspiro il profumo della sua pelle. È stato un errore scegliere questo posto quando so che non posso ottenere ciò che voglio. È stato un errore fatale che mi costerà un sacco di crema per le mani.

Anche il respiro di Ayala sta accelerando. Ne sono sicuro. Non colpisce solo me.

Le mie labbra passano sul suo collo, sfiorando quasi la pelle sensibile. Espiro e osservo come il suo corpo rabbrividisce. Lei gira il viso verso di me e non mi trattengo più e la bacio.

Mantengo il controllo, ma lei non si ferma e la sua lingua mi assaggia, chiedendo di entrare nella mia bocca. Il bacio diventa pesante e bisognoso. Lei lascia andare l'argilla e la sua mano va sul mio viso. Non mi accorgo nemmeno che mi sta spalmando il fango sulle guance.

Ci separiamo, ansimando in cerca d'aria. Quando Jane torna nella stanza per controllare i nostri progressi, i nostri visi sono sporchi. Il grumo di Ayala non è nemmeno lontanamente vicino a essere un vaso, ma un sorriso è stampato su entrambi i nostri volti.

Jane mi guarda con un mezzo sorriso e un sopracciglio alzato chiedendo se dovrebbe sparire di nuovo, ma penso che dovremmo fermarci qui prima che la stenda sul pavimento dello studio.

Torno al mio tornio e Jane aiuta Ayala a finire il suo vaso mentre io finisco la mia ciotola. È stato più divertente di quanto pensassi, molto di più.

Jane ci informa che ci invierà le creazioni dopo la cottura e lasciamo lo studio sorridendo.

«Mi sono divertita», mi dice Ayala dopo essere saliti sull'auto a noleggio. «Non era quello che mi aspettavo.»

«Cosa ti aspettavi?» Sono interessato a sentire. Forse imparerò cosa fare la prossima volta.

«Non questo. Pensavo che mi avresti portato in un ristorante o in un bar. Sai, qualcosa di tipico.» Mette le mani sulle prese d'aria del condizionatore per scaldarsi. Oggi fa un freddo cane.

Senza trattenermi, allungo le mani e sfrego le sue con le mie. Non si ritrae al mio tocco.

«Non sei una donna ordinaria. Non volevo fare nulla di ordinario. Volevo che ricordassi questa serata.»

«Ricorderei ogni serata con te. Anche se fosse solo un ristorante. L'ordinario non è mai stato il nostro problema.»

«Lo so», concordo. «Ho provato a vivere senza di te, Ayala, e non funziona per me. In questo momento ti desidero così tanto che sto impazzendo.»

«Non sono ancora pronta per quello.» Scuote la testa. «Non ho fatto nulla del genere da... Ci ho pensato molto. Mi chiedevo se avrei mai potuto tornare a vivere una vita normale.

Se avrei mai potuto fare sesso di nuovo, o se fosse perso per me. Tu mi fai sempre sentire come se tutto fosse possibile. Mi sento sveglia con te. Mi dai la speranza che potrei vivere di nuovo.»
«Sei l'unica al mondo per me.» Una fitta di dolore mi colpisce quando penso a quanto abbia sofferto. Non riesco a smettere di pensare a quanto fosse bello sentirla, essere dentro di lei. Tutto ciò che voglio è rivivere quella esperienza con lei. So dove devo essere e cosa devo fare, ma lei ha ancora bisogno di tempo.

«Non sono sicura di essere mai pronta», ammette.

«Sono disposto ad aspettarti fino alla fine della mia vita.»

## CAPITOLO 22
### Ayala

Trovarmi in tribunale è qualcosa che non avrei mai pensato di dover affrontare. Eppure, eccomi qui. Il mio avvocato vuole presentare una contro-querela, ma io spero ancora che la causa si risolva. L'udienza di oggi riguarda la nostra richiesta di archiviazione.

«Non posso credere alla loro audacia nel farci causa dopo tutto quello che ti ha fatto», mormora Ethan accanto a me. «Non sono disposto a perdere questa causa. È una questione di principio, non di soldi».

La preoccupazione mi divora. È vero che ho subito abusi fisici e mentali, ma Ethan è entrato in casa con la forza. E lui ha i soldi. I genitori di Michael sanno quello che stanno facendo.

Intreccio le mie dita con quelle di Ethan, cercando di raccogliere coraggio. Lui mi guarda sorpreso e mi stringe la mano per incoraggiarmi. Almeno abbiamo ottenuto un'udienza a porte chiuse, e l'aula è vuota, ad eccezione delle parti coinvolte. I media non potranno sfamarsi con il nostro sangue. Almeno non oggi.

Il loro avvocato inizia, e la mia mente si disconnette dalla situazione. Cerco di fuggire in una realtà alternativa.

Poi una frase penetra lo strato di nebbia in cui mi trovo.

«Il signor Wolf ha ammesso di aver sparato a Michael Summers nella sua casa...»

Balzo dalla sedia. «È una bugia!»

«Si sieda, signora Summers», mi rimprovera il giudice.

«Ma non è vero! Ethan non ha fatto niente del genere».

«Si sieda ora, o la accuserò di oltraggio alla corte». Il giudice batte il martelletto sulla scrivania, e io taccio.

Ethan mi tira giù, e io mi risiedo sulla sedia.

«Come può permettere loro di continuare a mentire così?» La rabbia mi riempie.

Ethan non risponde. Il suo viso è inespressivo e pallido. Sta succedendo qualcosa di strano qui. «Ethan?»

«Perché è vero», sussurra. «Ho dichiarato di avergli sparato».

Ho sentito bene? «Cosa?»

«Shhh». Gli avvocati ci rimproverano, e devo rimanere con i miei pensieri fino alla fine dell'udienza. Non ho idea di cosa abbiano deciso. Non riesco a concentrarmi su nulla. Ricordo la detective all'ospedale. Era sorpresa di sentire la mia versione... Devo parlare con Ethan da sola. Ora.

Non appena l'udienza è finita, mi precipito fuori, tirando Ethan per il braccio in un angolo appartato, ignorando completamente la chiamata del mio avvocato che mi dice di fermarmi. C'è tempo per mettersi in pari più tardi. Ora ho bisogno di sentire che diavolo è successo lì dentro.

Fisso Ethan mentre troviamo un angolo tranquillo nel corridoio. «Ethan? Perché ha detto che hai ammesso di aver sparato a Michael?»

«Perché l'ho fatto. Quando hanno preso la mia dichiarazione in ospedale, ho detto che ero stato io a sparare a Michael e ad ucciderlo».

«Perché avresti fatto una cosa del genere? Non eri nemmeno cosciente quando è successo».

«Perché pensavo l'avessi fatto tu».

«Cosa? Sono confusa. Che vuoi dire?»

«Sapevo che Michael era morto, e sapevo che gli avevano sparato. Ryan mi ha aggiornato in ospedale. Quando il poliziotto è venuto a prendermi la dichiarazione... beh, ho semplicemente supposto che gli avessi sparato tu». Si sta torcendo le mani. «Non sapevo cosa fosse successo».

«Quindi intendevi addossarti la colpa?» La mia bocca si spalanca.

«Sì», dice semplicemente.

«Non ci posso credere». Mi porto le mani alla bocca, incapace di digerirlo. «Non posso credere che tu abbia fatto questo per me». Il mio cuore batte forte. Questa è la cosa più incredibile e folle che qualcuno abbia mai fatto per me. «Quindi cosa faremo? Come uscirai da questo pasticcio?»

«Non lo so. Il giudice ha rinviato l'udienza, e abbiamo tempo fino a dopo le festività prima di dover tornare. Gli avvocati avranno tempo di presentare le loro memorie nel frattempo, quindi dovranno pensare a qualcosa entro allora».

Oh. «Ma la polizia ha chiuso il caso contro di noi. Perché non è sufficiente?»

«Aiuta, ma questa è una causa civile. È una storia completamente diversa». Gira la testa, e io seguo il suo sguardo e vedo Ryan e il mio avvocato che ci aspettano impazienti. «Dobbiamo tornare da loro».

Ha mentito per me. Era pronto a prendersi la colpa. La dissonanza tra il senso di tradimento per la dura rottura al telefono e ciò che ho appena scoperto che ha fatto per me mi fa girare la testa. Come posso continuare da qui?

Ethan mi segue fino al mio appartamento e aspetta che io entri. Ma non sono ancora pronta a dirgli addio. «Vuoi entrare?»

«Non so se sia una buona idea», dice.

«Per favore? Voglio che tu rimanga con me».

Spegne il motore e scende dalla macchina. Nessuno di noi è vestito bene per stare fuori, e ci affrettiamo dentro al caldo.

«Sono così confusa da te», dico non appena siamo dentro. «Come hai potuto essere così crudele con me al telefono ed essere disposto allo stesso tempo ad andare in prigione per me?»

Si lascia cadere sul divano, sembrando sconfitto. «Non riuscivo a sopportarmi in quel momento. Credo che questo riassuma al meglio la situazione».

Non riesco a leggere l'espressione nei suoi occhi.

Dopo un breve silenzio, continua. «Non potevo vivere con il pensiero che tutto ciò che ti era successo fosse a causa mia, e che non fossi riuscito a salvarti. L'immagine di te su quel letto mi ha perseguitato per mesi. Onestamente, lo fa ancora. Alla fine, ti sei salvata di nuovo da sola. Pensavo che saresti stata meglio senza di me».

«Come hai potuto pensarlo? Quando sapevi che ti amavo? E dopo tutto quello che era successo tra noi?»

«Non ero degno del tuo amore».

Scuoto la testa. «Non era una decisione che spettava a te, Ethan. Era mia».

«Lo capisco adesso. Mi ci è voluto molto tempo per uscire dal buco nero che mi aveva risucchiato, ma dopo averti rivista, ho capito che il mio futuro non esiste senza di te. Quindi eccomi qui, pronto a convincerti a scegliermi di nuovo».

Le lacrime mi inondano gli occhi, e una mi scorre sulla guancia. Mi avvicino al divano, poi mi siedo accanto a lui, tenendogli il viso così da poter guardare nei suoi occhi. «Ti scelgo di nuovo».

Le scintille dorate nei suoi occhi ora tremolano mentre cerca di mantenere il controllo delle sue emozioni. Ma vedo i lampi di quelle emozioni sul suo viso: meraviglia, speranza e amore.

Quello che è successo tra noi quel giorno, il modo in cui mi ha lasciata quando ero al mio punto più debole, non sono sicura che riuscirò mai a perdonarlo completamente. Ma ora sono vicina a capire. Voglio metterlo alle spalle, alle nostre spalle, e provare di nuovo.

Lui mette le mani sull'orlo della mia maglietta e la tira su. Alzo le braccia e gli permetto di togliermela.

Si ferma e guarda la mia recente aggiunta, quella che prima non c'era. Proprio sulla mia cicatrice, le parole ora incise sono «progresso, non perfezione».

Le sue dita sfiorano il mio tatuaggio, e il suo sguardo incontra il mio con un'espressione interrogativa.

«Un promemoria per me stessa», rispondo senza che lui chieda. «Per andare sempre avanti, e non cercare la perfezione».

Bacia la mia cicatrice, passa la lingua sulle parole, e io rabbrividisco.

«Ai miei occhi, sei già perfetta». La sua bocca reclama la mia, esigente. Le sue mani coprano i miei seni, stringendoli e schiacciandoli.

«Dio, quanto mi sei mancata», sussurra e mi guarda. «Mi vuoi? Fermami ora se non è così».

Posso solo annuire. Ma come sarà adesso? Dopo le ferite fisiche e mentali che entrambi portiamo? Le cicatrici sui nostri corpi servono come prova di tutto ciò che è accaduto. E ho paura ma sono anche eccitata. Non sono sicura di poter arrivare fino in fondo, ma penso di essere disposta a provare con lui.

Quando non lo fermo, la bocca di Ethan sta già assaporando il mio collo, poi le curve dei miei seni sopra il reggiseno.

«Tieniti», dice e mi mette le mani sulle sue spalle. Poi mi avvolge con le braccia e si alza, facendomi oscillare in aria.

Avvolgo le gambe intorno a lui e incrocio i talloni dietro la sua schiena per non cadere, ma lui non mostra alcuna difficoltà nel portarmi.

«In che direzione?» mormora e sussurra allo stesso tempo, e mi ricordo che non è mai stato nel mio appartamento.

Indico semplicemente la porta della camera da letto perché la mia bocca esige di baciare la piacevole cavità tra il suo orecchio e la mascella.

Mi lascia cadere sul letto, mi tira giù i pantaloni con impazienza, e poi si ferma. Un'ombra pesante attraversa i suoi occhi. Non dice nulla. Ma vedo l'esitazione.

«Questo ti dà fastidio? Ti disgusta?» All'improvviso mi viene voglia di prendere la coperta e avvolgermi in essa. Cerco di allontanarmi da lui e mettermi seduta, ma il peso del suo corpo non me lo permette. Mi sento improvvisamente intrappolata.

Lui percepisce il mio panico e mi stringe delicatamente gli avambracci con le mani.

«No! Non mi disgusti. Tutt'altro». Strofina il bacino contro la mia biancheria intima in modo che possa sentirlo. «Mi sono solo ricordato come eri quando ti ho trovata, e fa male. Fa male anche solo pensarci».

Smetto di tentare di scappare da lui e chiudo gli occhi. Mi ha vista nel momento peggiore della mia vita.

«Ma sei sopravvissuta». Avvicina il viso al mio e mi bacia, poi scende e bacia il mio collo, il mio stomaco... «Sei così forte. Non potresti mai disgustarmi».

Voglio sentire anche lui, e mando con ansia le mie mani al colletto della sua camicia per toglierliela. Quando si rende conto di quello che sto facendo, si alza e si toglie la camicia e i pantaloni, lasciando solo i boxer.

Ora è il mio turno di esalare. Le cicatrici sul suo corpo sono gravi. Automaticamente porto la mano alla cicatrice frastagliata sulla sua spalla e la accarezzo con la punta delle dita, esitando a toccarla.

I suoi occhi seguono il mio palmo. «Non fa più male». Prende la mia mano e la posa sulla sua pelle, esigendo che lo tocchi, e io obbedisco. La mia mano vaga su di lui come se avesse vita propria, accarezzando il corpo che una volta conoscevo. È diverso ora, molto più magro di prima, e i muscoli sono più prominenti. Raggiungo la cicatrice sul lato del suo stomaco e la accarezzo, anche quella. Entrambi portiamo sui nostri corpi la testimonianza dell'orrore.

«Sei troppo magro».

«Non avevo appetito».

Mi fa male sentire che ha sofferto. Abbiamo sofferto entrambi. «Mi prenderò cura di te d'ora in poi». La mia mano continua il suo viaggio verso sud, sotto l'elastico della sua biancheria intima, e lo trovo sveglio e pronto per me. Geme quando lo circondo con la mano, poi lo accarezzo dalla base alla punta e viceversa.

«Voglio assaggiarti. Mi è mancato così tanto il tuo sapore». Mi allarga le gambe e si posiziona tra di esse, chiedendo la mia approvazione prima di togliermi la biancheria intima.

Non sono bagnata, e se ne accorge subito.

«Ayala?» Uno sguardo preoccupato appare sul suo viso. «Vuoi che mi fermi?»

«No. Non fermarti». L'ultima cosa che voglio ora è fermarmi. Deve funzionare. Se non funziona con Ethan, non funzionerà con nessuno. Lui è l'unico con il potere di guarirmi.

Capisce immediatamente, senza parole, senza spiegazioni. Mi sento sollevata di essere con qualcuno che capisce. Che sa. E continua, la sua lingua ora lecca la mia coscia. La pelle lì è più sensibile, e si sente bene. Mi concentro sulle sensazioni della sua lingua, cercando di rimanere nel qui e ora e non lasciare che i miei pensieri vaghino.

Quando la sua lingua circonda il mio clitoride, mi ammorbidisco. Poco a poco, mi libera. Succhia forte, mi aspira, ed è bello! Lo voglio di più e la mia schiena si inarca, esprimendo il mio desiderio. Il mio corpo lo implora di continuare, l'eccitazione cresce dentro di me. Sta funzionando.

«Sì», gemo mentre mi sento salire. La montagna è alta, ma sto salendo. Ci sono quasi.

Alza il viso e mi guarda, poi mi bacia, e sento il mio sapore sulle sue labbra. «Dio, quanto mi sei mancata», sussurra e immediatamente manda un dito a continuare il lavoro.

«Ti voglio dentro di me ora», esigo.

«No. Non sei pronta. Ti farà male».

«Sono pronta», gemo. «Sto per venire». Raggiungo tra le mie gambe per alzare il suo viso verso di me.

«No», insiste. «Deciderò io quando». C'è una promessa nella sua voce. Le mie dita dei piedi si arricciano in anticipazione.

«Oh mio Dio!» La sua bocca mi fa cose incredibili. Salgo, raggiungendo il limite, urlando forte mentre il mio corpo si contorce. Niente si sente come il piacere che lui mi dà.

Sono sdraiata sul letto. Il mio corpo si sente come burro. Penso di aver perso conoscenza perché vedo le stelle. Si alza, il suo viso davanti al mio, i suoi occhi scintillanti. «Non ricordavo che fossi così rumorosa». Sorride. «Mi piace».

Il suo corpo è così caldo sul mio, brucia. Anche il mio, ne sono sicura, perché sono in fiamme.

Avevo così paura che ciò che c'era tra noi fosse sparito, che fossi rotta per sempre. Ma la mia testa lo vuole ancora, e il mio corpo lo ricorda bene. L'attrazione funziona tra noi, proprio come prima.

Ethan si sta già muovendo verso la fase successiva, e la sua bocca è sul mio capezzolo. «Potrei vivere qui», dice, e la sua lingua lecca intorno ai miei seni. Succhia forte, e il mio stomaco si contrae di nuovo. Sì, sono pronta a continuare.

«Adoro quando fai così».

«Cosa? Questo?» Succhia di nuovo il mio capezzolo, e questa volta, la sua mano è sul mio clitoride.

«Sìii...» dico con un mezzo gemito, perdendo le parole, «proprio così».

Infila un dito dentro di me, e sussulto. Si ferma e aspetta. Mi sforzo di rilassarmi e lasciarmi andare. «Facciamolo lentamente. Come la prima volta».

Il suo dito si muove di nuovo dentro di me, e ora è così piacevole che il mio bacino si muove per incontrarlo.

«Sì, proprio così», sussurra. «Stai con me. Siamo solo noi due qui».

Si ferma un momento e si toglie l'intimo, liberandosi.

Non posso fare a meno di ammirare il suo corpo e il modo in cui si muove, la flessibilità dei suoi muscoli.

Afferro saldamente il suo sedere e lo tiro verso di me. Basta con i giochi. Sono pronta quanto posso esserlo.

Si solleva da me, e io gli afferro il braccio. Mi sta lasciando adesso? «Che c'è che non va?»

«Preservativo», ringhia.

«Non serve. Sono protetta». Non è come se potessi rimanere di nuovo incinta. Non dopo quello che è successo.

Aggrotta le sopracciglia. «Senza?»

Annuisco.

Mentre la sua bocca e la sua lingua esplorano la mia senza interrompere il contatto nemmeno per un momento, posiziona la punta alla mia apertura e spinge dentro.

Sussulto quando entra completamente. Non dovrebbe far male. Le ferite che avevo sono guarite, e hanno rimosso tutti i punti molto tempo fa, ma ancora punge e mi sorprende. Una lacrima indesiderata emerge.

«Sei così stretta». Mormora a denti stretti, poi alza lo sguardo e sussulta come se fosse sorpreso.

«Ti sto facendo male? Cazzo, ti sto facendo male». Esce immediatamente, spaventando anche me.

«No. No, va bene. Sto bene». Cerco di tirarlo di nuovo verso di me.

«Stai piangendo. Non stai bene».

«Non sto piangendo. Non fa male. È solo tensione. È passata subito». Lo convinco a continuare.

Spinge di nuovo lentamente dentro di me, con uno sguardo concentrato mentre cerca di controllare il ritmo. Questa volta non fa male per niente, e sospiro di sollievo. Cerco di incoraggiarlo con movimenti del bacino finché non risponde e inizia con il suo ritmo.

Mi solleva le gambe e le mette sulle sue spalle. La nuova posizione preme su un punto sensibile dentro di me, e i miei occhi si spalancano. Oh cavolo. «Più veloce», lo incoraggio e afferro il suo sedere. «Sì, più forte».

Il nodo nel mio stomaco cresce. Contraggo i muscoli, cerco di fermarmi e ritardare la fine. Voglio sentirlo venire dentro di me prima, ma non riesco a trattenermi. Il ritmo è veloce, e salgo sempre più in alto fino a raggiungere il culmine, stringendolo dentro di me, le mie membra che si contorcono e tremano sotto di lui.

Si lascia cadere su di me, il peso del suo corpo sul mio, e viene dentro di me con un forte gemito di piacere. Per un lungo momento, rimaniamo sdraiati l'uno sull'altra.

Quando mi lascia, il vuoto è travolgente. È qui accanto a me, ma già mi manca. «Rimani con me?»

Tira la coperta su di noi, si aggrappa a me in un abbraccio e chiude gli occhi.

«Vuoi fare una doccia?» chiedo, ma lui non toglie le mani da me.

«Dopo. Voglio che il mio odore rimanga su di te, solo per un po' più a lungo». Mi respira addosso.

Uff. Perché deve essere così sexy?

## CAPITOLO 23
## *Ethan*

Abbracciato ad Ayala, tutto ciò a cui riesco a pensare è che *questo* è il modo di svegliarsi. Questa è stata anche la prima notte in cui ho dormito senza incubi. La sua pelle è calda e piacevole contro la mia, e mi prendo un momento per sentire il profumo dei suoi capelli.

Ha passato così tanto, eppure è qui con me, fidandosi di me.

Ryan una volta mi disse che l'universo me l'aveva mandata per mostrarmi che ero stato perdonato. A volte penso che abbia ragione.

Le bacio il collo, e i suoi occhi blu sfarfallano mentre si sveglia.

Non credo ci sia una parte di lei che non mi piaccia, ma non c'è dubbio che ami di più quei suoi occhioni per tutta l'intensità delle emozioni che vi si celano.

Se non pensassi che scapperebbe via urlando, le chiederei di sposarmi proprio adesso.

Sì, sono pronto. La realizzazione mi colpisce come una martellata in testa. Non ero me stesso quando ci siamo lasciati.

Tutti me lo dicevano, e io non volevo ascoltare. Lei mi fa sentire vivo. Se qualcuno sapesse cosa sto pensando, riderebbe di me. Sono i pensieri di qualcuno profondamente innamorato. Non avrei mai pensato che sarei stato io.

Voglio che sia mia moglie. Ora devo solo convincerla che lo vuole anche lei.

Si stiracchia sotto di me. Il mio cazzo, che era già mezzo eretto, ora è completamente duro, e mi strofino un po' sulla sua coscia.

Mi ha spaventato ieri quando non era bagnata. Pensavo che non mi volesse, che il trauma fosse troppo grave e che non avrebbe funzionato. Ma il suo corpo aveva solo bisogno di un po' d'incoraggiamento per tornare in sé. È stato difficile anche per me. Le immagini di quel terribile giorno continuavano a riaffiorare. Ho dovuto concentrare i miei pensieri sul presente diverse volte e continuavo a ripetermi che lei è sana e salva. Ma non appena ha iniziato a rispondere ai miei tocchi, ho dimenticato tutto e mi sono immerso nel momento.

Geme mentre mi sente sopra di lei, e continuo a baciarla, inviando le mie mani al suo paradiso. Questa volta va facilmente. Si bagna in pochi secondi, e la giro, premendo la sua schiena contro di me, e scivolando lentamente dentro di lei.

Sì, sono pronto a svegliarmi così ogni mattina.

―

DOPO CHE CI siamo fatti la doccia, e mentre Ayala si sta vestendo e preparando per l'ufficio, sono in cucina, cercando di farle il caffè. Apro tutti gli armadietti alla ricerca di un cucchiaino e dello zucchero e preparo due tazze di caffè caldo, pronte nel momento in cui arriva in cucina. Mi studia mentre si asciuga i capelli con un asciugamano. Indossa una gonna a tubino e una camicetta attillata. Il tessuto della camicetta è teso sul suo seno, e non riesco a distogliere lo sguardo dal modo in cui si muovono mentre muove le mani con l'asciugamano.

Non ci posso credere, ma voglio scoparla di nuovo. Mi sistemo i pantaloni davanti, e il suo sguardo è attratto lì.

«Mi sento un adolescente accanto a te. Tutto quello che fai mi eccita». Cerco di alleggerire l'atmosfera che improvvisamente si è fatta pesante.

Sorride. «Mi hai fatto venire diverse volte, e tu sei venuto solo una volta. Quindi ha senso».

«Sì, ma sono un uomo. Non possiamo venire in successione come le donne. E non sono più così giovane».

«Certo che sei giovane. Hai solo trent'anni. E sei capace di di più». Mi fa l'occhiolino. «Ti aiuterei con quel piccolo problema, ma devo andare al lavoro».

«Piccolo? Qui niente è piccolo», obietto. «Non dovresti dire certe cose a un uomo».

«Scusa, mio gigante». Ride, poi si avvicina e mi bacia, il sapore del caffè sulla sua lingua, esigendo che le dia tutto.

Cazzo, ho bisogno di una doccia fredda ora.

Mi siedo di fronte a lei. «Allora, per che giorno vuoi che prenoti il nostro volo per New York?»

«Che volo?»

«Ora che stiamo insieme, pensavo che saresti tornata a New York con me. Capisco se hai bisogno di un po' di tempo per organizzarti, ma mi piacerebbe che tornassimo presto».

Si ferma e posa il caffè sul tavolo. «Non mi trasferisco a New York».

Penso di non aver sentito bene. «Cosa?»

«Non mi trasferisco a New York. La mia casa è qui. Ho una carriera che mi piace. Mi sono costruita una vita qui. Una vita vera».

«La tua vita non è con me? Pensavo avessi detto che stavi scegliendo di nuovo me, che ci stavi dando una possibilità». Alzo la voce senza volerlo.

«Sì. Ma non lascerò tutto quello che ho ottenuto. Magari potresti trasferirti tu qui?»

«Ayala, tutte le mie attività sono a New York. Non posso restare qui. Sii ragionevole».

«Sono io irragionevole? Pensi che dovrei rinunciare alla mia carriera?» Si alza in piedi, e la sua postura mi dice che è arrabbiata.

«Quale carriera? Hai iniziato solo pochi mesi fa. Cosa hai qui che non puoi ricominciare?»

«Non posso credere che tu l'abbia appena detto».

Non capisco cosa stia succedendo. Come siamo passati da una mattinata fantastica a questo? «Puoi avere lo stesso ruolo in una delle mie aziende. Scegli il ruolo che vuoi. Diavolo, puoi anche prendere il mio posto».

«Non voglio lavorare per te! Pensavo che avessimo già chiarito questo punto. Voglio costruirmi la mia vita. Non voglio che nessuno pensi che ho ottenuto qualcosa per la via facile».

«Che m'importa di quello che pensa la gente? Io so quanto vali». Mi fermo a pensare per un momento. «Posso comprare la rivista per cui lavori e trasferirla a New York».

«Non osare!» Le sue guance diventano rosse. «Non osare fare nulla che riguardi il mio lavoro».

«Aspetta, aspetta. Non ho fatto nulla. Ho imparato dall'ultima volta. Stiamo solo discutendone».

La situazione sta degenerando rapidamente e non so cosa fare. «Penso che tornerò in albergo e ti lascerò calmare un po'. Ne parleremo stasera». Mi alzo e raccolgo le mie cose.

«Stai scappando di nuovo».

«Non sto scappando. Non so cosa fare e non voglio litigare. Forse è meglio se ci calmiamo prima e ne parliamo più tardi».

«Se mi lasci di nuovo quando ho bisogno che tu sia qui, non disturbarti a tornare».

Wow. La situazione è degenerata rapidamente. «Non me ne sto andando», dico, cercando di farla ragionare. «Non stai ragionando. Tornerò la sera dopo che ti sarai calmata e potremo parlare come due persone adulte». Prendo le chiavi ed esco.

Colpisco forte il volante con le mani. Cazzo.

Cos'è successo là? Ci siamo appena lasciati? Non ne ho idea, e non è quello che intendevo far accadere. Dopo ieri, ero sicuro che tutto stesse andando per il verso giusto. Lei sarebbe venuta a vivere con me, ci saremmo sposati. Saremmo invecchiati insieme. È qualcosa che non avrei mai pensato di avere, e ora non voglio nient'altro.

Ho sbagliato quando le ho chiesto di tornare con me? Pensavo fosse ovvio quando ha accettato di darci una possibilità. Dopotutto, sa dove vivo e dove si trovano le mie attività.

Torno in macchina all'hotel e mi connetto a tutte le riunioni Zoom già programmate per oggi, controllando ripetutamente il telefono.

Non manda nulla. Cazzo. Ero sicuro che si sarebbe calmata.

Alzo lo sguardo dal telefono quando mi rendo conto che qualcuno sta chiedendo la mia attenzione durante la riunione.

«Wolf, cosa ne pensi della campagna che abbiamo proposto?» chiede un manager, e io non so di cosa stia parlando.

«Puoi tornare ai numeri, per favore?» gli chiedo. Si può sempre capire ciò di cui si ha bisogno dai numeri.

Esamino la presentazione e chiedo alcune modifiche. Quando tutti i dettagli sono definiti e approvati, concludiamo la riunione e torno al telefono. Il mio cuore salta un battito quando vedo il messaggio.

> **Ayala**
> Ho bisogno di un po' di tempo da sola.
> Siamo andati troppo in fretta.

Questo è un incubo. Solo un altro dei miei incubi. Deve esserlo. Perché la nostra notte insieme è stata perfetta. Non può voler rompere il giorno dopo.

Sono sulle spine, aspettando che finisca la prossima riunione. Poi afferro le chiavi dell'auto e mi precipito da lei. Non lascerò che butti via così facilmente quello che c'è tra noi. Le ho promesso che sarei stato qui per lei, che avrei aspettato, e intendo mantenere la mia promessa.

## CAPITOLO 24
## *Ayala*

Con il passare delle ore, sono sempre più convinta di aver fatto un errore con Ethan. Non avrei dovuto saltargli addosso. Ho lasciato che la romantica in me prendesse il sopravvento. La giornata orribile che sto avendo al lavoro di certo non contribuisce al mio umore. Nulla va per il verso giusto.

Le foto per la campagna che ho ordinato sono venute orribili, e ho dovuto richiederne di nuove. Uno dei nostri redattori ha scritto un post su Facebook contro la maternità surrogata che è stato ingigantito, richiedendo un controllo totale dei danni. Quando gli ho chiesto di scrivere un post di scuse, è scoppiata una discussione accesa. Toby è entrato e mi ha costretta a uscire dalla stanza. Il capo deve risolvere i problemi al posto mio? Non è un buon segno.

Quando finalmente usciamo per una pausa pranzo tardiva, mi dirigo alla caffetteria da sola. Compro una torta alla cannella invece del solito. Non c'è niente come lo zucchero per migliorare il mio umore.

Non so cosa voglio. Lo amo, ma stiamo correndo troppo

velocemente. Sono attratta nel suo vortice quando non conosco ancora abbastanza bene me stessa. Dopo quello che è successo, non ho fretta. Voglio essere sicura.

Il mio telefono squilla, e in linea c'è l'unica persona che può darmi consigli su Ethan.

«Ciao, Olive», dico tra un morso e l'altro.

«Ayala! L'articolo che hai fatto sul negozio è pazzesco. Non sai quanti follower mi ha fatto guadagnare. E qui è tutto una follia. Abbiamo venduto tutti i vestiti, e sono sicura che sia soprattutto grazie a te».

«Fantastico! Sono così felice per te. È incredibile».

«Vero? Sono pazzamente impegnata. Pensavo ci avrei messo due anni per recuperare l'investimento, e ora sembra che accadrà in pochi mesi! Ci puoi credere?»

«Sapevo che avresti fatto un lavoro straordinario. Ethan ha investito su di te. Sa riconoscere una cosa buona quando la vede».

«A proposito del diavolo, Ethan mi ha mandato un messaggio dicendo che è a San Francisco. Significa che siete tornati insieme?» chiede con una voce piena di speranza.

«Hmm... Hai tempo per una storia?» Finisco di mangiare la torta.

«Sembra che dovrei avere tempo per una storia, quindi sì».

Le racconto cosa è successo tra noi, mantenendomi breve. «Scappa ogni volta che c'è un ostacolo».

«Non sembra da Ethan. È molto leale verso quelli che ama. Non è un uomo che scappa alla vista dei problemi. È lui che mi ha convinta a fare coming out, mi ha accompagnata ad affrontare i miei genitori e mi ha convinta ad aprire l'attività. Quell'uomo non ha paura di nulla».

Rifletto su ciò che dice. «Questo è un ostacolo serio, Olive.

Non voglio buttare via tutto quello che ho iniziato qui per essere la donnina a New York».

«È questo che ha detto? Ti ha chiesto di smettere di lavorare?»

«No. Voleva che andassi a lavorare per lui. Ma amo il mio lavoro. Sono brava in quello che faccio».

«Ok, e non saresti brava anche in un ruolo nell'azienda di Ethan? Io coglierei al volo l'opportunità se fossi adatta».

«Non capisci. Per tutta la vita, ho sempre dipeso da qualcuno. Prima dai miei genitori, poi da Michael. E ora, sto muovendo i primi passi nel mondo reale. Non voglio dipendere di nuovo da qualcuno».

Olive rimane in silenzio per un momento. «Spiegaglielo. Cerca di trovare una soluzione. Il vostro amore è autentico. Non è qualcosa che si trova tutti i giorni. Non rinunciarci. Lui non è Michael. Potete farcela».

«Volevo parlargli questa mattina. Ma è scappato. Di nuovo».

«Da quello che mi hai raccontato, si stava solo prendendo del tempo per calmarsi, e vuole parlare. Può non piacerti, ma non è un crimine».

Rido. «No, non è un crimine. Gli parlerò. Grazie, Olive. Sai sempre esattamente cosa dire».

«Devo dire che ho un interesse speciale qui. Se torni a New York, posso vederti ogni giorno».

«Anche a me manchi, nonostante ci siamo viste di recente. E anche se la mia relazione con Ethan non dovesse durare, ho conosciuto te, quindi ne è valsa la pena».

«Stai esagerando. Basta, basta, ma continua». Ride. «Ti voglio bene anch'io».

Ci salutiamo, e torno in ufficio immergendomi nei miei mille progetti.

Alzo lo sguardo dal computer e mi rendo conto che sono già le sette. Mi affretto a uscire e arrivo a casa esausta, notando l'auto a noleggio di Ethan parcheggiata davanti alla casa.

Dannazione. Ho avuto una giornata lunga. Non credo di avere la forza di affrontarlo ora. Non voglio litigare di nuovo. Ma sono anche contenta che sia qui. Che non si stia arrendendo questa volta.

Mi avvicino all'auto, e la mia bocca si piega in un sorriso quando lo noto. La sua testa è appoggiata allo schienale del sedile, e le sue mani sono sul volante. Sta dormendo.

Alzo il dito per bussare al finestrino ma mi trattengo, prendendomi un momento per guardarlo e basta.

I suoi capelli sono disordinati, schiacciati nei punti in cui vi si appoggia, e la sua pelle è tesa sugli zigomi, enfatizzando quanto sia magro. Non mi piace che sia così magro. Non sembra rilassato come mi aspetterei da una persona che dorme. Sembra tormentato.

Mi mordo il labbro senza rendermene conto, faccio un respiro profondo e busso al finestrino.

C'è panico nei suoi occhi quando si sveglia, non aspettandosi di vedermi lì in piedi. Ma quando i suoi occhi si illuminano, il sorriso più bello del mondo appare sul suo viso, e un'ondata di calore mi inonda dall'interno. Quando lo guardo, in questo momento, un momento dolce e inaspettato, improvvisamente ho la mia risposta.

Esce dall'auto, e vedo nei suoi occhi che è pronto per la battaglia, sul punto di farmi il discorso. Sono sicura che ci abbia pensato per ore.

Prima che possa dire una parola, gli getto le braccia al collo e lo bacio come se non ci fosse un domani, attirandolo a me.

Mi stacco da lui, senza fiato. «Non voglio litigare».

«Neanch'io». Mi prende la mano, ed entriamo. Preparo del tè caldo, e ci sistemiamo entrambi. «Prima di parlare, voglio spiegarti una cosa». Mi siedo accanto a lui sul divano dopo aver posato la teiera sul tavolo. «Quando ho conosciuto Michael, pensavo fosse perfetto».

Ethan aggrotta le sopracciglia.

«Era affascinante, ricco, e mi dava tutte le sue attenzioni. Mi sentivo in cima al mondo. Era l'uomo più desiderato del campus, e aveva scelto me. Durante tutto il mio tempo con Michael, credevo di essere io la colpevole. Che se fossi stata migliore, più di successo, più bella, forse niente di tutto questo mi sarebbe successo. Mi ricordava quotidianamente quanto fossi incapace in tutto».

Ethan rimane in silenzio, e so che sta ascoltando, che mi sta sentendo, e questo mi dà la forza di continuare.

«Col passare del tempo, mi ha tagliata fuori da tutto ciò che conoscevo. L'ha fatto lentamente, quasi senza che me ne accorgessi. Prima dagli amici, poi dal lavoro, e infine dalle lezioni. Finché non mi è rimasto nulla, e non avevo nessuno a cui rivolgermi».

«Ayala-»

Metto la mano sulla coscia di Ethan per fermarlo. «So che non è quello che vuoi. Lo capisco. Ma lasciare ciò che ho realizzato e trasferirmi a New York, staccarmi dal familiare e dal conosciuto, la sensazione è la stessa.»

Lui sospira e appoggia la fronte sulla mia. «Non so come risolvere questa cosa. Ti voglio al mio fianco.»

So che è irragionevole chiedergli di rinunciare al suo intero impero aziendale. Tutti gli uffici sono a New York, con centinaia di dipendenti. Può provare a gestire da remoto, ma non sarà mai la stessa cosa. Sono io che devo decidere.

«Vieni a cena dai miei genitori con me» chiedo, sorprendendo persino me stessa. Ai miei genitori lui non piace. Voglio dire, non lo conoscono, ma non gli piace l'idea della sua esistenza nella mia vita. Non gli piace che ci sia qualcuno con cui la loro amata figlia ha tradito suo marito. Anche se Michael era uno stronzo, e ora lo capiscono anche loro. Ethan mi ha detto che gli hanno chiesto di starmi lontano. Se decido di partire, voglio prima chiarire le cose con loro. Forse se lo ameranno tanto quanto lo amo io, la decisione sarà più facile.

Lui annuisce. «Va bene. Qualsiasi cosa tu voglia.» Ci pensa un attimo. «Possiamo semplicemente sederci insieme e guardare un film adesso?» chiede.

Non c'è niente che desideri di più. Annuisco e vado in cucina. «Ti piacciono i popcorn?» chiedo, prendendo una confezione dalla dispensa. «Perché se non è così, dovremmo salutarci subito. Ne sono dipendente.»

La sua risata sonora mi fa venire dei piacevoli nodi allo stomaco, e metto i popcorn nel microonde.

«Che ne dici di aggiungere una cioccolata calda per accompagnare questi popcorn?» Sorride. «Perché altrimenti non avremmo davvero nulla da aspettarci insieme.»

«Non rifiuterei mai una cioccolata calda in inverno.»

Ci sediamo davanti alla TV e porto una grande coperta dalla camera da letto per avvolgerci. Lui alza il braccio, permettendomi di appoggiarmi a lui. Sembra così giusto, come se lo facessimo da sempre. Tutti i pezzi sono esattamente al loro posto.

Sorseggio rumorosamente dalla mia tazza di cioccolata.

Lui mi guarda meravigliato. «Cos'è quel rumore?»

Ridacchio. «Stavo solo controllando come avresti reagito.» Gli mando un sorriso radioso, e lui abbassa il viso per baciarmi.

Il cioccolato nella sua bocca è più buono di quello nella mia tazza.

Ride. «Ti bacerò finché non la smetterai. Una risposta abbastanza buona?»

«Allora è meglio che faccia più rumore.» Sorseggio di nuovo, facendo lo stesso rumore, e sporgo le labbra per un bacio.

Lui risponde volentieri alla mia chiamata, e ci perdiamo l'uno nell'altra finché non mormoro: «Non abbiamo scelto un film.»

«L'ho già scelto io» mormora sulla mia bocca. «*The Ring*.»

«Non è un film dell'orrore?» Mi stacco da lui per vedere la sua faccia.

«Oh, sì.» Mi fa l'occhiolino.

«Non sono una fan dei film horror» dico con gli occhi spalancati. «Mi spaventano.»

«Ci conto.» Sorride con aria maliziosa.

Ci sistemiamo sul divano e metto i popcorn tra di noi, ne prendo un po' per me, poi ne metto alcuni in bocca a Ethan mentre lui guarda il film con interesse. Guardare lui è più interessante per me che guardare il film.

Quando iniziano le parti spaventose, mi rannicchio e nascondo il viso sul suo petto. «Dimmi quando è finito.»

Lui ride. «È finito.»

Alzo la testa proprio quando sullo schermo appare un cadavere in decomposizione. «Che schifo!» strillo, colpendolo sulla spalla. «Perché mi hai detto che era finito?»

Si morde il labbro inferiore. «Perché sei affascinante quando sei spaventata. E penso che ti stia eccitando.»

«E a te eccita?» Inclino la testa verso di lui.

«Onestamente, non credo di aver bisogno di un film per essere eccitato. E tu?» Prende la mia mano e la posa sul suo cavallo.

«No, non credo di aver bisogno di un film» mormoro mentre mi bacia di nuovo, la sua mano che mi cerca.

## CAPITOLO 25
### Ethan

Mi sento come un gorilla in gabbia a cui vengono lanciate banane oltre le sbarre. I genitori di Ayala mi fissano per tutto il pasto, e non sono sguardi di ammirazione.

Provo tutti i miei trucchi, ma niente sembra funzionare. Il gioco è truccato. Non capisco cosa ho fatto di sbagliato. Di solito ho molto successo con i genitori. Di solito mi adorano. Mi comporto educatamente. Sono ricco e di bell'aspetto. Cosa potrebbe volere di più un genitore per la propria figlia? Ma loro approvavano Michael, quindi forse il problema non è con me.

Sorrido ampiamente alla madre di Ayala mentre serve le patate.

«Quindi, come vi siete conosciuti tu e Ayala?» chiede il padre di Ayala, cercando di estorcermi informazioni. Non sono del tutto sicuro di cosa stia cercando di cogliermi in fallo e perché non siano felici che io sia venuto in California, soprattutto considerando che ho fatto tutto il possibile per salvare loro figlia quando loro non l'hanno fatto.

«Sono andato al bar dove lavorava con un mio buon amico, e lei mi ha affascinato.»

Le facce sorprese dei suoi genitori mi dicono che ho sbagliato da qualche parte. Cazzo, avrei dovuto ripassare gli argomenti di conversazione con Ayala prima di arrivare qui. È come se stessi camminando sulle uova e ne stessi facendo una frittata terribile.

Michelle si gira verso Ayala. «Non ci hai detto che lavoravi in un bar.»

Ok, immagino che non avrei dovuto dirlo.

«Dovevo guadagnare dei soldi, mamma» ribatte Ayala. «Dovevo scappare quando nessuno mi credeva e nessun altro mi avrebbe dato un lavoro.»

«Ayala, sai che io... Che tuo padre ed io siamo profondamente dispiaciuti per quello che è successo quel giorno che sei venuta da noi. Ma lui aveva dei documenti. Sembrava tutto vero.»

«Lo so, mamma. Ma voi conoscevate *me*. Avreste dovuto credere a vostra figlia piuttosto che a lui.» Ayala infilza il cibo nel suo piatto con la forchetta.

«Pensavano di aiutarti» intervengo io. «I documenti sembravano autentici» aggiungo, sperando di far passare il messaggio. Dopotutto, anch'io inizialmente sono caduto nella trappola di Michael.

I suoi genitori mi guardano sorpresi, ovviamente non capendo perché sia venuto in loro aiuto.

«Mamma, ero sparita da mesi e voi non mi avete nemmeno cercata.»

«Ma ti *stavamo* cercando! All'inizio non capivamo cosa stesse succedendo. Michael diceva che eri in cura e che stavi migliorando. Dopo due settimane, quando abbiamo insistito per vederti, all'improvviso ci ha detto che eri scappata e che non sapeva dove fossi. Volevamo contattare la polizia, e lui ha detto che non avremmo dovuto. Ha detto che stava usando tutte le sue risorse e che ti avrebbe trovata. Che non saremmo dovuti andare dalla polizia perché ti avrebbe solo spaventata.»

«E voi gli avete creduto?»

«Sì» risponde Tom. «Siamo caduti nella trappola che ci aveva teso. Solo quando sono passati due mesi, e ho capito che non stavamo facendo progressi, gli ho detto che avrei contattato la polizia qualunque cosa avesse detto. A quel punto, si è rivolto lui stesso al pubblico in televisione.»

«Voleva essere il marito preoccupato...» mormora Ayala.

Trovo strano che sia passato più di un anno e non ne abbiano mai parlato. Sembra che anche loro abbiano camminato sulle uova. E vedendo l'amore e la preoccupazione negli occhi dei suoi genitori, penso che sia ora di aprire tutto.

«Quindi avete avviato voi le ricerche?»

Ayala sembra sorpresa dalla mia premura nel guidare la discussione.

«Non esattamente» spiega Tom. «Volevo contattare la polizia e ho detto che l'avrei fatto. Ma Michael ha suggerito di farlo lui stesso e di chiedere l'aiuto del pubblico. Sembrava una grande idea, quindi ho accettato. Pensavo che sarebbe stato meglio se fosse venuto da lui. Aveva anche molte più risorse di noi. In nessun momento ho pensato che non fosse sincero.»

Ayala ed io ci scambiamo uno sguardo, e le stringo la mano sotto il tavolo.

«Doveva succedere. Senza questo, non avresti mai potuto vivere come te stessa.»

«Cosa intendi?» mi chiede Tom.

Mi mordo il labbro, guardando Ayala, chiedendomi

quanto sia disposta a lasciarmi raccontare loro, perché sembra che abbia lasciato i suoi genitori all'oscuro.

Quando non dice nulla, rispondo io. «Quando ho incontrato vostra figlia, si faceva chiamare Hope. Ho capito che non era il suo vero nome, ma non riuscivo a scoprire nulla su di lei.» Do un'altra occhiata ad Ayala, i suoi occhi blu mi studiano con interesse. Non le ho mai detto dei controlli sui precedenti che ho fatto. «Dopo aver visto Michael in TV, tutto è diventato chiaro. Ho cercato di proteggerla e ho fallito. Sapete cosa è successo dopo.»

«Quindi non sapevi che era sposata?» mi chiede Michelle.

«No. Non sapevo nemmeno il suo vero nome. Ha fatto un ottimo lavoro nel nascondersi. Nemmeno il mio investigatore è riuscito a trovare nulla su di lei.»

I suoi genitori si scambiano uno sguardo. Sta succedendo qualcosa qui adesso.

«Ayala non ci ha detto cosa è successo a New York. Sapevamo solo che era scappata e aveva iniziato una nuova vita lì. Sapevamo che ti aveva incontrato e che era tornata da Michael dopo che lui ti aveva minacciato.»

Guardo Ayala, che ha continuato a rimanere in silenzio. Mi ha messo nella fossa dei leoni senza preavviso, lasciando che pensassero che l'avessi presa, sapendo che era una donna sposata. E da quello che mi ha detto, sono molto conservatori. E per di più, ha lasciato che pensassero che l'avessi lasciata tornare da Michael per salvare me stesso. Non c'è da meravigliarsi che volessero che mi tenessi a distanza da lei.

Mi chiedo se stesse cercando di bruciarmi di proposito.

Alla fine del pasto, stanno scherzando con me come se fossimo vecchi amici.

Quando finalmente ce ne andiamo, faccio fatica a trattenere la mia rabbia.

«Perché l'hai fatto?»

«Fatto cosa?»

«Hai lasciato che credessero che sapessi che eri sposata, che ti avessi lasciato andare volontariamente da Michael per salvare me stesso, che fossi responsabile di quello che è successo.»

«Non intendevo in quel modo. Semplicemente non ho condiviso tutta la storia con loro.»

«Sapevi benissimo che l'avrebbero interpretata così.» Sbatto la portiera dell'auto dietro di me e accendo il riscaldamento. «Cosa pensavi di ottenere stasera portandomi qui? Che li avresti fatti odiarmi così sarebbe stato più facile per te lasciarmi?»

«No!» grida, ma non le credo. Non la lascerò andare via. È mia. Le mie labbra sono sulle sue. Mordo e lecco. È doloroso ed eccitante allo stesso tempo, e sto prendendo ciò che voglio. La mia lingua invade la sua bocca senza chiedere il permesso. So che è troppo. È stata traumatizzata. Ma la rabbia prende il sopravvento, agendo per conto mio.

Mi afferra i capelli e mi tira verso di sé, e gemo nel bacio.

Il mio cazzo è così duro che fa male.

Lei allunga la mano tra le mie gambe, ma invece di toccarmi, sposta indietro la mia sedia. Interrompo il bacio, e lei coglie l'opportunità per salirmi sopra.

Dannazione, la frizione sul davanti dei miei pantaloni è troppo. Ringhio.

«Ayala, siamo sul prato dei tuoi genitori. Ci vedranno.»

I suoi occhi si alzano e incrociano i miei. Nelle sue profondità blu, vedo tormento, fame e bisogno. Questa serata sembra aver influenzato entrambi.

«Parcheggerò in un posto più appartato.» Riesco a malapena a esalare le parole, avvio l'auto e guido per qualche isolato fuori dal quartiere, lanciando occhiate al sedile accanto a me.

Ayala si dimena, cercando di togliersi le mutandine da sotto il vestito che indossa. Cazzo. Dove posso parcheggiare?

La vicina area commerciale è chiusa a quest'ora della notte, quindi parcheggio sul lato della strada. Spero che nessuno ci presti attenzione qui. Sono stato coinvolto in abbastanza scandali ultimamente, ma non posso aspettare un altro minuto. Devo sentirla, il suo dolce calore che avvolge il mio cazzo.

Sembra capire anche lei il mio senso di urgenza, perché non aspetta un altro momento per salirmi di nuovo sopra, le sue mani che si affrettano a slacciare la cintura dei miei pantaloni. Tiro fuori il mio cazzo e faccio scorrere le mani su di lei mentre mi studia.

«Ho bisogno di te.»

Non aspetta. Ayala solleva il bacino e mi accoglie nel suo paradiso.

«Cazzo, sei fradicia,» gemo. Non c'è sensazione migliore di questa.

Sollevo il bacino e mi spingo dentro fino in fondo. Ora è lei a gemere.

Non mi basta, però. Ho bisogno che sia più duro. Più forte. Ho bisogno del controllo. La sollevo da me e spingo i sedili anteriori il più indietro possibile. Quando ho noleggiato una macchina grande, non pensavo che sarebbe stata così utile.

«In ginocchio,» ordino. I suoi occhi si spalancano, ma obbedisce, fidandosi di me.

Afferro le sue spalle e tiro il suo corpo verso di me, spingendomi dentro di lei con forza.

Il ritmo aumenta rapidamente, e i nostri sospiri e i suoni dei corpi che si scontrano riempiono l'interno dell'auto. Non c'è altro pensiero nella mia mente ora. Voglio che venga forte. Mi spingo dentro di lei da dietro più e più volte.

Il sudore mi scorre lungo la schiena. Le afferro i capelli e tiro, sollevandola e premendola contro di me, poi le mordo il collo.

«Sì!» grida, e sento le sue pareti stringersi su di me. È vicina. La lascio andare, mi tiro fuori e le pizzico il clitoride. Lei urla e viene forte sulla mia mano con contrazioni violente. Tengo il suo corpo tremante e mi spingo di nuovo dentro di lei, cavalcando le onde del suo orgasmo, sentendo i suoi muscoli interni che mi stringono, portandomi più vicino al mio climax.

Allungo la mano e accarezzo il suo ano, poi inserisco un dito. Sobbalza, ma il suo corpo mi mostra che lo sta apprezzando. Le scopo il culo con il dito mentre la penetro con il cazzo. Sento le mie palle riempirsi, pronte a darle tutto quello che ho.

«Ayala!» grido mentre il mio cazzo si espande e si contrae dentro di lei.

Mi appoggio a lei e mi prendo un momento per riprendere il controllo del respiro, poi mi tiro fuori.

Lei rimane a quattro zampe, ancora scossa dalle onde del suo secondo orgasmo, e non posso fare a meno di fissare il mio seme che gocciola fuori da lei, marcandola come mia.

Ci mette quasi un minuto intero per riprendere i sensi, poi si sistema il vestito, ansimando. «Wow.»

Sono d'accordo. Ho fatto sesso violento prima, di solito più violento di questo, ma mi sento molto soddisfatto.

«Quanto sono incasinata se mi sono eccitata perché sei arrabbiato con me?»

Rido. «Il sesso di riconciliazione è il più divertente.»

«Michael era arrabbiato tutto il tempo, e non era-»

«Perché avevi paura di lui. Lui voleva farti del male. Io non voglio farti del male. Quando ti fidi del tuo partner, quando sai che non ti spingerà oltre il tuo limite, il sesso violento può essere incredibilmente eccitante.»

Posso vedere i pensieri che le passano per la testa. «Mi è piaciuto molto.»

Espiro profondamente. «Anche a me.»

## CAPITOLO 26
### *Ayala*

Non posso credere di averlo detto. Me ne sono pentita non appena le parole mi sono uscite di bocca.

No. Non me ne pento. Quello che avevamo, quelle sensazioni, le voglio di nuovo. Ho sempre pensato che mi avrebbero ricordato Michael. Ma si scopre che con la persona giusta, mi piace. Con Ethan posso perdere le mie inibizioni. Posso scoprire me stessa con lui.

Aveva ragione sui miei genitori. Mi aspettavo che dicessero che non era buono per me, che dovevo stare lontana da lui. Quasi speravo che mi convincessero che non avrei dovuto trasferirmi a New York con lui. Ma in qualche modo, ne è uscito vincitore, e ora anche loro lo apprezzano.

Non ho più scuse.

Il mio cuore e la mia testa hanno deciso all'unisono. «Ethan?»

«Mmm?» mormora senza distogliere lo sguardo dalla strada.

«Voglio trasferirmi a New York con te.»

Ora la sua testa si volta verso di me. «Davvero?»

«Sì. Voglio stare con te. Troverò una nuova carriera a New York, ma non in una delle tue aziende,» preciso.

«Ti aiuterò con qualsiasi cosa tu voglia. Ma dovrai chiedere. Ho paura di fare qualcosa che ti faccia saltare i nervi.» Ora sta sorridendo.

Uff. È difficile per me resistere a quel sorriso, un sorriso che mi scioglie. «Mi aiuti a trovare un appartamento?»

«Un appartamento? Dici sul serio?»

«Sì. Non pensavi che sarei tornata a vivere in quella stanza di deposito, vero?»

«No. Pensavo che ti saresti trasferita da me.»

«Vuoi che viviamo insieme? È...» Mi sembra troppo presto.

Il suo viso si rabbuia. «Saresti almeno disposta a vivere nel mio palazzo?»

Vorrei dire di no, ma lo sguardo sul suo viso mi fa riconsiderare. «Non potrò permettermi le spese di un appartamento nella zona più costosa di Manhattan, nemmeno con il mio nuovo lavoro.»

«È il mio palazzo. Quindi niente spese. C'è un inquilino il cui contratto scade alla fine del prossimo mese, e non ho ancora firmato un contratto con nessun altro. Ti prego di considerarlo?»

Esito.

«In questo modo, avrai la privacy che desideri e sarai comunque abbastanza vicina a me.»

«Va bene.» Annuisco. È un compromesso ragionevole. Posso accettarlo.

Parcheggia davanti al mio appartamento e scende rapidamente dall'auto.

«Mi piacerebbe che tornassimo insieme prima di Natale.»
Mi guarda mentre apro la portiera. «Capirò se preferisci rimanere con i tuoi genitori e venire dopo, ma sarebbe bello se volassi con me. Torno tra due giorni.»
«Tra due giorni?»
«Abbiamo ottenuto quella proroga dal tribunale e voglio sfruttare il tempo per tornare in ufficio prima delle festività. Mi aspettano diverse questioni.»
È troppo veloce, troppo stressante. Devo lasciare il mio lavoro. Salutare i miei genitori. «Non posso partire così in fretta. Non posso andarmene con solo due giorni di preavviso per il mio capo. E ho molte cose da sistemare prima. Ma forse ti raggiungerò per le vacanze?»
Si china per baciarmi. «Mi piacerebbe molto.»

MI SVEGLIO in preda al panico. Cerco di capire dove mi trovo e mi rendo conto di essere nel mio letto. Cosa mi ha svegliato? Poi succede di nuovo.

Ethan è nel letto accanto a me, si agita, le coperte aggrovigliate intorno al suo corpo. Sta sudando e la sua espressione facciale è tormentata.

«No!» grida. «Lasciatemi in pace. Lasciatemi andare. Devo salvarla!» Scalcia contro le coperte, ma si aggrovigliano ancora di più intorno a lui. Mi affretto ad accendere la luce nella stanza, poi torno di corsa al letto e cerco di svegliarlo.

«Ethan, svegliati. Stai sognando.»

Si agita nel letto e sto attenta a non mettermi sulla traiettoria dei suoi pugni.

«Ethan!» grido, riuscendo a scuoterlo. I suoi occhi si

aprono a malapena e mi fissa. Noto come l'oscurità si trasforma in un doloroso riconoscimento.

«Ayala,» sussurra, nascondendo il viso nel mio collo. «Sei qui.»

«Sì, sono qui.»

«Cazzo! Ti ho fatto male?» Sembra spaventato.

«No. Sto bene. Ero solo spaventata. Cosa hai sognato?»

«Niente. Non ricordo. Mi dispiace di averti svegliato.» Le sue braccia mi avvolgono.

So che ricorda di cosa trattava il sogno, ma non insisto perché so anche come ci si sente a condividere la propria anima tormentata con un'altra persona. Quando stai cercando di mostrare al mondo che stai bene, che ti sei ripreso. Quando dentro la tua testa stai ancora vivendo quel giorno e sei ancora a pezzi.

Ethan è abituato a fingere, da quando è in lutto per Anna. Nessuno era lì per dirgli che gli era permesso crollare, che poteva essere anche debole. È facile ignorare il problema quando sei solo con te stesso, quando nessuno sa. Ma quando mamma si svegliava ogni notte per le mie urla, sapevo di non avere scelta. Dovevo parlarne. Ethan non è ancora a quel punto, ma ci arriverà.

---

Due giorni dopo, ci salutiamo prima del suo volo di ritorno. So che ci rivedremo presto, ma questo non aiuta la sensazione di nostalgia che inizia ancora prima che se ne vada.

«Volerai con un aereo privato? Come Christian Grey?» La domanda mi salta in mente.

«Christian Grey?»

«Sì... Sai, di *Cinquanta sfumature di grigio*. L'uomo bello e ricco che ogni donna sogna.»

«Mi piacerebbe essere quell'uomo ricco che ogni donna sogna,» dice ridendo. «Ma no. Ho abbastanza soldi, ma non ho aerei o elicotteri, se è questo che speravi. Non ne capisco la necessità, preferisco spendere i miei soldi in altre cose. Spero che tu sogni *me* di notte e non Christian Grey.»

«Mi mancherai.»

«Anche tu.»

Vado in ufficio dopo che lui parte per l'aeroporto, sapendo che questi sono i miei ultimi giorni qui. Ieri ho presentato le mie dimissioni a Toby.

Tra una settimana farò i bagagli e volerò a New York. Avevo intenzione di dare un preavviso di due settimane, ma il numero natalizio è pronto e con il Natale in arrivo, Toby pensa che non ci sia bisogno che io rimanga.

Sento gli sguardi su di me prima ancora di vederli. Osservo i tavoli circostanti. Tutti guardano i loro schermi, cercando di non mostrare segni della loro curiosità. Ma noto il movimento improvviso in ogni stanza che attraverso, i sussurri.

Cosa mi sfugge?

Forse ho qualcosa sul viso? Mi guardo attraverso il vetro della sala riunioni. No, sembra tutto a posto.

Claire. Devo trovare Claire. La più vicina a un'amica che ho qui. Lei mi dirà cosa sta succedendo. Entro nel suo ufficio, e lei si affretta a nascondere il viso nello schermo quando mi vede avvicinare, e capisco di aver ragione. È successo qualcosa.

«Claire». Mi lascio cadere sulla sedia accanto alla sua scrivania, e lei alza la testa come se non si fosse accorta della mia esistenza fino a quel momento.

«Oh, ciao, Ayala».

«Sputa il rospo».

«Cosa?»

«Qualunque cosa sia, che fa sì che tutti mi guardino, e perché anche tu hai paura di guardarmi negli occhi».

«Io... non capisco di cosa stai parlando».

La fisso. «Adesso».

Sostiene il mio sguardo, poi fa alcuni clic con il mouse e gira lo schermo verso di me.

Il mio cuore si ferma.

Un'immagine grande riempie lo schermo. Un'immagine ingrandita del mio viso ammaccato e rotto, con sangue secco sulle labbra. È la foto che la polizia mi ha scattato dopo l'incidente. Prendo il mouse e scorro verso il basso, incapace di frenare la mia inclinazione a fuggire. Mi copro il viso con le mani. Hanno pubblicato la foto del corpo di Michael. È sfocata ma comunque scioccante.

Da dove l'hanno presa? Queste erano riservate! E perché adesso?

Non so cosa fare. Non voglio che Claire e tutti in ufficio mi vedano crollare. Corro in bagno, entro in uno dei cubicoli e chiudo a chiave la porta.

Le lacrime stanno già sgorgando. Apro l'articolo sul mio telefono, cercando di leggere attraverso le lacrime cosa hanno scritto su di me.

*Lo scioccante scandalo a casa della famiglia Summers si rifiuta di svanire.*

*I Summers affermano che l'altro uomo che era nell'appartamento, Ethan Wolf, un uomo d'affari di New York, era l'amante di Ayala Summers mentre lei e Michael Summers erano sposati.*

*Michael Summers li ha sorpresi durante l'atto nella loro*

*cabina degli amanti. L'incidente è diventato acceso, e il signor Wolf ha colpito e ucciso Michael.*

*La famiglia ha intentato una causa civile contro Ayala Summers ed Ethan Wolf:*

«Ci vergogniamo di dire che questa adultera era la moglie di nostro figlio. È morto a causa sua. Ethan Wolf ha usato i suoi soldi e le sue risorse per corrompere la polizia, e non stanno sporgendo denuncia. Non lo accetteremo e non permetteremo loro di farla franca senza punizione», ha detto la madre di Michael Summers.

Le mie mani tremano e quasi faccio cadere il telefono.

*Il resto della storia contiene foto difficili da vedere scattate dalla polizia.*

Clicco sulle immagini sfocate e un'ondata di nausea mi travolge. Queste sono foto di Michael e me. Tutti possono vedere il mio corpo maltrattato, le mie ferite. Mi piego e vomito nel water.

No. Non posso credere che stia succedendo questo. Non riesco a respirare.

I singhiozzi escono da me con forza. Ansimo così tanto che la testa mi gira. Devo riprendere il controllo. Inspira... Espira...

Come hanno ottenuto le foto? Perché? Tutti i ricordi di quel giorno mi sovrastano e riaffiorano. Il dolore, la paura...

Proprio quando l'incidente sta iniziando a svanire e la mia vita sta finalmente tornando alla normalità. Non riesco a smettere di tremare, non posso affrontare le persone fuori.

Il mio telefono squilla senza sosta. Numeri che non riconosco. Probabilmente giornalisti che festeggiano sul mio sangue. Lo spengo.

Passano ore mentre siedo nel cubicolo del bagno con la testa tra le ginocchia, iperventilando. Tutto il mio corpo fa male, ma non oso uscire da qui.

Qualcuno entra in bagno e chiama il mio nome. Metto le gambe sul sedile del water e rimango in silenzio, aspettando che se ne vadano. Voglio scomparire. Voglio che la terra si apra e mi inghiotta perché non so come posso continuare a vivere dopo che tutti hanno visto quelle foto.

Aspetterò fino a sera, quando so che non c'è nessuno in giro, e poi sgattaiolerò fuori.

## CAPITOLO 27
## *Ethan*

Arrivo a casa stanco dopo il volo. I miei muscoli dolgono per essere stato seduto così a lungo. Ma niente di tutto ciò importa. Sono felice perché, tra una settimana, Ayala sarà con me a New York.

Quando arrivo all'ingresso dell'edificio, capisco che qualcosa non va. I giornalisti circondano l'entrata.

Metto un'espressione impassibile sul viso ed entro attraverso il garage, consapevole dei flash delle fotocamere. Quando il cancello si chiude dietro di me, mi permetto di rilassarmi.

Che diavolo?

Mi precipito di sopra e chiamo Ryan. «Cos'ho perso?» grido non appena risponde. «Cos'è successo?»

«Ethan, sei atterrato? Stai bene?»

«Sì, dimmi cos'è successo. Perché ci sono dei reporter a casa?»

«I genitori di Michael ti hanno accusato di omicidio e hanno rilasciato le foto alla stampa.»

«Cosa? Quali foto?» Ignoro completamente la prima frase.

«Quelle di Michael e Ayala.»

«Quali foto di Ayala, Ryan?»

«Tutte.»

«Cazzo! Ti avevo detto di non pubblicare nulla.»

«Non l'ho fatto io! Pensi che sarei andato alla stampa alle tue spalle? Ho solo parlato con l'avvocato dei Summers di un accordo. Si sono arrabbiati. Hanno detto che l'unica cosa che vogliono è distruggerti.»

«E non hai pensato di avvertirmi?»

«Pensavo fosse solo una minaccia.»

«Pubblica una risposta.»

Riattacco. Non posso credere che Summers abbia pubblicato le foto solo per farmi del male. Ho visto le foto di Ayala dall'indagine della polizia. Diavolo, ho visto Ayala stessa quella sera. Era terribile. Devo controllare l'entità del danno.

Apro il telefono e clicco sulla notizia.

Grido quando guardo le foto. Il suo corpo spezzato, il dolore terribile. È sopravvissuta all'inferno solo per arrivare a questo momento?

Non la lasceranno mai in pace. Cazzo, è sola. Completamente sola. Come ha fatto a essere pubblicato nello stesso momento in cui volavo qui? Ho la sensazione che la tempistica non sia una coincidenza.

La chiamo, ma ha spento il telefono, quindi chiamo i suoi genitori. «Dov'è Ayala?» chiedo, sperando che sia con loro.

«Non lo sappiamo. Non riusciamo a trovarla. È andata in ufficio questa mattina e nessuno l'ha più vista da allora. Qualcuno l'ha cercata negli uffici. Ma non è lì.»

«Dobbiamo trovarla. Non può essere sola adesso. Chiamate tutti quelli che conosce. Dovreste anche parlare con la sua psicologa. Per favore, assicuratevi che non sia sola.» Vorrei non essere mai partito. «Sono a New York. Cercherò di volare da voi il prima possibile.»

Riattacco e chiamo Jess. «Hai visto?»

«Sì. Cosa vuoi fare?»

«Togli quelle foto dalla rete. Voglio fare causa a quei bastardi.»

«Sai che una volta pubblicato, è là fuori.»

«Lo so, ma fai quello che puoi. E la pagheranno per questo. Il prossimo ci penserà due volte prima di pubblicare. E voglio che tu trovi tutto quello che puoi su Summers, tutto lo sporco. Se vogliono abbattermi, cadranno con me.» Il denaro fa girare il mondo, e sono disposto a investire tutto quello che ho per farli pagare.

«Oh, e Jess?» dico prima di riattaccare, «Scopri chi ha detto loro che volavo a casa oggi.»

Essere lontano da lei e non sapere dove si trova o se sta bene mi sta facendo impazzire. Devo volare di nuovo lì. Ora. Devo sostenerla, essere al suo fianco. Non come l'ultima volta. Non devo commettere lo stesso errore di nuovo.

Prendo la mia valigia e mi dirigo subito fuori poiché non ho avuto la possibilità di disfare i bagagli.

Perché l'ho lasciata? Cosa c'era di così importante che non potevo aspettare finché non fosse stata pronta a viaggiare?

Sono disposto a buttare via tutti i miei affari solo per assicurarmi che stia bene.

Controllo il telefono ogni pochi minuti, sperando in un messaggio che dica che l'hanno trovata, che sta bene. La paura del peggio mi riempie e mi sopraffà. Ma quando salgo sul lungo volo di sei ore, non c'è ancora nessun segno di vita da parte sua.

## CAPITOLO 28
## *Ayala*

È buio fuori. Non so che ora sia, né mi interessa, mentre cammino attraverso i corridoi vuoti dirigendomi verso l'uscita. Ho aspettato qualche ora dopo la fine della giornata lavorativa per assicurarmi che non ci fosse nessuno.

Cerco di controllare il tremore mentre guido verso casa. Non era una buona idea guidare in queste condizioni, ma che altra scelta avevo? Ho gli occhi così gonfi che riesco a malapena a vedere. Le lacrime non scendono più. Penso di aver esaurito il pianto.

«Ayala.» La voce familiare chiama il mio nome mentre scendo dalla macchina.

«Mamma!» Corro tra le sue braccia, cercando il conforto di cui ho bisogno ora. Faccio fatica a respirare. L'universo si sta chiudendo su di me.

«Tutti hanno visto,» gemo sulla sua spalla.

«Shh...» La sua voce rassicurante mi rilassa. «Andrà tutto bene. Andrà tutto bene.»

Mio padre mi stringe dolcemente la mano, conducendomi all'interno del mio piccolo appartamento.

Mi guardano come se stessi per rompermi. Come se, da un momento all'altro, potessi frantumarmi in pezzi per tutto il soggiorno.

Forse non sarebbe così male lasciarmi andare. Smettere di cercare di resistere e lasciarmi infrangere sul pavimento, permettendo a qualcun altro di fare le pulizie. Posso immaginarli lì in piedi, che spazzano i pezzi in un bel mucchio al centro della stanza.

«Ayala, voglio che tu incontri il Dr. Sullivan.» La voce di mamma è dolce quando parla, come se temesse di svegliare i demoni. Ma è troppo tardi. Sono già qui, fluttuano nello spazio e mi circondano. «Siamo preoccupati per te. E sei arrivata così lontano.» Scambia uno sguardo con mio padre.

So che ho bisogno di incontrarlo. Mi ha aiutato molto negli ultimi mesi e probabilmente mi aiuterà di nuovo. Metterà le cose in prospettiva per me. La prospettiva di cui ho tanto bisogno e che oggi non ho. Ma in questo momento non riesco proprio a vedere nessuno. Non posso parlare. Non voglio parlare. Voglio solo essere lasciata sola.

«Domani, mamma.» Vado in doccia e chiudo a chiave la porta. Le piastrelle bianche sono pulite e lucidate. Mi sento contaminata e sporca. La stessa sensazione di macchia che avevo dopo che mi hanno dimessa dall'ospedale.

Apro l'acqua calda e mi spoglio davanti allo specchio. Il mio corpo è coperto di segni blu, lividi e graffi.

So che non è reale. La mia mente lo immagina e mi riporta lì, a quei primi giorni. Ma la sensazione è reale. Accarezzo il mio tatuaggio con le dita, cercando di trarne forza.

Apro l'armadietto sopra il lavandino e prendo la bottiglia di pillole, posandola sul bancone bianco davanti a me.

Il Dr. Sullivan mi ha prescritto delle pillole per dormire per aiutarmi con gli incubi. Non le prendevo da un po' di tempo ormai. Pensavo di aver raggiunto un buon punto. Ma le emozioni sono in agguato appena sotto la superficie, come lava in attesa di eruttare. Il mio guscio è sottile. Non ha avuto il tempo di indurirsi. Quindi una piccola battuta d'arresto è sufficiente per riaprire tutto.

Apro il tappo con la chiusura a prova di bambino e guardo dentro. C'è circa mezza bottiglia. Cosa succederebbe se le prendessi tutte? Non finirà mai. Non se ne andrà mai. Il miglioramento è un'illusione. In qualsiasi momento, una pietra può infrangere il sottile vetro che ho incollato con tanta cura. Riuscirò mai a vivere con questo trauma? O rialzerà per sempre la testa?

«Ayala, stai bene?» chiede mamma oltre la porta.

«Sto solo facendo la doccia,» rispondo e apro l'acqua al massimo finché non diventa bollente. Faccio un passo e vado sotto il getto. L'acqua mi brucia la pelle e accolgo il dolore con gioia, osservando la mia pelle diventare rossa. Rimango finché riesco a sopportarlo prima che il dolore diventi troppo forte, poi chiudo l'acqua e mi accascio sul pavimento, creando una pozza sotto di me.

«Ayala, apri la porta.» La voce di mia madre suona isterica.

«Ho quasi finito,» chiamo, alzandomi lentamente, avvolgendomi in un accappatoio e legandolo in vita, assicurandomi che nessuno veda il rossore della mia pelle. Le pillole mi chiamano dal bancone e metto la bottiglia nella tasca dell'accappatoio.

Inspiro...

Apro la porta e trovo mamma che aspetta appena fuori.

«Ayala, stai bene? Sei stata lì dentro così a lungo,» dice, ma non riesco a parlarle adesso.

«Vado a dormire. Sono stanca.» Cammino verso la mia stanza, ignorando tutti i loro mormorii. Sono preoccupati e spaventati, ma in questo momento non posso gestire altro che me stessa.

A letto, sotto le coperte, lotto contro l'impulso di ingoiare l'intera bottiglia.

*Non prendere decisioni che cambiano la vita in un momento di difficoltà.*

Ripeto il mantra che ho memorizzato in terapia più e più volte. Prendo due pillole perché una non sarà sufficiente in questa situazione e le inghiotto. La pace di un sonno senza sogni è ciò di cui ho bisogno.

La porta si apre e si chiude ogni pochi minuti. I miei genitori sbirciano con sguardi preoccupati sui loro volti. Mi tiro la coperta sopra la testa. *Lasciatemi dormire. Per favore, lasciatemi solo dormire.*

Non so quante ore ho dormito quando la porta si apre di nuovo. Accidenti, pensavo che mi avrebbero lasciata in pace. Le pillole mi fanno sentire la testa confusa, ma anche sotto il loro effetto, riesco ancora a sentire i passi.

La coperta viene sollevata dal mio viso.

«Lasciatemi dormire,» mormoro, sperando che vedano che sto bene e mi lascino, poi cerco di tirarmi di nuovo la coperta sopra, ma incontro resistenza.

Il fruscio della bottiglia di pillole mi fa aprire un po' gli occhi. La stanza è completamente buia.

«Ayala, quante ne hai prese?» È solo la mia immaginazione che mi gioca brutti scherzi. Strano, ma non ho avuto allucinazioni quando le ho prese prima. Forse non è stata una buona idea prenderne due.

«Mmm...» Cerco di tirare di nuovo la coperta, ma delle mani muscolose mi scuotono, costringendomi a concentrarmi.

«Ayala, quante ne hai prese? Rispondimi!»

«Due,» dico. Il mattino arriverà presto e mi costringerà ad affrontare la realtà. Datemi qualche ora di pace.

Sospiro. E poi il rumore di una cintura, il fruscio di vestiti. Il letto accanto a me si abbassa e vengo cullata nel caldo corpo di Ethan. *Queste pillole creano sogni realistici.*

Mi adatto al suo abbraccio.

## CAPITOLO 29
## *Ayala*

Mi sveglio con la luce che filtra attraverso le persiane. Non sono sicura che ora sia, ma penso sia tardi la mattina. Cercando di muovermi, mi accorgo di avere un peso addosso. Ho un braccio su di me. Cerco di scuotermi dal torpore del sonno e mi giro per scoprire Ethan nel mio letto.

Cosa ci fa qui? Cosa è successo ieri sera? Non era un sogno?

Ero sicura che quello che avevo sentito fosse il disperato tentativo della mia mente di calmarmi, ma l'uomo che dorme accanto a me sembra completamente reale. Allungo la mano per toccarlo.

La sua pelle è calda e piacevole sotto la mia mano, e il mio tocco provoca un sospiro, e lui si muove. È qui.

La mia mano vaga su di lui, e quando alzo lo sguardo, vedo che è sveglio e mi sta guardando. Non un muscolo del suo viso si muove.

«Ethan», sussurro. «Sei davvero qui, o sono impazzita?»

«Sono qui, bellissima», sussurra in risposta. «Ho promesso che non avrei più tradito la tua fiducia».

Lui rimane immobile, lasciandomi sentire la sua pelle sotto le mie mani, dandomi il tempo di convincermi che è reale.

«Ma te ne sei andato ieri mattina. Sei volato a New York».

«Appena arrivato a New York, ho sentito cosa era successo e sono tornato indietro. Ho provato a chiamarti, ma il tuo telefono era spento. Ho chiamato i tuoi genitori, e non sapevano dove fossi. È stato il volo più lungo della mia vita. Avevo paura che avessi fatto qualcosa...» La sua voce si spezza.

So che sta ricordando ciò che è successo con sua sorella.

«Dov'eri?» mi chiede.

«Mi sono nascosta nel bagno dell'ufficio finché tutti non se ne sono andati. Mi fissavano tutti», confesso. «Non potevo...» Il mio viso si contrae. «Perché è successo questo?» Le lacrime mi inondano di nuovo gli occhi mentre tutte le emozioni riaffiorano.

«I genitori di Michael hanno deciso di distruggerci. A quanto pare, non si fermeranno davanti a nulla. Sono loro che hanno pubblicato le foto». Mi accarezza i capelli. «Mi dispiace tanto di non essere stato qui con te ieri, e che tu abbia dovuto affrontarlo da sola».

«Ma sei tornato».

«Non abbastanza velocemente. Quando ho visto le pillole accanto al tuo letto ieri, ho quasi perso il controllo». Si morde il labbro inferiore.

«Ci ho pensato», ammetto. «Come potrò mai uscire di nuovo dopo che tutti hanno visto...?» Le mie lacrime bagnano il suo petto nudo.

«Supereremo questo insieme. Andrà tutto bene. Sono qui con te».

Questa è la prima volta che ho lui a sostenermi, la prima volta che non sono sola. La situazione mi è estranea. Non sono abituata ad appoggiarmi a qualcuno. Posso fidarmi di lui? Mi ha deluso prima. Ma è tornato da New York per me.

«Dove sono i miei genitori?»

«Li ho mandati a casa a riposare dopo che sono arrivato. Erano molto spaventati».

«Ethan, tutti hanno visto!»

«Cosa hanno visto? Che lui ti ha fatto del male? Quello che quel maniaco ti ha fatto? Sono i suoi genitori che dovrebbero vergognarsi, non tu. Dovresti essere orgogliosa. Non solo sei sopravvissuta, ma sei più forte di quanto lui sia mai stato».

«Dicono che l'hai ucciso tu perché eravamo innamorati».

«Lo so».

«E se riaprissero il caso penale? Se ti accusassero di omicidio?» Non sono sicura di poter sopportare una cosa del genere.

«Non pensarci. Sappiamo che non è vero, e lo dimostreremo. Me ne occuperò io». Mi solleva il viso in modo che possa guardarlo negli occhi. «Non mi succederà nulla».

Rimango nel suo abbraccio per diversi minuti prima di alzarci dal letto.

Siamo seduti in cucina, e sto giocherellando con la forchetta nell'omelette che Ethan ha preparato. Le foto non sono sui giornali, ma è troppo tardi. Tutti le hanno già viste.

Lui finisce di mangiare e controlla i messaggi sul suo telefono. «I tuoi genitori hanno fissato un appuntamento con il Dottor Sullivan tra un'ora. Preparati. Ti accompagno io».

«Quindi ora mi parlano attraverso di te?» Non so perché, ma questo mi fa arrabbiare. Lui sorride, e questo mi fa arrabbiare ancora di più, così mi alzo e lascio la cucina.

«Arrabbiata è un bene», mi grida dietro.

Il familiare divano grigio è stato sostituito da uno marrone, e per un momento, questo mi confonde. Mi fa perdere l'equilibrio.

«Era ora di un nuovo divano», nota il Dottor Sullivan quando vede la mia esitazione. «Come sta?»

«Non ne sono sicura», rispondo onestamente. «Ieri è stata una giornata difficile».

«E oggi?»

«Non ne sono sicura. Sono confusa. Ieri volevo uccidermi. Ho guardato le pillole per dormire che mi ha dato, e volevo prenderle tutte». Le lacrime tornano di nuovo, e lui mi porge la scatola dei fazzoletti. Non posso più contare quante volte mi ha passato questa scatola.

«Perché non l'ha fatto?»

«Ho messo in pratica quello di cui abbiamo parlato. Non agire nel calore del momento. Aspettare. Parlare con qualcuno».

«E ha parlato con qualcuno?»

Scuoto la testa. «Non potevo. Ma ho aspettato il mattino».

Lui annuisce. «E al mattino, sentiva ancora il desiderio di prendere quelle pillole?»

«Ethan è tornato».

Il Dottor Sullivan mi guarda, e io spiego cosa è successo.

«È volato a New York ed è tornato nell'arco di un giorno?»

Annuisco. E il dottore scrive qualcosa nel suo taccuino.

«E Lei pensa che il suo miglioramento abbia qualcosa a che fare con lui?»

«Sì».

«Dove si trovava quando ha sentito della storia?»

«In ufficio. Ho visto le foto sul computer di Claire». Faccio un respiro profondo. «Quando ho realizzato cosa stavo vedendo, mi sono nascosta in bagno. Sono rimasta lì tutto il giorno». Ho caldo, così mi tolgo il cappotto e lo metto sul divano accanto a me. «Lei ha visto le foto. Cosa ne pensa? Come mi vede ora che le ha viste?»

«Non importa cosa penso io. Lei cosa ne pensa?»

Il mio sorriso è pieno di amarezza. «Non riuscivo a sopportare i loro sguardi. Dopo che tutti se ne sono andati, sono tornata a casa in macchina».

«E a casa, è stato allora che sono iniziati i pensieri suicidi?»

Annuisco e mi soffio il naso. «Beh, in realtà prima. Ma quando le pillole erano lì davanti a me, è stato il momento più difficile. Non pensavo ci fosse alcuna speranza di andare avanti».

«Ma non le ha prese».

«No. Cioè, ne ho prese due. Pensavo mi avrebbero aiutato a dormire».

«Quindi è stata una sua decisione, tutta sua, di non prendere l'intera bottiglia».

Rifletto su ciò che sta dicendo. Sì. Ho affrontato la situazione senza parlare con nessuno, senza sapere che Ethan stava già tornando da me.

«Quindi forse non è così debole come pensava?»

## CAPITOLO 30
### *Ethan*

Sono passati due giorni da quando abbiamo accelerato i nostri piani e siamo tornati a New York. Il miglioramento è lento ma sta avvenendo. Ayala trascorre ancora molto tempo in camera da letto e non ha ancora lasciato l'appartamento. Fa sessioni video con la sua terapista, ma non mi sembra abbastanza. Non so cosa fare. Come migliorare la situazione.

Le ronzo intorno tutto il giorno, cercando di aiutare, ma ho la sensazione di stare solo peggiorando le cose.

«Deve smetterla, *Kýrie* Wolf», mi dice Madeleine con occhi consapevoli.

«Smettere cosa?»

«Di chiederle ogni momento come sta e come si sente. La tratta come se fosse fatta di vetro. Ha bisogno che Lei le mostri quanto è forte.»

«Lo sto facendo.»

«Voi due avete passato molto. Ho visto le foto». Scuote la testa. «Vorrei non averle viste. Non posso credere che sia sopravvissuta a un tale orrore. Non è fragile. Ayala è la più forte che ci sia». Gli occhi di Madeleine si riempiono di lacrime e la sua voce trema. «Le mostri che nulla è cambiato. Che la vede ancora come prima. Che è ancora il Suo amore.»

«Ci sto provando. Non so cos'altro fare.»

«Provi di più». Sorride. «Faccia quello che avrebbe fatto se non fosse successo.»

Il mio telefono squilla, interrompendo la nostra conversazione. «Sì?»

«Ho scoperto chi ha rivelato i dettagli del vostro volo a Summers», dice Jess.

«Chi?» Salto su, pronto a uccidere chiunque sia.

«Sembra che sia stata la Sua segretaria a dirglielo.»

«Cosa? Come può essere successo?» Urlo al telefono come se questo potesse aiutare.

«Sembra sia stato un semplice errore. Il loro avvocato l'ha chiamata per chiedere un incontro con Lei, e lei gli ha detto che aveva un volo prenotato. Non si è resa conto che fosse l'avvocato del signor Summers.»

Cazzo. «Voglio che coordini un briefing per tutti i miei dipendenti. Qualcosa del genere non deve mai più accadere». Vorrei licenziarla. Vorrei incolpare qualcuno. Sarebbe meglio per il mio umore se fosse colpa sua, e potessi sfogare la mia rabbia su di lei, ma non posso.

Summers vince questo round.

---

«Ayala, voglio andare a comprare un albero», le dico durante il pranzo.

Manca una settimana a Natale, ed è chiaro che non lo festeggeremo. Ma ogni anno, metto su un albero e lo decoro con gli ornamenti preferiti di Anna, che ho conservato da allora.

Quei occhi blu sono così pieni di dolore che trasalisco un po'. Vorrei baciare Ayala finché questo dolore non scompare, ma non posso.

«Era la festa preferita di Anna», spiego. «Ogni anno, compro un albero per lei e lo decoro con i suoi ornamenti.»

Ayala è ancora silenziosa.

Sospiro. «Chiamerò Olive perché venga a stare con te mentre sono fuori». Mi alzo dal mio posto.

«Voglio venire con te.»

«Venire con me?» Mi giro verso di lei e il mio cuore sussulta.

«Se vuoi che venga». Alza le spalle.

«Molto». Non posso credere che abbia accettato di venire con me.

Si veste con jeans e un maglione rosso, e il lungo cappotto bianco che le ho comprato. Per me è la donna più bella del mondo.

Camminiamo per il campo degli alberi, cercando quello perfetto. Cade una leggera neve che si unisce ai cumuli già a terra. Non c'è nessuno qui tranne noi. Non so se sia per il freddo o perché è già così vicino alla festa.

«Forse questo?» Indica un albero enorme, troppo alto.

«Come diavolo lo facciamo entrare nell'appartamento?»

Continua a cercare, sfregandosi le mani e soffiandoci sopra.

«Non hai portato i guanti?»

«Non sapevo che facesse così freddo.»

Dimentico che non è abituata alla neve. «Prendi i miei». La guardo mentre se li mette e alza le mani per farmeli vedere. Sono enormi su di lei, ed è così carino. Rido, e lei sorride. Un sorriso vero.

Dio, è così splendida quando sorride. Mi era mancato.

Prendo un po' di neve in mano, ignorando il fatto che ora sono senza guanti, e gliela lancio.

Lei lancia un gridolino e mi guarda stupita mentre la colpisce al centro del corpo. Per un momento, penso di essere andato troppo oltre, ma poi appare un lampo di giocosità nei suoi occhi, e si china sulla neve.

Mi giro e inizio a correre.

Sa come mirare. Vengo colpito da una palla di neve sulla schiena, poi da un'altra dritta in faccia mentre mi giro per lanciarne un'altra.

Scuoto la testa, cercando di togliermi la neve dai capelli. Mi guarda divertita, e io le lancio un'altra palla, colpendola alla spalla.

Le palle di neve vengono lanciate in successione mentre ci schivamo tra gli abeti. Mi godo il sentirla squittire di felicità. Quando finalmente la prendo tra le mie braccia e la faccio girare nella neve, i suoi occhi blu brillano e non posso fare a meno di baciarla.

Restiamo lì, abbracciati, con la neve che cade su di noi, e ci immergiamo l'uno nell'altra, ciechi al mondo. Per un momento, non sento nemmeno il freddo.

Quando la magia finisce, torniamo a cercare quell'albero perfetto. Lei sceglie il nostro albero e insiste che lo portiamo a casa noi stessi. Non posso rifiutare nulla di ciò che chiede.

Ci vuole un'ora e mezza. L'albero cade due volte durante il tragitto, e le mie braccia sono doloranti e rosse, ma non mi lamento perché finalmente sembra la mia Bambi. Sono pronto a portare venti alberi per vederla così, per vedere la speranza e la gioia nei suoi occhi.

Dopo aver messo l'albero nell'angolo del soggiorno, porto le scatole di ornamenti dall'armadio e la piccola scatola con l'uccellino di Anna. Il colibrì che una volta chiese a nostra madre di ordinare quando ne era ossessionata. Quello che appendo ogni anno in cima all'albero.

Ayala lo prende delicatamente dalla scatola. «È bellissimo, Ethan. Posso appenderlo io per lei?»

Sale sulla scala, allungandosi per raggiungere la cima. Non riesco a distogliere lo sguardo dal pezzo di pelle nuda tra la sua maglietta e i jeans.

Quanto è terribile che questo mi ecciti? Merda. Mi sposto a disagio proprio mentre si gira verso di me con domande negli occhi.

«Scusa. Sono solo eccitato. Non farci caso». Cerco di ridere e sviare la conversazione.

Scende dalla scala e si mette di fronte a me. «Puoi essere eccitato, ma sei il mio eccitato... Mi dispiace. Ero troppo assorbita in me stessa. Non ho pensato a come ti devi sentire.»

«No», dico. «Quello che hai passato-»

«Lo stai passando anche tu. C'eravamo entrambi. E sei anche accusato di omicidio.»

«Io-» Uno squillo dalla mia tasca ci interrompe. Uff. Voglio farle sapere che andrà tutto bene.

«Sì, Ryan?»

«Dovresti guardare fuori dalla finestra, Wolf. C'è una protesta fuori dal tuo edificio.»

«Fuori dal mio edificio?»

«Sì. Sembra che tu piaccia al pubblico. Dai un'occhiata.»

Chiudo la chiamata e do un'occhiata al titolo nel link che mi ha inviato.

«Cosa sta succedendo?» chiede Ayala, con gli occhi spalancati.

«Sembra che il caso civile stia guadagnando slancio online.»

Lei trasalisce quando lo dico.

«Non è quello che pensi. C'è un movimento crescente che chiede l'archiviazione del caso.»

«Cosa?»

«Sembra che la pubblicazione di quelle foto stia facendo rumore, ma non del tipo che i Summers avevano previsto. I Summers volevano pubblicare solo la foto di Michael. Volevano scioccare. Farmi sembrare un assassino a sangue freddo. Farti apparire come nient'altro che una moglie traditrice. Vogliono distruggere la mia reputazione e le mie attività con essa. Le tue foto sono state pubblicate per errore. So che non lo volevi, ma ci ha avvantaggiato. Il pubblico sta definendo la famiglia Summers degli assassini e te l'eroina. Il pubblico sta prendendo le tue parti. Le nostre.»

Lei sembra sorpresa. «Non voglio che prendano le mie parti. Voglio che sparisca tutto.»

«Lo so. Ma non possiamo tornare indietro nel tempo, e questa è la situazione attuale. Ryan dice che hanno organizzato una protesta vicino all'edificio. Una dimostrazione di sostegno per noi.»

Mi alzo e vado a guardare fuori dalla finestra. Ce ne sono più di quanti mi aspettassi. Folle di persone si radunano fuori, portando grandi cartelli. "Michael Summers è un assassino!" "Ayala, siamo con te!" "Archiviate il caso!"

Ayala viene a mettersi accanto a me. La sua mascella si abbassa quando vede la folla.

«Sono davvero qui per noi», dice con stupore. «Voglio vedere cosa hanno scritto su di me.»

«Sei sicura?» Non penso sia una buona idea. Non si è ancora ripresa dalla storia di qualche giorno fa.

«Ho bisogno di saperlo.» Va in camera a prendere il telefono, torna e si lascia cadere sul divano.

Mentre legge, seguo la sua espressione con crescente ansia.

«Stanno chiedendo ai Summers di ritirare la causa contro di noi. Odiano i genitori di Michael.»

Suona... non so decidermi. Stupida?

«Stai bene?»

Scuote la testa. «Mi chiamano eroina. Non sono un'eroina.»

«Sì che lo sei.»

«Ero lì impotente. Tu mi hai salvata.»

Mi sfugge uno sbuffo. «Io stavo morendo sul pavimento, e tu lo stavi combattendo. *Tu* hai salvato *me*.»

Si avvicina a me e mi circonda la vita con le braccia. «Se tu non fossi venuto, sarei ancora incatenata a quel letto.»

Chiudo gli occhi, e lei mi bacia, le sue labbra morbide sulle mie. Un bacio dolce e carezzevole.

«Va bene, allora ci siamo salvati a vicenda.»

---

AYALA SI COMPORTA in modo strano nei giorni seguenti. Come se stesse sognando ad occhi aperti, la trovo spesso immersa nei suoi pensieri. È occupata a scrivere ogni tipo di appunti con uno sguardo determinato. È meglio dell'umore depresso di prima, ma mi infastidisce che non condivida con me quello che sta pensando. Non so se dovrei essere preoccupato o felice.

A mezzogiorno Ayala irrompe nel mio ufficio di casa. «Ho appena parlato con il Dr. Sullivan.»

«Okay?»

«Ti ricordi la nostra conversazione? Quella in cui mi hai detto che quando eri al tuo punto più basso, Ryan ti ha detto che non è così che Anna vorrebbe che la ricordassi? E poi ti sei alzato e hai fondato Savee?»

Annuisco. Non è una cosa che si dimentica.

«Così ho pensato molto a quella conversazione, al desiderio di fare qualcosa della mia vita. Il Dr. Sullivan mi ha detto che posso controllare i miei pensieri, ma non posso controllare ciò che gli altri pensano di me. Se il pubblico ha deciso che sono l'eroina della storia, allora così sia. Se sono un'eroina ai loro occhi, allora voglio sfruttare questo improvviso status che ho ricevuto a beneficio di donne come me.»

«Vuoi fondare un'azienda?» chiedo.

«No. Voglio un lavoro in Savee.»

«Non so...» Questa è una svolta che non mi aspettavo.

«Mi hai detto che potevo scegliere qualsiasi lavoro volessi. Ricordi?»

«So cosa ho detto. Non è questo il punto. Fino a pochi giorni fa non volevi lasciare la stanza, e ora vuoi essere una figura pubblica? Sei sicura?»

«Sì. È esattamente quello che voglio. Voglio aiutare. E posso farlo perché ci sono passata. Il ruolo è più grande di me, e voglio usare lo slancio per raccogliere fondi. Per avere un impatto. Per fare campagne contro la violenza. Forse riusciremo a far passare nuove leggi. Forse riusciremo a far intervenire di più le autorità in casi come il mio.»

Parla con passione, le guance arrossate. È bellissima. Il suo entusiasmo è contagioso. Posso capirlo. Suona proprio come me quando ho iniziato Savee. Questa intuizione... la comprensione che puoi usare il tuo dolore personale per aiutare gli altri. È una sensazione edificante.

«Va bene. Dopo le vacanze, ti presenterò a Paul Sheridan.»

Ayala annuisce e praticamente salta fuori dalla stanza. È entusiasta, e io sono preoccupato. Voglio dire, è meglio vederla entusiasta e piena di motivazione, ma il cambiamento è troppo rapido, e temo che si stia affrettando troppo.

Lo squillo del telefono interrompe i miei pensieri.

«Sì, Ryan? Cosa c'è ora?» Sono pronto a qualsiasi scenario. Ogni conversazione che abbiamo avuto ultimamente mi fa cadere una bomba addosso. A noi.

«Siamo diretti in ospedale!» grida Ryan.

«Cosa? Cos'è successo? Qualcuno si è fatto male?»

«No, idiota. Maya è in travaglio!» la sua voce trema. «Adesso.»

«Ryan. Oh, wow», grido di rimando. «Quale ospedale? Sto arrivando.»

«Stiamo andando al Village. Ti mando l'indirizzo via messaggio.» Attacca.

«Ayala!» urlo, e lei viene di corsa. Sono così eccitato che penso che se stessi partorendo io stesso, sarei stato più calmo. Lei sembra spaventata dal mio comportamento, e cerco di fare un respiro profondo prima di parlare.

«Maya è in travaglio», la informo. «Sto andando in ospedale.»

«Oh mio Dio. Posso venire anch'io?»

Annuisco e scansiono la stanza, cercando le mie scarpe da ginnastica.

«Cosa stai cercando?» Cerca di fermarmi.

«Scarpe.» Continuo a frugare nell'armadio, buttando fuori le cose mentre lei mi afferra per le spalle.

«Quelle scarpe?» Indica le scarpe da ginnastica bianche sedute proprio di fronte a me, accanto alla porta dell'armadio.

«Forse dovrei guidare io?» Un grande sorriso le illumina il viso.

Aspettiamo in una piccola sala d'attesa per quello che sembra ore finché Ryan entra nella stanza, con un grande sorriso sul volto.

«Allora?»

«Sono papà!» esclama. «Sai, avevo paura di sperare dopo l'ultima volta. Non posso credere che sia qui». Ryan raggia di gioia.

Lo abbraccio, dandogli una pacca sulla schiena. «Congratulazioni, caro fratello».

«Venite». Ci chiama per entrare nella stanza dopo di lui.

I genitori di Ryan sono già dentro, seduti accanto al letto. Si alzano quando ci vedono entrare, e mi avvicino per abbracciarli.

«Ayala, questi sono i genitori di Ryan, Jennifer e James Blake». Lei dice un educato saluto. «I genitori di Maya stanno arrivando. Vivono a Miami».

Maya è seduta sul letto, i capelli selvaggi intorno al viso. È pallida e sembra esausta, ma un sorriso felice e stanco le adorna il volto.

Tra le sue braccia, vedo un piccolo fagotto avvolto in una coperta. Un piccolo viso fa capolino, e mi avvicino per dare un'occhiata.

È la cosa più carina e rugosa che abbia mai visto. Fisso il minuscolo viso. Non ho mai visto un neonato prima. È così piccolo.

«Vuoi tenerlo?» mi chiede, e sussulto. Cosa ne so io dei bambini?

Sorride. «Non preoccuparti, non si romperà».

Le mie mani tremano quasi mentre mi porge il piccolo fagotto, e lo tengo stretto tra le braccia. Sembra certamente fragile.

La prima cosa che noto è l'odore. Un profumo sconosciuto, un odore che non ho altro modo di definire se non l'odore di una nuova persona.

Gli occhi del bambino sono chiusi e fa piccoli suoni. Non mi trattengo e passo un dito sulla sua guancia. La pelle è morbida e delicata, come carta fine. Non so perché, ma le emozioni salgono in me alla vista del piccolo bambino.

E se fosse mio? Immagino un piccolo viso con enormi occhi blu come quelli di Ayala. Posso immaginare un bambino con lei. La nostra famiglia.

Le lancio uno sguardo. È lì in piedi, con gli occhi spalancati e lucidi. Questo mi sorprende. Pensavo che sarebbe stata almeno entusiasta quanto me. Beh, forse un po' meno di me. Ryan è come un fratello per me. Ma comunque, come si fa a non essere entusiasti di questo bambino incredibilmente carino?

Lo restituisco tra le braccia di sua madre. Ci congediamo, lasciando alla madre esausta riposo e tempo con il suo bambino.

«Stai bene?» chiedo ad Ayala quando raggiungiamo la strada fuori. Non ha parlato da quando siamo arrivati.

La sua bocca si apre, poi si chiude di nuovo. Come se avesse paura di dirmi qualcosa. Mi fermo e la prendo per il braccio. «Cosa c'è?»

«Sembravi... felice». Guarda verso il basso. «Sembravi fantastico. Un uomo che tiene in braccio un bambino, dolce e amorevole. Quel momento perfetto. È così che sembravi. Perfetto. E io? Sono rotta. Non potrò mai essere madre».

«Ayala...» La stringo tra le mie braccia e le bacio la testa. «Non abbiamo parlato di figli. E non ti ho chiesto un figlio per domani».

Fa un passo indietro. «Non capisci».

«Parliamone a casa? Questa non è una conversazione da fare per strada».

Il viaggio verso casa trascorre in silenzio. Non oso iniziare questa conversazione durante il tragitto. Invece, è meglio usare il tempo per pensare a cosa dire.

È stato bello tenere quel bambino, ma non è che ci abbia mai pensato prima. Non credevo nemmeno di poter essere in una relazione con qualcuno, figuriamoci volere dei figli. Quindi tutta questa situazione mi coglie di sorpresa.

Voglio davvero dei figli? Penso che li vorrò un giorno. Ma non ora. Quindi cosa significa? Tutti questi pensieri mi confondono.

Ayala gioca con le sue dita accanto a me. È un brutto segno. Analizza sempre una situazione e giunge alle conclusioni sbagliate. So che lo sta facendo di nuovo.

Quando arriviamo a casa, preparo una camomilla per entrambi. Abbiamo bisogno di qualcosa di calmante.

Si siede su uno sgabello all'isola della cucina, aspettando che io inizi.

«Ho visto che tutta la situazione ti ha stressata oggi. Ma non ha senso preoccuparsi. Non stavo nemmeno pensando ai figli così presto, e non credo ci sia nulla di cui parlare al momento».

«Sì, dovremmo», protesta. «Tu vorrai dei figli un giorno. Vuoi sprecare anni della tua vita in una relazione che non porterà da nessuna parte?»

«Sì, voglio! Non è uno spreco se sono con la persona che amo». La mia voce si alza. «Non ho mai avuto una relazione seria prima di te. Non pensavo che l'avrei mai avuta».

«Non pensavi che l'avresti avuta, ma ora sai com'è. Puoi innamorarti di nuovo. Puoi averla con qualcun altro. Qualcuno che è meno rotto di me. Qualcuno che ti darà ciò che vuoi».

«Non voglio nessun altro», mormoro e mi passo una mano tra i capelli. Come faccio a spiegarglielo?

«C'è qualcosa che non ti ho detto», dice con voce sommessa. La sua espressione mi preoccupa.

«Ho perso il nostro bambino».

Mi sento come se qualcuno mi avesse dato un pugno nel petto. Cosa ha detto? Mi alzo e mi allontano da lei. «Cosa?»

«Ero incinta quando Michael mi ha rapita», dice a testa bassa. «Non lo sapevo finché non me l'hanno detto in ospedale dopo aver perso il bambino».

«Eri incinta? Di me? Come?»

«Probabilmente dalla volta in cui abbiamo fatto sesso senza preservativo».

«Ma ti ho comprato la pillola. Ti ho vista prenderla».

«A quanto pare non funziona sempre».

«Perché non mi hai detto che eri incinta?»

«Non lo sapevo. E poi, quando ti ho chiamato, mi hai detto che era finita e di non chiamare più. Non pensavo ci fosse nulla di cui parlare dopo».

Cazzo. Ho sbagliato in così tanti modi. «L'aborto è stato a causa di quello che è successo?»

Annuisce. «Le percosse hanno causato un distacco placentare, ha detto il dottore. E non pensano che potrò rimanere di nuovo incinta a causa del trauma all'utero». Le lacrime le scorrono sulle guance. «Non potrò mai darti dei figli».

Mi strofino il viso con le mani. Avrei potuto avere un bambino, e ora non lo avrò mai? «Anche Maya ha avuto un aborto spontaneo. E guardala ora. Ha un figlio».

«Maya non è stata presa a calci nello stomaco più e più

volte e ripetutamente violentata», dice Ayala con voce debole. «Il mio corpo è rotto».

Chiudo gli occhi. Non posso immaginare la mia vita senza di lei. Non è un'opzione. «Non vedi che anch'io sono a pezzi? Non avrei mai pensato di avere qualcuno da amare prima di incontrarti. Qualcuno che mi amasse. Sei l'unica che abbia mai desiderato. Amo te e i tuoi spigoli affilati. Non ho bisogno di nient'altro se ho te».

Lei tira su col naso. «Tu fai troppi compromessi per me».

«Non faccio compromessi su nulla. Tu sei tutto ciò di cui ho bisogno».

Si alza e viene verso di me. «Non voglio che tu ti penta di questa decisione tra qualche anno».

«Non mi pentirò di un solo giorno passato con te». La tiro a me e le nostre labbra si uniscono in un bacio.

## CAPITOLO 31
### *Ethan*

Non avevo alcuna intenzione di andare a casa dei miei genitori per la festa di Capodanno. Nessuna intenzione. Ma hanno inviato un invito, come fanno ogni anno, e Ayala ha deciso che saremmo dovuti andare. E così, eccomi qui, a casa loro, a salutare gli ospiti. Questa volta almeno ho Ayala a darmi man forte.

Mi aggrappo a lei come a un'ancora di salvezza ogni volta che i miei genitori cercano di parlarmi in privato. Non oseranno affrontarmi in pubblico, e io non darò loro l'opportunità di trovarmi da solo.

Il resto degli ospiti arriva a fiotti, la maggior parte sono familiari e alcuni amici, che di tanto in tanto mi si avvicinano per salutarmi. La maggior parte mi piace e chiacchieriamo brevemente.

Ayala mi tira per il braccio quando vede Olive e i suoi genitori entrare dalla porta. Cosa ci fanno qui? Ah. Dimentico sempre che ho conosciuto Olive tramite mia madre e che i nostri genitori sono amici. La accompagno alla porta per salutarli e unirmi a Olive.

«Ayala». Olive la abbraccia quando ci vede. Come è successo che sono diventato il secondo? «Ethan, non mi aspettavo che saresti stato qui».

«Ayala mi ha convinto ad accettare l'invito», mormoro, e Olive alza gli occhi al cielo.

«Questa è la tua unica famiglia. Devi riconciliarti». Mi rimprovera di nuovo.

«È una causa persa. Mi odiano e non cambierà mai». Mi giro verso Olive e cambio argomento. «Allora, Olive, come sono andate le vendite prima delle feste? Non ho ricevuto il tuo rapporto questa settimana».

«Hai ragione. Te l'ho inviato ieri. Ci sono state molte consegne questa settimana. Ma non volevo parlare di affari nel bel mezzo della fe-» Il suo sguardo si blocca su qualcosa dietro di me, e giro la testa per guardare.

«No! Non guardare». Mi tira per il braccio. «Non può sapere che la sto fissando».

«Chi?»

«La donna con il completo bianco», sussurra Olive.

Mi chino per allacciarmi la scarpa e inclino la testa all'indietro per vedere. Una donna in un completo bianco su misura, con un taglio di capelli preciso e un bicchiere di champagne in mano, sta in piedi non lontano da me. È bella e non ricordo di averla vista prima. Strano. I miei genitori di solito invitano gli stessi amici e familiari ogni anno.

«Non la conosco», dico a Olive dopo aver finito di chinarmi sui lacci falsamente allentati. «Vuoi che vada lì e veda se è interessata?»

«No! Sei impazzito? Non sono nemmeno sicura che le piacciano le donne. Credo di sì, ma mi sotterrerò se mi sbaglio».

«Vado a controllare». Ignoro le sue deboli proteste e mi dirigo verso la misteriosa donna.

«Ehi». Mi intrometto spudoratamente nella conversazione della donna con uno dei miei cugini, porgendole la mano. «Ethan Wolf».

Mi stringe la mano e un sorriso le illumina il viso. «So chi sei».

«Non ricordo di averti vista prima».

«Mi sorprendi, Wolf». C'è un luccichio divertito nei suoi occhi. «Ci conosciamo».

«Davvero? Penso che mi ricorderei di qualcuno con il tuo aspetto».

Lei ride forte. «Sono Amber».

Continuo a fissarla, il mio cervello si rifiuta di fare il collegamento.

«Amber Wolf», dice.

I miei occhi si spalancano. È una Wolf? «Amber Wolf? La figlia di Carol? La cugina carina che è venuta a stare da noi quando eravamo piccoli?»

Lei annuisce. «Sì, immagino di essere cresciuta un po'».

«Wow! Sei stupenda. Dove ti sei nascosta finora?»

«I miei genitori mi hanno mandato a scuola a Parigi. Sono tornata a New York di recente».

«E hai intenzione di rimanere a New York?»

«Non ho ancora deciso cosa farò. Scusa, penso di averti deluso. Stavi cercando di provarci con me, vero».

«Oh, no. Non era affatto mia intenzione. Sono completamente impegnato».

«Non essere imbarazzato. Preferisco le donne comunque».

Sorrido. «In realtà, mi hai appena fatto la giornata. Ho una splendida amica che voleva sapere se eri disponibile».

231

Sembra interessata. «Splendida, dici? Allora chi è la tua magnifica amica?»

Faccio un cenno verso Olive e Ayala con le teste chine insieme, che sussurrano al lato della stanza. «La donna con il vestito blu».

«Presentami», dice Amber.

«Olive», la chiamo perché venga da noi e le presento. In un minuto, sono immerse in una vivace conversazione e io torno da Ayala.

«Beh, ho fatto la mia buona azione per oggi», le dico.

«Io non ho ancora fatto la mia», risponde. «Voglio che tu faccia pace con i tuoi genitori».

«Te l'ho detto. È una causa persa».

«Non sono d'accordo. Sono la tua unica famiglia. Li ami ancora, altrimenti non saresti venuto. E loro ti amano ancora, altrimenti non continuerebbero a invitarti». Mi prende la mano. «Anche tuo padre ti ama», aggiunge dopo che apro la bocca per protestare.

«Siamo nel bel mezzo di una festa di Capodanno».

«E allora?»

«Quindi non rovinerò la festa causando una scena».

«Non rovineremo nulla. Dobbiamo solo parlare, non litigare. Inoltre, quale posto e momento migliore? Nemmeno loro vorranno una scena nel bel mezzo della loro festa. Quindi risponderanno con moderazione».

«Ayala...»

«Sai che anche i miei genitori hanno sbagliato. Alla grande. E li ho perdonati. Sono umani. Commettono errori. Non avevano intenzione di farmi del male. Sono sicura che nemmeno i tuoi».

«Va bene, d'accordo. Ma aspetteremo che la festa finisca».

Ayala si siede a uno dei tavoli laterali e beve un po' di champagne. Io vado dritto al whisky e uso il tempo per chiacchierare con gli ospiti. Non ho visto alcuni di loro da molto tempo ed è piuttosto piacevole mettersi in pari. Mi stupisce che la maggior parte delle persone non chieda dell'incidente. Mi chiedo se siano solo educati o semplicemente non interessati. Suppongo educati. Anche se l'incidente non è esploso a New York con la stessa intensità di San Francisco, quelli che mi conoscono hanno sicuramente letto i dettagli. Due o tre hanno osato chiedermene, e ho spiegato con il minor numero di parole possibile. Ho anche menzionato che Ayala lavorerà presto a Savee e promuoverà l'app. Tutti hanno espresso sostegno e hanno affermato che sarebbero stati felici di aiutare.

Un leggero tocco sul mio braccio mi fa sobbalzare. Mi giro con un sorriso, sicuro che sia Ayala, solo per scoprire i miei genitori.

«Ethan», dice mamma, facendo un cenno con la testa. «Come stai?»

«Beh, sono sicuro che seguiate tutte le notizie, quindi sapete che sono stato citato in giudizio». Non mi piacciono queste finte.

«Ethan». Mi afferra di nuovo il braccio. «Non è solo una causa. Dicono che l'hai ucciso».

«E tu credi a quello che dicono?» Lancio un'occhiata a mio padre, che sta in piedi dietro di lei con un'espressione impassibile. «O ci crede *lui*? Crederete a qualsiasi cosa su di me, vero? Sono capace di tutto. Dopotutto, ho ucciso mia sorella, quindi cosa sarà mai un'altra persona?»

«Non è quello che ho detto».

«È esattamente quello che stai dicendo. Nei tuoi occhi, nei suoi occhi. Posso vedere cosa pensate di me».

«Non è vero. Sei nostro figlio e ti amiamo».

Sbuffo. «Non vi credo».

«Forse potresti tornare con Olive? Eravate una coppia così bella. Stai lontano da questa donna che ti ha messo nei guai. Ti aiuterà. Sarà un vantaggio in tribunale se vedranno che ti tieni lontano da lei e che stai conducendo una vita ordinata».

«Non posso credere che tu abbia appena detto questo. E dopo che sai già che Olive è gay». Mamma sussulta un po' quando alzo la voce, ma mi sto divertendo. Voglio che si sentano in imbarazzo.

«Beh, è solo una fase. Le passerà. Eravate così belli insieme, e lei ti si addiceva così bene».

«Una fase? Superate ogni limite. Mamma, Olive ed io siamo amici, e questo è ciò che saremo sempre. Non ho mai dormito con lei. Lo capisci? Amo Ayala».

Papà si acciglia e si avvicina. «Quella donna porta solo guai. Devi starle lontano. Da quando l'hai incontrata, i guai ti inseguono. Sei quasi morto a causa sua, e ora sei accusato di omicidio. Quindi pensi di essere innamorato. Passerà. Vai avanti. Non è adatta a te».

«Dovresti davvero ritirare quello che hai detto», dico con tono minaccioso.

Ayala sceglie questo momento per venire al mio fianco. Ha già avuto uno scontro con loro prima, ma la sua condizione in questo momento non è stabile, e sono preoccupato.

«Signor e Signora Wolf», dice. «Volevo che Ethan si riconciliasse con voi perché credo che ci sia una sola famiglia. Ero sicura che stesse esagerando quando affermava che non l'avreste perdonato, ma ho sentito quello che avete appena detto, e non sono più sicura di voler che si riconcili con voi. Lo amo, e siamo una coppia, che vi piaccia o no. L'unico che può dirmi di andarmene è Ethan». Guarda entrambi, poi fissa i suoi occhi azzurri nei miei prima di tornare a loro. «Dovrete accettare me o nessuno di noi due».

Vedo il suo amore per me riflesso nei suoi occhi. Come può non vedere quanto è forte?

Intreccio le mie dita con le sue, e lei mi allontana da loro.

## CAPITOLO 32
## *Ayala*

Oggi è il mio primo giorno alla Savee. La conversazione con Paul Sheridan è stata meravigliosa. Ci siamo incontrati subito dopo Natale e mi è piaciuto immediatamente. La sua passione per l'aiuto e la sua dedizione nel rendere il mondo migliore mi stupiscono.

Gli ho presentato diverse idee, e la mia paura che Ethan lo stesse spingendo ad apprezzare qualsiasi cosa suggerissi è svanita. Paul è stato diretto e onesto. Non ha problemi a rifiutare ciò che non gli piace e ad essere entusiasta di ciò che apprezza.

Subito dopo il briefing con Paul, mi siedo e inizio a pianificare. Uno dei miei primi compiti è pianificare una grande campagna di reclutamento.

Non ci sono abbastanza soldi. Esamino i rapporti che Paul ha condiviso con me, e questa è la prima cosa che realizzo: ci sono molte buone idee qui, ma non abbastanza entrate per metterle in azione.

«Cosa sono questi?» Indico e giro lo schermo verso Paul in modo che possa vedere di cosa sto parlando.

«Trasferimenti di denaro nell'azienda.»

«Sì, lo vedo. Quello che intendevo chiedere è perché non viene menzionato il nome del donatore? Questi sono trasferimenti di milioni ogni mese.»

«Ah. Questi sono trasferimenti da Ethan Wolf.»

«Wow. Sono un sacco di soldi.»

«Sì.» Paul incrocia il mio sguardo. «Probabilmente conosci la storia. Quando Ethan ha fondato l'azienda, si è subito reso conto che per realizzare Savee, aveva bisogno di più soldi. Mi ha assunto per gestire Savee in modo che potesse costruire il suo impero aziendale per finanziarla. Ogni mese trasferisce qui una grande parte del suo reddito come donazione. È così che si assicura che possiamo continuare ad espanderci tutto il tempo. Abbiamo iniziato come un'applicazione per persone che consideravano il suicidio, e ora ci occupiamo di quasi ogni problema, dalla violenza domestica alle dispute tra vicini.»

Annuisco. Conoscevo la storia. Solo non pensavo fosse di tale portata.

«Dopo aver finito con questa campagna di reclutamento, la prima questione che voglio promuovere è quella più vicina al mio cuore. L'abuso familiare. Supporto per le donne maltrattate, e soprattutto rilevamento precoce degli uomini con potenziale di violenza.»

Paul mi guarda con interesse. «Cosa intendi per rilevamento precoce?»

«Gli uomini non iniziano a picchiare le loro mogli così, dal nulla. Ci sono segnali precoci. Ci sono modelli di comportamento. Possiamo elaborare un programma per rilevarli, anche prima che entrino in una relazione, e trattarli. Possiamo insegnare loro.»

«È un'idea interessante.»

«Credo che se li individuiamo in giovane età, come alle superiori, collaboreranno volentieri per imparare come comportarsi in una relazione. Effettueremo test per identificare quelli a più alto rischio, e potranno ricevere supporto psicologico lungo il percorso.»

Mi lascio trasportare nel mio discorso. «Mio marito, Michael, non è iniziato come un partner violento. I segnali c'erano, ma non sapevo come leggerli. Dobbiamo insegnarlo alle donne. Dovremmo tenere workshop gratuiti per le donne su questi primi segnali. Cosa aspettarsi. Cosa fare. La polizia non interverrà se una donna si presenta e afferma che suo marito le impedisce di vedere gli amici, ma quello è un segnale rosso brillante. Hanno bisogno di un posto dove possono rivolgersi e ottenere aiuto.»

«Mi piace questa direzione. Siediti con il nostro team creativo e progetta una campagna. Vediamo dove va a parare e facciamola partire.»

«E la campagna di reclutamento?»

«Puoi gestire entrambe contemporaneamente?»

Annuisco e mi immergo nel lavoro. Mi piaceva lavorare alla rivista, ma qui c'è un senso di missione. Mi sento bene sapendo che sto influenzando e contribuendo.

A metà mattinata, alzo la testa a un bussare alla porta. Un fattorino è in piedi sulla porta del mio ufficio, tenendo un enorme bouquet davanti al viso. Un sorriso si allarga sul mio. Probabilmente è da parte di Ethan.

«Puoi metterli sulla scrivania?» chiedo.

«Speravo di ricevere anche un grazie,» dice il fattorino, e i miei occhi si spalancano.

«Ethan!» Balzo dalla mia sedia tra le sue braccia. «Cosa ci fai qui?»

«Sai che questa è la mia azienda, vero?» Ride. «Pensavi che non sarei venuto a vedere come te la cavi nel tuo primo giorno?» Solleva un sopracciglio e mi esamina.

Lo bacio, e il centro del mio corpo si risveglia. Il mio corpo si stringe a lui ancora di più senza che me ne renda conto.

Geme nella mia bocca. «Stai iniziando qualcosa che non puoi finire.»

«Chi ha detto che non posso finire? Pensavo che questa fosse la tua azienda...» Gli mordo il labbro inferiore in modo provocatorio.

«È ora di pranzo e hai bisogno di una pausa.» La sua lingua mi stuzzica in risposta. «Andiamo.» Si allontana con passi rapidi, e io lo seguo dall'altra parte del piano. Sulla porta di un ufficio d'angolo c'è un cartello, "Ethan Wolf, CEO", e lui apre la porta ed entra.

«Questo è il tuo ufficio?» Mi guardo intorno. C'è una grande scrivania con un computer fisso, due sedie di fronte alla scrivania e un'altra sedia dietro, più una libreria di libri sparsi per tutta la lunghezza del muro. Sul lato della stanza c'è un carrello pieno di bottiglie di alcolici e bicchieri che sembrano costosi e un divano ad angolo nero.

«Questa stanza sembra qualcosa uscito da una serie TV e non come un ufficio dove la gente lavora.» Ammiro le foto di New York appese alle pareti.

«Non sono qui molto spesso. Di solito lavoro dalla sede centrale di Wolf Industries. Ma vuoi davvero parlare dell'ufficio adesso?»

No. Non voglio. Il pulsare tra le mie gambe aumenta, ricordandomi cosa voglio veramente. Chiude a chiave la porta, tira la tenda per darci privacy, e si avvicina a me con passi predatori. I suoi occhi non lasciano mai i miei.

Mi solleva e mi mette sulla scrivania, poi si posiziona tra le mie ginocchia.

Oggi mi sento forte, e quella forza mi riempie di coraggio. La mia mano va alla cintura dei suoi pantaloni, e la apro, abbasso i pantaloni e libero il suo cazzo.

Scendo dalla scrivania e mi inginocchio davanti a lui.

«Ayala.» Mi solleva la testa. «Cosa stai facendo?»

«Pensavo l'avresti capito da solo.»

«Non voglio fare qualcosa per cui non sei pronta.»

«Non rovinare tutto,» gli dico. Mi fa dubitare di me stessa, e non è un bene per me in questo momento. Voglio rimanere coraggiosa. Lui tace.

Stringo il pugno intorno al suo cazzo duro. La pelle è liscia e calda al tatto, e faccio scorrere la mano dalla base alla punta.

Faccio un respiro profondo, e la mia lingua lecca la punta. Lui ansima. Il suo respiro diventa più forte, e questo mi incoraggia. La mia mano continua a completare l'azione, avvolgendo e premendo delicatamente.

Lo prendo in bocca, avvolgo le labbra intorno a lui e succhio. Sono sorpresa di scoprire che mi piace. Mi fa sentire bene compiacerlo. Lo metto in profondità nella mia bocca, facendo attenzione a non innescare il riflesso del vomito. Non voglio che nulla riporti alla mente ricordi che desidero dimenticare.

I suoi gemiti di piacere fanno aumentare le pulsazioni tra le mie gambe e l'umidità nelle mie mutandine. Stringo le gambe insieme, e la pressione cresce ancora di più.

Non mi tocca affatto. Le sue mani cadono ai suoi fianchi, e posso capire che ha paura di fare qualcosa di sbagliato. Posso raggiungere l'orgasmo senza che mi tocchi? I miei fianchi si stringono più forte mentre lo attiro più in profondità nella mia bocca e succhio.

«Ayala», sussurra tra i gemiti. «Sto per venire». Mi allontana da lui. «Non voglio venire nella tua bocca».

Le mie guance sono calde, e cerco di raffreddarle con le mani. Dio, è così bello così, con gli occhi socchiusi dal desiderio.

Mi solleva di nuovo sulla scrivania. Per fortuna oggi ho indossato una gonna. In pochi secondi, me la arrotola sulle cosce e le sue dita vagano sulla mia pelle. Getto la testa all'indietro mentre trova il mio punto sensibile e lo massaggia.

«Ahi». Qualcosa di appuntito mi punge mentre mi appoggio indietro. Ethan allunga il braccio dietro di me e sposta gli oggetti di lato. Alcune cose cadono rumorosamente sul pavimento. Non è più proprio l'ufficio ordinato che si vede in televisione.

«Adesso», esigo. Ho bisogno di lui dentro di me adesso, forte e veloce. Ed è esattamente quello che fa. Le mutandine vengono tolte, e lui è dentro di me.

«Oh, sì», lascio sfuggire con una voce un po' troppo alta. «Merda, qualcuno ci sentirà».

«Non m'importa», ansima con un respiro pesante.

Mi riempie di felicità il fatto che non sia più gentile con me, che non abbia più paura di farmi male. Mi sento normale.

Sarà veloce per entrambi. L'eccitazione sta crescendo dentro di me a una velocità vertiginosa. Ethan accelera il ritmo, con la testa affondata nel mio collo e i suoi respiri caldi che mi scorrono addosso.

«Sto per venire», esclamo mentre il mio corpo si stringe intorno a lui. Spingo le sue spalle, cercando di allontanarlo perché sta arrivando troppo forte. Non riesco a sopportarlo.

«Aspetta», grido, mentre cerco di far cessare i tremori nel

mio corpo, ma lui non si ferma, e vengo trascinata sempre più in alto e mi schianto contro di lui di nuovo.

«Cazzo, posso sentirti venire intorno a me. È così forte», mi sussurra all'orecchio. «È incredibile». Geme un'ultima volta prima che lo senta riempirmi con il suo liquido caldo.

Restiamo ansimanti sulla scrivania. «Credo di essere venuta due volte», dico stupita.

Lui ride. «La prossima volta, punteremo a tre».

All'improvviso, mi imbarazza un po'. Mi sono lasciata trasportare il primo giorno di lavoro. Sesso sulla scrivania? Dannazione. Ma è stato così bello. Così... normale.

«Stai bene con quello che abbiamo fatto?» Studia il mio viso. «Vedo che non è così. Merda. Sapevo che avrei dovuto fermarti».

Leggendo i miei pensieri come sempre. «No, sto benissimo. Non mi dispiace. Mi è piaciuto compiacerti. È solo che questo è il mio primo giorno in ufficio...»

«Il capo ha approvato», dice con un sorriso. «Hai realizzato una mia fantasia di lunga data. Sesso in ufficio».

«Non hai mai fatto sesso al lavoro prima d'ora?»

«Non porto le donne con cui esco in ufficio, e non ho mai dormito con qualcuno che lavora per me. Voglio dire, fino ad ora. Quindi la risposta è no». Ci pensa per un momento. «Sembra che oggi abbiamo infranto entrambi le regole».

Mi sistema la gonna, mettendomi le ciocche di capelli dietro le orecchie. «Ho la sensazione che lavorerò più spesso da questo ufficio nel prossimo futuro».

---

LA MIA PRIMA campagna sta per essere lanciata, e oggi farò una presentazione alla direzione. Ho chiesto a Ethan di non

243

venire. Non voglio che qualcuno abbia paura di esprimere la propria opinione solo perché lui è nella stanza. So che la sua presenza intimorisce alcuni dipendenti.

«La campagna si concentrerà su spot televisivi, pubblicità su internet e conferenze per adolescenti», dico. «Sto provando qualcosa di diverso, e abbiamo assicurato conferenzieri e talenti che sono leader di opinione su varie piattaforme di social media».

Un manager alza la mano. «Penso che sia meglio usare qualcuno che sia professionale e non un modello o un cantante». Mi aspettavo alcune obiezioni, e sospiro internamente.

«Vogliamo creare un buzz. Vogliamo che i giovani desiderino venire a queste conferenze, anche se solo per vedere la loro icona preferita, ma lungo il percorso, assorbiranno anche alcuni dei nostri argomenti. Non m'importa se lui o lei sia un conferenziere straordinario o meno. Voglio che i nostri argomenti raggiungano il maggior numero possibile di orecchie. Cerco visibilità. Prendere un modello con un milione di follower su TikTok ci porterà più pubblico del miglior conferenziere del settore a queste età», insisto e mostro loro gli argomenti chiave della conferenza.

«Abbiamo creato un test su internet progettato per identificare gli adolescenti a rischio di entrambi i sessi. Faremo il test durante la conferenza. E si può fare attraverso l'app da qualsiasi luogo. Spero che con l'aiuto delle conferenze, possiamo convincerli a installare Savee, fare il test e anche usare l'applicazione».

«E se il test rivela che il ragazzo o la ragazza è a rischio?»

«È qui che investiremo la maggior parte del nostro budget», spiego. «Vogliamo fornire workshop e trattamenti a coloro che i test ritengono a rischio. Workshop di gestione della rabbia, consulenti di relazione, trattamento e monitoraggio psicologico, sia attraverso di noi che all'interno della comunità.

Gratuitamente. Più grande è il budget, più opzioni possiamo offrire».

«E se il ragazzo non vuole andare?» chiede qualcuno.

Scuoto la testa. «Non possiamo costringere nessuno. Non è una punizione. Possiamo solo cercare di convincerli. Spiegheremo perché è importante e speriamo che vorranno curarsi. Anche se raggiungiamo solo il venti percento dei giovani identificati, è comunque un tasso di successo del venti percento».

Vedo cenni di assenso al tavolo.

«Quali sono i costi?»

Presento i numeri e il piano di espansione. «Inizieremo con un programma pilota a New York. Vedremo la reattività della comunità giovanile e cosa deve essere migliorato. A cosa rispondono meglio i giovani. Poi rivederemo il programma. Spero che avrà tanto successo da ricevere budget dal governo per continuare».

Un mormorio si alza nella stanza, e alzo le mani per zittire tutti. «So che è un grande budget per un progetto pilota. Il signor Wolf ha accettato di contribuire con una grossa parte dell'importo. Prevedo di raccogliere il resto attraverso la campagna di reclutamento, che ho presentato in precedenza e che partirà contemporaneamente».

Bevo un sorso dal mio bicchiere d'acqua. «Inoltre, organizzeremo una festa di raccolta fondi, che si terrà presto». Sorrido e ottengo qualche sorriso di rimando da coloro che mi stanno di fronte.

«L'intero budget sarà raccolto da zero e non sottrarrà fondi ai progetti esistenti.» So che è importante che usi denaro nuovo per il progetto. Nessuno vorrà rinunciare a un progetto in corso per qualcosa di sperimentale. Vedo i cenni di assenso e so di aver avuto successo. Inizia la votazione, e scopro che avevo ragione.

«Ayala.» Paul mi raggiunge mentre torno nel mio ufficio. «Hai il permesso di avviare le campagne», mi dice. «Volevo solo dirti che hai fatto un ottimo lavoro. Il comitato è rimasto molto colpito dalle tue capacità.»

Lo ringrazio con un sorriso ed entro nel mio ufficio, chiudendo la porta dietro di me.

«Sì!» Alzo le mani in aria in segno di vittoria. Non c'è niente di meglio che riuscire a fare una buona impressione con la prima campagna in azienda. Spero solo che porti anche i risultati desiderati.

Clicco sul pulsante verde e la campagna pubblicitaria ha inizio.

## CAPITOLO 33
## *Ethan*

Stamattina c'è un altro articolo sulla campagna di Savee sul giornale, questa volta con una foto di Ayala. Sta facendo scalpore. Scorro rapidamente il testo.

*Avrete sicuramente sentito parlare della nuova campagna che invita gli adolescenti a partecipare a conferenze sulla violenza coniugale. Molte celebrità del mondo giovanile, per conto dell'azienda Savee, di proprietà di Wolf Industries, terranno le conferenze. L'azienda lavora contro la violenza fin dalla sua fondazione e si occupa delle vittime di stupro. Durante le conferenze, ai partecipanti verrà chiesto di fare un test che valuta il loro livello di rischio. Coloro che saranno diagnosticati ad alto rischio avranno diritto a workshop e supporto gratuiti. Savee spera in un alto tasso di partecipazione.*

*Ayala Beckett, che guida questa importante e innovativa campagna, è lei stessa una vittima di violenza domestica e conosce intimamente la questione.*

*«Spero che i giovani capiscano che possono aiutare se stessi e gli altri. Sono stata vittima di violenze gravi, e sarei stata felicissima se avessi avuto un posto come Savee a cui rivolgermi».*

«*Perché i giovani dovrebbero condividere informazioni private con voi? Potreste denunciarli alla polizia*».

«*Tutte le informazioni condivise nell'applicazione sono protette da un accordo di riservatezza e non saranno condivise con nessuno. Il nostro obiettivo non è arrestare nessuno. Non stiamo rivolgendo questa campagna a persone che si trovano già in una situazione di violenza. Ci sono altre soluzioni per quello. Ciò che stiamo cercando di fare, per la prima volta, è prevenire i casi in anticipo. Credo che nessuno voglia essere una vittima, o peggio ancora, violento. Con un trattamento adeguato e una guida appropriata, possiamo prevenire molti di questi casi. Offriamo le nostre soluzioni gratuitamente e in confidenza. Nessuno deve sapere che si sta ricevendo un trattamento*».

Ayala entra in cucina proprio mentre finisco di leggere, e le passo il giornale.

«Questa campagna è straordinaria. Innovativa», le dico mentre scorre l'articolo.

«Ci mancano ancora molti dei fondi necessari per sostenerla. Devo fare più rumore».

«Non capisci quanto sia importante». È stata così immersa nel lavoro nelle ultime due settimane che la vedo a malapena. Premo il telecomando della TV, passo a uno dei canali di notizie e riavvolgo. Mi guarda con un'espressione perplessa. «Abbi un po' di pazienza. Vedrai presto». Aspetto davanti allo schermo per alcuni minuti finché non inizia il pezzo che volevo, poi premo Play.

La osservo soltanto, senza dire nulla, mentre fissa lo schermo e lentamente realizza di cosa si tratta.

Una folla di persone invade la proprietà dei genitori di Michael. Le manifestazioni sono continuate per giorni e sono diventate sempre più grandi. I manifestanti li chiamano criminali e assassini e chiedono che il caso contro di noi venga archiviato.

Tengono ulteriori manifestazioni davanti alle porte del tribunale, chiedendo anche al giudice di archiviare il caso. «*Vergogna*», *grida un manifestante.* «*È una vergogna, l'assassino incolpa la vittima, e il sistema giudiziario lo permette*».

L'articolo continua ancora, e io premo il tasto muto. «Non abbastanza rumore?»

«Non sapevo che ci fossero ancora proteste sul caso civile. Cosa dice Ryan a riguardo?»

«Pensa che sia a nostro favore. La gente non è cieca. E i Summers sentono le voci per strada. Crede che farà pendere il caso a nostro favore».

«L'udienza continuata sulla nostra mozione è il mese prossimo, e sono stata così immersa nel lavoro che credo di averlo rimosso. E se venissi condannato per un omicidio che non hai commesso?»

«Ayala. Ricorda, questo non è un caso penale. E le autorità non hanno riaperto la questione né mi hanno accusato di nulla. I Summers vogliono solo distruggermi».

«Ma potrebbero riuscirci. Il nome Wolf verrebbe distrutto se fossi condannato».

«Non lo sarò. Non ci sono prove a sostegno della loro versione tranne la mia confessione inventata». Quella confessione potrebbe rovinarmi, ma non c'è modo che glielo dica. Volevo salvarla quando ho rilasciato quella dichiarazione, e non me ne pento.

«Domani è il weekend», dico, «e non vedo l'ora di passare del tempo con te. Non ricordo più che aspetto hai. Sei diventata più occupata di me».

Lei ride. «Ne dubito. Ma mi sto divertendo. Mi piace pensare che potrei avere un'influenza positiva in questo mondo». Fa un passo nella mia direzione. «E grazie per aver accettato di donare tutti i soldi al mio progetto».

«Quando l'idea è buona, è buona». La bacio un'ultima volta prima di partire per l'ufficio. «E come mi ringrazierai?» Le faccio un sorriso malizioso.

Lei ricambia il sorriso, e il mio cazzo si indurisce. Usciamo dall'edificio insieme, e Ayala sale sul sedile posteriore dell'auto. Sto per entrare subito dopo di lei, ma poi vedo qualcuno in piedi sul marciapiede come se mi stesse aspettando.

«Scusa, mi sono appena ricordato che devo fare una cosa», dico ad Ayala e chiudo la portiera. Aspetto finché il mio autista non parte, lasciandomi sul marciapiede.

«Lena Castle».

«Ethan Wolf», dice lei con un tono sarcastico, e io inclino la testa.

«Come posso aiutarla?»

«Possiamo salire a parlare in privato?»

«Sto andando in ufficio e sono in ritardo. Dica quello che deve dire».

«Penso sia meglio se lo facciamo in privato», insiste.

Non mi muovo di un millimetro, e lei cede e sospira. «Sono incinta».

Cazzo. Impossibile. «D'accordo, cosa c'entra questo con me?» La maschera dell'indifferenza copre il mio viso.

«È tuo».

«Non può essere mio. Ho usato un preservativo. Uso sempre il preservativo».

«I preservativi non sono sempre affidabili. Ho dormito solo con te». Lo sguardo sul suo viso è freddo quanto il mio.

«Lei è una bugiarda. Non so cosa sta cercando di ottenere da me, ma non ci riuscirà. Faccia prima un test di paternità. Fino ad allora, non torni qui». Un'espressione offesa le compare sul viso. Credo ci siano persino delle lacrime. Per un breve momento, mi dispiace per lei, ma poi mi ricordo che è nota per essere una bugiarda astuta. Ha dormito con qualcun altro perché non può essere mio».

«Mandami i risultati del test». Mi giro e torno al parcheggio per prendere una delle mie auto. Stringo la mano a pugno, le unghie che affondano nella carne, ma mantengo le mie emozioni nascoste.

Solo quando la portiera dell'auto si chiude alle mie spalle, mi permetto di lasciarmi andare.

«Cazzo!» urlo, colpendo il volante con i pugni.

Perché è saltata fuori? Non può essere mio. Semplicemente non può esserlo. La farò fare un test, e sarà finita. Dovrà strisciare di nuovo nel buco da cui è uscita e lasciarmi in pace. Nessuno deve saperne nulla.

Mi scrollo di dosso le emozioni dell'incontro inaspettato e parto.

Come ho potuto pensare di volere dei figli se l'idea che questa donna sia incinta mi fa rivoltare lo stomaco?

Immagino Ayala che tiene in braccio un bambino con gli occhi azzurri. Non è per niente ripugnante. È solo Lena. Voglio solo Ayala, con o senza figli. Non ho bisogno di nessun altro.

E decido di fare un'altra sosta lungo la strada.

## CAPITOLO 34
## *Ayala*

«Ehi, Ryan», rispondo. Raramente mi chiama direttamente.

«Buongiorno. Sai dov'è Ethan? L'ho chiamato, ma non ha risposto. Per caso è con te?»

«No. Dovevamo andare in ufficio insieme, ma ha dimenticato qualcosa ed è tornato indietro». Dovrei preoccuparmi? Risponde sempre a Ryan.

«Beh, volevo dirlo a entrambi allo stesso tempo, ma lo dirò prima a te. È un problema suo se non ha risposto», dice Ryan. «I Summers hanno ritirato la causa contro di te».

«Cosa?» Quasi urlo, e tutte le teste nell'ufficio si girano verso di me. «Che vuoi dire?»

«Tutte le manifestazioni hanno aiutato più del previsto. Non potevano uscire di casa per diversi giorni a causa della folla di manifestanti. Avevano paura. Direi che, alla fine, il desiderio di distruggere Ethan non valeva l'odio che hanno ricevuto dal pubblico. Tutti gridano che sapevano che loro figlio era un abusatore mentre non facevano nulla. C'è addirittura una voce che suo padre sia stato licenziato».

«Ryan, è fantastico! Non sai quanto mi hai resa felice. Ero così spaventata».

«Lo so. È per questo che te lo sto dicendo, anche se Ethan stesso non l'ha ancora sentito. Guarda, questo non garantisce che non decidano di fare causa di nuovo tra qualche anno. Ma almeno per ora, sei fuori dalla tempesta».

«È un sollievo enorme». È come se avessi aria nuova da respirare. «E come stanno Maya? E Dean? Non vi vediamo da un po'».

«Dean è adorabile. Non ci fa dormire molto, ma è troppo carino per preoccuparsene. Maya è fantastica con lui. Ha così tanta pazienza. La adoro semplicemente».

«Adoro come parli di lei. È così bello».

«Sono duro all'esterno ma romantico nel cuore». Ride.

Lo ringrazio e riattacco. Ottime notizie.

Il tempo passa incredibilmente veloce, e il mio umore è sollevato dopo le notizie di questa mattina. Sto informando i dipendenti sui risultati iniziali che abbiamo ottenuto dalle prime conferenze. Tutti i numeri sono buoni. C'è stata un'alta risposta dai relatori famosi, come avevo previsto, ma non abbastanza adolescenti hanno compilato i questionari.

Sto mostrando al team alcune idee su come migliorare questo aspetto e lasciando che facciano i loro suggerimenti quando una segretaria bussa alla porta della sala conferenze.

«Signorina Beckett, c'è qualcuno che l'aspetta alla reception».

«Chi?»

«Non ha dato un nome. Insiste per parlare con lei».

«Arrivo subito». Mostro l'ultima diapositiva della presentazione prima di lasciare che tutti tornino al lavoro. Chi potrebbe cercarmi qui in ufficio? Una giornalista che cerca di tendermi un'imboscata? Forse hanno sentito che il caso è stato archiviato. Ho fatto alcune interviste di recente, ma sono sempre programmate in anticipo. Non faccio interviste a sorpresa. Decisa a cacciarla di qui, mi dirigo a grandi passi verso l'ingresso.

Alla reception, in piedi con le spalle rivolte verso di me, c'è una donna con lunghi capelli biondi vestita con un completo blu scuro. Non mi sembra familiare. Mi avvicino e lei si gira verso di me.

Mi guarda con gli occhi socchiusi. È una bella giovane donna. Il suo viso mi sembra vagamente familiare, ma sono abbastanza sicura che non ci siamo mai incontrate. È forse qualche personaggio famoso? Non sono una grande esperta di celebrità.

«Ciao, sono Ayala Beckett. Come posso aiutarti?»

«So chi sei», dice con tono amaro. «Possiamo parlare in privato?» Inclina la testa. «A meno che tu non sia come Ethan e voglia parlare qui, davanti a tutti. Non m'importa in ogni caso. Non ho nulla da perdere».

Cosa c'entra Ethan con lei? La tensione si accumula nei miei muscoli. «Andiamo nel mio ufficio». Faccio un gesto con la mano verso il corridoio, e lei mi segue.

Dopo aver chiuso la porta, mi volto verso di lei. «Allora, cosa vuoi dirmi che ti sei presa il disturbo di venire fin qui, signorina...?» Cosa potrebbe volere?

«Castle. Il mio nome è Lena Castle», dice con voce acuta e mi guarda come se il nome dovesse dirmi esattamente chi è. Il nome non significa nulla per me. La guardo con espressione vuota.

«Non ti ha parlato di me? Perché non sono sorpresa?» Cammina per la stanza, borbottando tra sé e sé. «Due mesi fa, Ethan era a un evento di raccolta fondi per bambini. Sai, quello con il vicepresidente presente?»

Socchiudo gli occhi. Se sta cercando di impressionarmi, non funzionerà.

«Ethan era solo e ci ha provato con me. Non riusciva a togliermi le mani di dosso». Il suo tono entusiasta mi fa star male. «Ho dormito con lui. E ora porto in grembo suo figlio». Sorride e accarezza la sua pancia inesistente di donna incinta.

Il mio mondo inizia a girare.

È la bionda della festa. Il dolore che ho provato quando ho visto la sua foto allora non è nulla in confronto a quello che provo ora. È incinta. Gli darà un figlio. L'unica cosa che non posso dargli. Vorrei rannicchiarmi in una palla e nascondermi sotto la scrivania. Ma che sia dannata se le lascerò vedere il mio dolore.

«Cosa vuoi da me? Non sono Ethan».

«Tu stai con lui. Volevo solo darti un avvertimento. Era felice quando gli ho detto che presto avrà un figlio. Dovresti cercarti un altro sugar daddy».

«Sugar Daddy?» Il mio piano di rimanere indifferente crolla mentre la rabbia filtra attraverso le crepe.

Si guarda intorno come se esaminasse il posto. «Vivi con lui? Lavori per lui? Ha disegnato la tua vita. Sembra che tu abbia fatto un buon affare. Apri le gambe per tutto questo».

«Vattene via di qui», non posso fare a meno di esigere alzando la voce. «Qualunque cosa tu voglia, valla a prendere da qualcun altro».

Lascia il mio ufficio con un sorriso soddisfatto sul viso. Io crollo. Ha ottenuto quello che voleva.

Da quanto tempo lo sa? Perché non me l'ha detto? Cazzo. Perché tutto deve essere così difficile sempre?

Scuoto la testa. È venuta qui per giocare con la mia mente. Per farmi dubitare della nostra relazione. Non glielo permetterò. Non prima di aver parlato con lui.

Lo chiamo, ma non risponde. Non è così insolito che non risponda durante l'orario di lavoro, ma mi frustra comunque. È meglio se parliamo faccia a faccia.

Per un momento, considero l'idea di andarmene e andare nel suo ufficio, ma uno sguardo alla mia agenda fitta di impegni dimostra che non è possibile. Ho del lavoro da fare. Non lascerò che una donna delirante rovini la mia giornata. Dovrà solo aspettare fino a questa sera.

## CAPITOLO 35
## *Ethan*

«Avete qualcosa di più speciale?» chiedo alla commessa, che sta già portando il quarto vassoio di anelli. Niente qui sembra quello che sto cercando. Sono troppo ordinari, non adatti a una persona come lei.

«Sotheby's terrà un'asta questa settimana. Hanno alcuni anelli speciali. Dovreste darci un'occhiata». Vedendo la mia espressione turbata, mi offre un'idea che probabilmente non avrebbe dovuto suggerire.

La mia mano va in tasca per prendere il telefono, ma non c'è. Probabilmente l'ho dimenticato in macchina. Merda.

Ringrazio la donna che potrebbe essere licenziata per il suggerimento che mi ha appena dato e la ricompenso generosamente prima di andarmene.

Trovo il telefono in macchina e vedo che sia Ryan che Ayala hanno cercato di contattarmi. Dovrò occuparmene più tardi.

Esamino gli oggetti in vendita da Sotheby's, e un anello attira la mia attenzione.

È un anello con un diamante blu quadrato, del peso di 3,24

carati, accompagnato da due diamanti più piccoli con lucidatura a goccia. Il prezzo stimato è di un paio di milioni di dollari. Prezzo alto. Ma l'anello è esattamente ciò che stavo cercando. Speciale. Il colore bluastro mi ricorda i suoi occhi. Lei merita qualcosa di speciale. Merita l'universo.

Chiamo la galleria e faccio un'offerta più alta se mi vendono l'anello ora e lo spediscono a casa mia. Non sono un uomo paziente.

Dopo aver risolto la questione dell'anello, mando un messaggio ad Ayala dicendo che sono in riunione e non sarò disponibile per qualche altra ora. Non voglio che si preoccupi ma neanche che sospetti che sono stato fuori dall'ufficio a guardare anelli.

Poi chiamo Ryan per verificare di cosa ha bisogno da me. Dopo che mi aggiorna con le buone notizie, guido verso l'ufficio. Ho molto lavoro da fare. La notizia che la causa è stata archiviata non poteva arrivare in un momento migliore. Anche se fingevo di essere tranquillo e non preoccupato, la possibilità di essere formalmente accusato mi preoccupava e occupava gran parte dei miei pensieri durante il giorno.

Ora posso fare la proposta ad Ayala con la mente serena. Possiamo festeggiare due volte: l'archiviazione del caso e il fidanzamento.

Se accetta.

E se rifiutasse? Forse dovrei portarla in un posto elegante e fare la proposta lì? La mia idea di propormi a casa nostra mi sembra ora sciocca. Dovrei mettere delle candele? Decorare?

Sono solo farfalle nervose. Andrà tutto bene. Ad Ayala non piacciono pompa e splendore ma l'intimità. È parte di ciò che amo così tanto di lei. Dirà di sì, e andrà tutto bene.

Quando arriva la sera, sono seduto sul divano ad aspettarla, le gambe che tremano per l'energia nervosa. L'ho evitata tutto il giorno perché sapevo che mi avrebbe letto come un libro aperto. Ma l'espressione seria sul suo viso quando entra mi fa accantonare i miei piani. Mi aspettavo che dopo l'aggiornamento di Ryan, sarebbe stata al settimo cielo. Era più stressata di me per questa causa. Ma non c'è felicità nel suo portamento o nel suo viso. È seria come l'inverno fuori.

«Ciao», dico esitante.

«Ciao». Getta la sua borsa sul bancone e prende una bottiglia d'acqua dal frigo, senza guardarmi.

Mi alzo per avvicinarmi a lei.

«È successo qualcosa?»

«Dimmelo tu». Mi guarda senza sorridere. Alza la bottiglia alle labbra e beve.

Voglio metterle l'anello al dito, poi baciarla e scoparla fino a farla svenire. Ma comincio a capire che oggi non succederà.

«Hanno archiviato il caso», dico, cercando di capire cosa stia succedendo qui. «Pensavo saresti stata felice».

«Lo sono. È la migliore notizia che ho sentito da un po'».

«Allora perché non mi sembri felice?»

«Oh, non so. Hai qualcos'altro da dirmi?»

Potrebbe essere che abbia scoperto dell'anello? Ma come? E perché sembra arrabbiata? «Volevo che festeggiassimo la buona notizia». Indico la bottiglia di champagne che aspetta in un secchiello di ghiaccio in salotto. *E anche il nostro fidanzamento.*

«Quindi, va tutto bene?»

«Sì», dico, non sicuro di cosa si aspetti di sentire da me.

«Non posso credere di dirlo, ma andrò a dormire nell'appartamento di sotto. Chiamami quando deciderai di dire la verità». Raccoglie la sua borsa e le chiavi e si gira per andarsene.

Mi affretto a fermarla.

«Non andartene. Spiegami cosa è successo. Come posso rispondere se non so che diavolo c'è che non va?»

Si libera dalla mia presa e socchiude gli occhi. «Sei così riluttante a parlarmi che non capisci nemmeno di cosa sto parlando?» Inclina la testa, aspettando una risposta da me, ma io ancora non capisco. «Una bionda di nome Lena Castle è venuta a trovarmi oggi. Ti dice qualcosa?»

Fottuta Lena. Ucciderò quella donna. Come ha fatto ad arrivare ad Ayala?

«Cosa ti ha detto? Qualunque cosa sia, sono tutte bugie».

«Ha detto che è incinta, e che è tuo».

«Non so se è incinta, ma non può essere mio. Sta cercando di addossarmelo. Ha ogni tipo di false speranze. L'ho cacciata via».

«Ma ci sei andato a letto?»

Vuole farmi dire questo? Annuisco con riluttanza. «Una volta. Dopo la festa, quando stavo cercando di dimostrare a tutti e a me stesso che stavo bene e potevo vivere senza di te».

«Anche con me sei andato a letto una volta senza preservativo, e sono rimasta incinta».

«Con lei ho usato il preservativo». E non sono nemmeno venuto, ma non glielo dico.

«Con me l'hai dimenticato. Forse ti è successo anche con lei?»

«No. C'era il preservativo, e non è incinta di me».

«E se lo fosse? Se il preservativo si fosse rotto e tu non te ne fossi accorto? Lei ti darà il bambino che vuoi». La voce di Ayala è ora quieta.

«Non voglio niente da lei se non che stia lontana da me!»

«Non capisco. Tu vuoi dei figli. Figli che non avrai da me. Questa è la tua occasione».

«Non voglio un figlio. Non un figlio qualsiasi. Voglio *tuo* figlio. Non capisci? Sei tu quella che voglio. Se non può succedere, va bene così. Non vorrò comunque un figlio da qualcun'altra che non sia tu».

«Ma avrai un figlio con lei. Hai intenzione di negare il bambino?»

«No. Se il bambino è mio, avrà tutto ciò di cui ha bisogno da me, e io sarò suo padre. Ma non voglio avere niente a che fare con lei.»

Ayala abbassa la testa. «Avevi intenzione di nascondermelo.»

«No, non pensavo ci fosse nulla da nascondere, e ancora non lo penso. Lei farà un test, e se è davvero incinta, il bambino non sarà mio, e la questione sarà chiusa. Perché devi ossessionarti prima che sia necessario?»

«Non importa se sia tuo o no», piange. «Il fatto è che non avevi intenzione di condividerlo con me! Non mi vedi come una partner. Non condividi con me quello che succede nella tua vita.»

Si precipita verso la camera da letto. «Ho bisogno di stare da sola. Non voglio rimanere qui adesso.»

Merda. Quando ci siamo trasferiti a New York di fretta, mi sono dimenticato della questione del secondo appartamento. Non pensavo che avrebbe mai chiesto di dormire lontano da me, e non ho preparato l'appartamento come avevo promesso. «Non andare», la chiamo, e lei alza un sopracciglio verso di me. «Vado io. Rimani tu.»

*Per favore, chiedimi di restare.* Cerco di trasmetterle i miei pensieri come se potesse sentirli. Ma lei non dice nulla mentre raccolgo le chiavi e il cappotto e me ne vado.

Come può pensare che non la veda? Vedo solo lei. Inonda i miei pensieri ogni giorno, tutto il giorno. Voglio condividere la mia vita con lei. Voglio proteggerla e tenerla al sicuro. La mia mano tocca la piccola scatola nella mia tasca. Deve essere mia.

Vorrei uscire a bere con Ryan in questo momento, ma lui è tutto preso da Maya e dal bambino, e non voglio disturbarlo. Dopo una breve riflessione con me stesso, decido di non andare nemmeno al pub da solo. Invece, compro una bottiglia di whisky e mi siedo su una panchina a Central Park, scegliendo deliberatamente un'area buia per non attirare l'attenzione. Le persone mi passano accanto. Alcune guardano il tipo strano seduto sulla panchina di notte in pieno inverno, e alcune si affrettano a passare, temendo di incrociare il mio sguardo.

Un'ora dopo, non sento più il freddo. Sono caldo e comodo, ma so che non è un bene. Il calore è un'illusione. Mi alzo e decido di affittare una stanza nell'hotel più vicino prima di perdere le dita per congelamento.

«Mi dispiace, signore, ma senza un metodo di pagamento, non posso darle una stanza», insiste l'impiegato.

«Chiami il direttore. Mi conoscono qui.» Perché diavolo il mio telefono doveva scaricarsi?

«Mi dispiace ancora, signore, ma è tardi. Non posso svegliare il direttore nel cuore della notte. Se non ha una carta di credito, dovrò chiederle di andarsene.»

Vedo come mi guarda. Può sentire l'odore dell'alcol e pensa che io sia un senzatetto ubriaco. Non lontano dalla verità, però. Non ho un posto dove andare e sono ubriaco.

«Mi assicurerò che questo hotel fallisca.» Alzo la voce, e un dipendente gira la testa verso di me. Dannazione, sono ubriaco e sto perdendo il controllo. Devo andarmene prima che la situazione peggiori e succeda qualcosa di cui mi pentirò domani.

Ho solo le mie chiavi e un telefono scarico. Fisso le chiavi.

Le chiavi.

Posso dormire in ufficio.

## CAPITOLO 36
## *Ayala*

Il mondo sembra diverso dopo una notte senza di lui. Mi manca e devo ricordarmi perché ieri volevo che se ne andasse. Il suo telefono è spento, e suppongo che la batteria sia scarica. Decido di scendere nell'appartamento di sotto per parlargli.

Il cartello appeso alla porta dell'appartamento riporta "Benson", e questo mi confonde. Sono al piano sbagliato? Busso, e un uomo sconosciuto apre la porta.

«Posso aiutarla?»

«Oh, credo di essermi confusa», dico. «Lei abita qui?»

«Da circa un anno», risponde. «Perché me lo chiede?»

«Pensavo che l'appartamento fosse vuoto».

«Ah». Un'espressione di comprensione gli attraversa il viso. «È venuta a vedere l'appartamento? Mi dispiace, ma non è più disponibile. Il proprietario mi aveva detto che voleva terminare il contratto alla fine dell'anno, ma non ha inviato la disdetta, e io l'ho rinnovato. Quindi ho un altro anno qui».

Chiude la porta dietro di sé, e io crollo. Vai all'inferno,

Ethan! Non c'è nessun appartamento? Cos'altro mi hai mentito?

Forse è stata tutta una grande finzione. Non posso gestire tutto questo ora. Non ho nemmeno un posto dove andare.

Chiamo la mia unica amica qui. «Olive».

«Ayala. Dai. Ti voglio bene, ma perché di sabato mattina? Lasciami dormire», geme con voce rauca. «Questo è l'unico giorno in cui non devo alzarmi presto».

«Posso venire a stare da te per un po'?» chiedo, con la voce tremante mentre cerco di trattenere le lacrime.

«Cos'è successo? Stai bene?»

«Sto bene, ma ho bisogno di un posto dove stare finché non trovo un mio alloggio».

«Sei sempre la benvenuta qui, ma cos'è successo con Ethan?»

«Te lo dirò quando arrivo». Riattacco e mi affretto a mettere alcune cose in una grande valigia. Il mio armadio è piuttosto pieno. Così diverso dai miei giorni a Lunis. Ci sono vestiti, scarpe, camicette, pantaloni e persino gioielli che Ethan mi ha comprato. Prendo solo abbastanza vestiti per qualche giorno. Se ne prendo di più, sarà definitivo.

Ho ancora speranza.

———

«Ayala». Olive mi abbraccia forte sulla soglia del suo appartamento. «Entra».

Lascio cadere la mia borsa all'ingresso e mi lascio cadere sul suo divano. «Allora, come vanno le cose con Amber?»

«Sai, lente ma costanti. È un tentativo di distrarmi da quello che sta succedendo a te?»

Sì. «No», rispondo. «Sto bene».

«Se va tutto così bene, cosa ci fai nel mio appartamento, di mattina, con una valigia? Dov'è Ethan?»

«Non so dove sia», rispondo onestamente. «Non si è preoccupato di dirmelo dopo che ho scoperto che mi ha mentito. Due volte».

«Okay». Si alza lentamente dal divano. «Penso che questo richieda dell'alcol, ma dato che è così presto al mattino, ci accontenteremo di una cioccolata calda».

La guardo andare in cucina e preparare le bevande. Ha una casa fantastica, enorme per gli standard di New York. L'ho visitata diverse volte e sono ancora impressionata ogni volta. C'è sempre qualcosa di nuovo, nuove tende, un nuovo tappeto, qualcosa di nuovo. Olive sta continuamente ridecorando. Ha progettato l'appartamento fin nei minimi dettagli. E so che a differenza dell'attico di Ethan, che è stato decorato da qualche designer di fama, la casa di Olive è stata progettata solo dalle sue mani. È così talentuosa.

Mi prendo qualche minuto per ricompormi prima che torni e mi serva la bevanda calda.

«Dai, racconta».

Esito perché è tutto così personale. E lei è amica di Ethan, dopotutto. Ma non posso aspettarmi che mi accolga senza dirle nulla di quello che è successo.

«Ti ricordi quando ero a San Francisco ed Ethan è stato visto a una festa con una donna bionda?»

«Sì. Lena Castle. La conosco».

«Mi ha fatto visita ieri mattina».

«Stronza. Ho detto a Ethan che era un grosso errore e che ti avrebbe fatto male e gli si sarebbe ritorto contro. Lei porta solo guai». Olive mette la mano sulla mia coscia. «Ma davvero, non c'era niente tra loro. Non ha mai smesso di amarti».

«Hanno dormito insieme», faccio notare.

Olive aggrotta la fronte in risposta. «Cosa voleva? Dirti quanto lui la preferisca a te? Perché è chiaramente falso».

«No. Voleva dirmi che era incinta di suo figlio».

Olive si copre la bocca con la mano. «No!»

«Sì. Almeno è quello che sostiene».

«Quindi l'hai lasciato?»

«Io... Sì. No». Non voglio lasciarlo. «Ho aspettato che me lo dicesse lui. Ma ha preferito tenermi all'oscuro e nasconderlo».

«È difficile dire una cosa del genere alla donna che ami», dice. «Sono sicura che si pente di aver dormito con lei».

«Ha detto che non me l'ha detto perché era sicuro che non fosse suo. L'ha mandata a fare un test di paternità».

«Okay. Questo è positivo. Se non è suo, continuerete come al solito, no?»

«Non capisci. Sapevo che aveva dormito con lei. Fa male, ma posso conviverci. Dopotutto, non stavamo insieme. Se è incinta di lui, affronteremo la situazione. Ma non me lo voleva dire. Qualcosa che ha il potenziale di cambiare completamente le nostre vite, e lui non pensava che avessi il diritto di saperlo».

«È molto protettivo nei tuoi confronti».

«Se proteggere me significa che non mi vede come sua pari, allora non lo voglio. Questa donna ha detto che lui era il mio sugar daddy. E penso che ci possa essere qualcosa di vero in quello che ha detto». Una lacrima mi scende sulla guancia e la asciugo.

«Sugar daddy? Da dove ti viene questa sciocchezza?»

«Guardaci! Mi dà soldi, un posto dove vivere, un lavoro. E in cambio, io vado a letto con lui. Non è questa la definizione di sugar daddy?»

«Siete una coppia! Non è la stessa cosa».

«Non siamo una coppia se non sono alla pari con lui. Se mi

mente e mi nasconde le cose. Una coppia condivide le cose l'un l'altro».

«Su cos'altro ti ha mentito?»

Le racconto del nuovo inquilino che ho trovato nell'appartamento di sotto. «Non ha mai mantenuto l'appartamento per me. Il tizio che ci vive ha rinnovato il contratto per un altro anno».

«Uffa, Ethan», borbotta lei. «Mi scuso a nome suo. Non so cosa gli stia succedendo. Non ho scuse».

«Non hai bisogno di scusarti per lui. Non è per questo che sono qui». Le sorrido. «Volevo un posto per raccogliere i miei pensieri, e si scopre che non ho un appartamento per farlo».

Lei torce di nuovo la bocca. «Beh, puoi rimanere qui quanto vuoi. Cosa hai intenzione di fare?»

«Non so cosa fare, Olive». La mia voce si spezza.

«Vuoi stare con lui?»

Annuisco. «Lo amo. Dal momento in cui ci siamo incontrati».

«Ti ama. Ne sono sicura. Lo vedo in tutto ciò che fa. È pazzo di te».

«Ma forse l'amore non basta».

Lei scuote la testa. «Non ci credo. Un amore come il vostro deve bastare. Altrimenti, cosa ci resta in questo mondo?» Si avvicina e mi abbraccia. «Lo chiamerò», dice.

«Ci ho già provato. Il suo telefono è spento. Non so dove sia».

«Va bene, allora lasceremo che venga lui da noi. Non può stare lontano da te a lungo». Ride.

È vero. Neanch'io posso stare senza di lui.

Mettiamo una commedia romantica alla TV, e cerco di allontanare i pensieri che mi spaventano così tanto. Che forse tra noi è finita.

## CAPITOLO 37
## *Ethan*

«Ayala! No!» urlo quando vedo il suo corpo senza vita sotto un altro uomo.

Sangue.

C'è sangue ovunque. Scorre da lei sul pavimento e fuori dalla stanza. Lo seguo lungo il corridoio fino al bagno.

No. Non il bagno... La porta si apre lentamente, producendo un terrificante cigolio mentre mi avvicino.

Goccia. Goccia. Il suono dell'acqua che scorre mi fa rabbrividire. Vorrei girarmi e scappare via, non vedere cosa c'è dentro, ma le mie gambe mi trascinano da sole. Non riesco a smettere di fissare la pozza rossa di acqua e sangue.

La donna morta nella vasca da bagno apre i suoi grandi occhi blu.

Urlo.

Le mie ciglia tremolano e i miei occhi si aprono, ma li socchiudo mentre cerco di abituarmi alla fioca luce nella stanza e di regolare il mio respiro affannoso.

Per fortuna è sabato e nessuno può vedere il grande capo piangere come un bambino sul divano dell'ufficio.

Come sono finito in questa situazione? Perché sono qui invece che nel mio letto? Non riesco a dormire senza di lei.

Oh sì, ho infilato il mio cazzo in un'altra donna. Perché ho dovuto farlo? Cazzo. È stato un errore fin dal primo momento, e ora questo errore potrebbe costarmi l'amore della mia vita. Non posso perdere Ayala. Semplicemente non posso. Ho cercato di lasciarla andare, di farle trovare qualcuno meno incasinato di me. Ho cercato di non farle del male ma ho fallito anche in questo.

Torno al nostro appartamento, sperando che possiamo parlare e sistemare le cose. Apro la porta, aspettandomi di vedere il suo bellissimo viso, ma lei non c'è. Super cazzo. Devo parlarle. Spiegare. Lei è tutta la mia vita.

Mentre sto uscendo, lo specchio mi chiama a fermarmi. Non posso uscire così. I miei capelli sono disordinati e selvaggi, e i miei vestiti sono sgualciti. Occhiaie scure mostrano la mia mancanza di sonno. Perché dovrebbe volermi quando sono conciato così?

Faccio una doccia veloce e mi vesto con abiti puliti, mi rado e passo la mano sul mio viso liscio. Non riesco a ricordare l'ultima volta che ho avuto un viso pulito e rasato. È strano. Ma alle ragazze piace.

Non c'è nulla da fare per gli occhi arrossati. Tiro fuori l'anello dalla tasca e lo guardo. Ora non è il momento di farle la proposta. E la mia idea di farlo nella privacy della nostra casa non è più un'opzione. Dopo tutto quello che è successo, ho bisogno di qualcosa di grande. Enorme. Devo lasciarla senza fiato. Spingo l'anello in fondo all'armadio. Lì rimarrà finché non deciderò cosa fare.

Ma dove sto andando? Non ho idea di dove sia.

Controllo il mio telefono e mi rendo conto che è ancora

spento. Cazzo. Ho dimenticato di caricarlo in ufficio. Lo collego al caricabatterie e aspetto un minuto che si accenda.

«Rispondi... Rispondi... Rispondi...» mormoro al suono dello squillo.

«Ehi.» La sua voce è la cosa più bella che abbia mai sentito.

«Ayala...» La mia voce si spezza.

«Ethan? Stai bene? Ti è successo qualcosa?» Sembra preoccupata. Anche ora, dopo che una donna sconosciuta le ha detto che l'ho scopata e l'ho messa incinta.

«Sì. Io...» La mia voce si affievolisce. Cosa posso dire? Che ho gli incubi quando lei non è con me? Che la rivoglio indietro? Lo sa già. Non la convincerà di nulla.

«Possiamo incontrarci e parlare? Per favore.»

«Sì. Dovremmo incontrarci a casa mia, dove hai dormito la scorsa notte?» Il suo tono è sarcastico.

«Lo sai,» affermo come un dato di fatto.

«Volevo parlarti, quindi sono andata lì a cercarti.»

Stringo i denti. «Lascia che ti spieghi. Non è come pensi.»

«Cos'altro mi hai mentito, Ethan? Non posso più credere a niente di quello che dici.»

«No, non ti ho mentito. Per favore, lasciami solo spiegare. Non puoi escludermi dalla tua vita senza almeno lasciarmi spiegare,» supplico.

«Va bene,» dice dopo un lungo silenzio.

Sospiro di sollievo.

«Sono da Olive.»

Quindi anche Olive lo sa. Brillante. «Sto arrivando.»

---

OLIVE MI APRE LA PORTA. È vestita in pigiama e ha uno sguardo arrabbiato sul viso.

«Non adesso, Olive,» mormoro. Ho bisogno di concentrarmi, non di iniziare una lite anche con lei. Ma sembra che lei abbia altri piani e non ha intenzione di lasciarmi passare facilmente.

«Sì, adesso.» Mi blocca l'ingresso. «Come hai potuto essere così stupido, Ethan? Sei il mio migliore amico e ho sempre pensato che fossi eccezionalmente intelligente, e nelle cose più semplici, è lì che cadi? Non lo capisco.»

Mi massaggio le tempie. «Per favore, lasciami parlare con lei. Devo spiegarle cosa è successo.»

«Dovresti avere anche me dalla tua parte. Potrebbe aiutarti.»

«Lo so. Ma prima, devo vederla.»

Olive finalmente mi lascia passare, ed entro. Ayala è seduta sul divano, avvolta in una coperta e con aria pensierosa. Sa che sono qui, ma non si gira verso di me. Olive scompare dalla vista, dandoci privacy.

«Cosa vuoi, Ethan?» dice, ancora senza guardarmi.

«Te.»

«Mi avevi già.»

«Spero di averti ancora,» sussurro. «In nessun momento ho voluto farti del male o mentirti.»

Si gira verso di me. I suoi occhi blu sono tristi, e fa male come un colpo al cuore.

«Ho fatto un errore a non parlarti di Lena. Mi ha colto di sorpresa proprio quella mattina. Non ero pronto e non l'ho gestita bene. Non sono abituato a essere in una relazione. E inoltre, sono sicuro che non sia mio figlio, e in ogni caso, non voglio un figlio da lei.»

Ayala rimane in silenzio per un momento. «E se fosse tuo figlio?»

«Non lo è.»

«Come puoi esserne così sicuro?»

«Perché non sono venuto.» Ecco. L'ho detto. «Non sono riuscito a venire, cazzo.»

«Cosa vuoi dire?»

«Per tutto il tempo ho visto te davanti ai miei occhi. Mi sentivo come se ti stessi tradendo, anche se non stavamo insieme. Riuscivo a malapena ad avere un'erezione.»

«E lei non lo sa?» Vedo che ho sorpreso Ayala con la mia confessione.

«No. Certo che no. Ho finto di averlo fatto perché era troppo umiliante.» Non c'è altra via d'uscita che la verità ora.

«Riguarda entrambi, indipendentemente dal risultato», dice lei. «E non ti sei sentito a tuo agio nel condividerlo con me. Mi tieni fuori. Sai cosa mi ha detto?»

Scuoto la testa. Cosa le ha detto quella stronza? Non avrei mai pensato che sarebbe stato un errore così grande. Enorme. E tutto perché volevo dimostrare quanto fossi uomo. Un gran bell'uomo.

«Ha detto che farei meglio a trovarmi un altro sugar daddy perché tu sarai presto occupato.»

Sorrido beffardo, poi mi rendo conto che non sta scherzando. «Non avrai preso sul serio le sue sciocchezze, vero? Sta solo cercando di spaventarti.»

«Lo so. Non ci ho pensato troppo finché non ho capito che non me lo avresti detto. Che mi stavi nascondendo le cose. Ora penso che avesse ragione.»

«No.» Afferro le braccia di Ayala, ma lei si libera dalla mia presa.

«Non condivido la tua vita. Sono solo qualcuno che scalda il tuo letto. Proprio come ha detto lei.»

«Mai. Non ho mai provato ciò che provo con te. Sono

disposto a rinunciare a tutto quello che ho per te. Voglio sposarti, dannazione!»

Lei sorride con tristezza. «Sì, certo. Sposare una bambolina? Qualcuno che ti aspetterà a casa e non causerà problemi? Così potrai continuare a condurre la tua vita come prima?»

«Tu sei l'amore della mia vita e ho condiviso con te più di quanto abbia mai condiviso con chiunque altro. Conosci le cose più difficili di me. Cose che nessuno sa. Come puoi dire questo? Come puoi pensarlo?» Le ho raccontato del mio terribile passato, e non solo non è scappata via, ma ha anche affrontato i miei genitori e mi ha difeso. Due volte.

«Perché non mi hai detto che non c'era nessun appartamento? Mi hai lasciato credere di avere un posto mio se ne avessi avuto bisogno. Mi hai fatto sentire stupida quando sono venuta a cercarti lì.»

«L'appartamento è solo un errore stupido. Avevo pianificato di annullare il contratto mentre aspettavo che tu arrivassi da San Francisco. Poi sono state pubblicate le foto, sono volato da te e ho dimenticato tutta la questione. Non volevo. È successo e basta. Ero preoccupato per te e ho semplicemente perso la scadenza. Me ne sono completamente dimenticato.»

Lei scuote la testa. «Avrei capito. Ha senso. Se solo ti fossi preso la briga di spiegarmelo. Ma hai scelto di non condividere con me. Di nuovo.»

«Sono solo un uomo. Faccio errori. Quando me ne sono ricordato, era troppo tardi. E tu non hai più menzionato l'appartamento. Pensavo che stessimo andando bene, che avremmo vissuto insieme. E ieri, sono stato semplicemente un codardo. Non volevo che lo scoprissi e ti arrabbiassi ancora di più con me. Come ora. Ti affitterò un appartamento.» Mi inginocchio e appoggio la testa sul suo grembo.

«Non voglio un appartamento, né nient'altro. Voglio un

partner. Qualcuno a cui posso dire tutto e che mi dirà tutto in cambio. Anche le cose difficili.» Il suo sguardo è fisso nei miei occhi.

«Posso essere il tuo partner. Posso migliorare. Dammi una possibilità. Commetto molti errori, lo so, ma imparerò. Sei la mia prima vera fidanzata. C'è una curva di apprendimento.» Sorrido storto. Cos'altro posso dire? Come posso convincerla? Appoggio la testa sul suo grembo in disperazione.

Sento un leggero fruscio nei miei capelli, poi più profondo, mentre lei ci passa le dita attraverso, e mi arrendo al tocco.

«Voglio crederti», sussurra. «Lo voglio davvero, davvero.»

«Allora di' di sì.» Sto implorando in ginocchio. Cos'altro dovrei fare?

«Oggi resto da Olive.»

«No, ho bisogno che tu torni», imploro di nuovo.

Mi guarda. «Ti sei rasato», nota con voce sommessa. «E i tuoi occhi sono rossi. Hai dormito?»

«No.»

«Hai di nuovo gli incubi?»

«Sempre quando non sei con me.» E soprattutto quando sono preoccupato per te.

Mi mette una mano calda sulla guancia. «La tua pelle è così liscia così. Non ti ho mai visto senza la barba. Sembri così giovane.»

Non ho idea di dove vaghino i suoi pensieri, ma non rischio di dire qualcosa fuori luogo.

«Voglio crederti. Ma l'onere della prova spetta a te. Fammi entrare nella tua vita. Parlami degli errori, delle cose che mi faranno arrabbiare. Basta nascondersi.»

Annuisco vigorosamente. «Sono un libro aperto. Qualsiasi cosa tu voglia.»

«Ho bisogno che tu mi dia del tempo.»

277

L'ULTIMA COSA che volevo era andarmene senza di lei. Ma non avevo scelta. Devo fidarmi che tornerà da me. Chiamo Olive mentre sono in viaggio.

«Tienila al sicuro», chiedo.

«Non ha bisogno di essere accudita. Se la cava bene da sola.»

«Hai ragione. Se la cava molto meglio di me. Dopo quello che è successo con Anna, ero in un percorso di autodistruzione. Se non avessi avuto Ryan e la sua famiglia per tirarmi fuori dal buco nero in cui ero, oggi non sarei qui. Sarei o in prigione o morto.»

«Sai, non mi hai mai raccontato cosa è successo ad Anna», dice Olive con voce sommessa. «So che è morta. So che la sua morte ti ha colpito molto, ma non so cosa sia successo.»

Mi mordo il labbro inferiore. «Davvero? In qualche modo pensavo che fosse già venuto fuori, o che Ryan te l'avesse detto.»

«Ryan non tradirebbe mai la tua fiducia. Non mi dirà nulla di te. E ci ho provato. Ho cercato di tirargli fuori storie imbarazzanti della tua infanzia. Non ha ceduto.»

«Haha.» Sorrido. «Quanto sono fortunato che lui vegli su di me. Mi renderesti la vita un inferno se conoscessi tutti i miei segreti più sporchi.»

«Ti fidi di me?» chiede.

«Certo.»

«Allora dimmi cosa è successo?»

«Un giorno», dico. «Non è una conversazione leggera.»

«Va bene.» Rimane in silenzio per un momento. «Non preoccuparti. Ayala sta bene qui con me. Dalle un po' di tempo. La convincerò a perdonarti.»

«Grazie, Olive.» Riattacco.

Mi trascino nel traffico pesante di Manhattan, perso nei miei pensieri. Devo raccontare a Olive di Anna. È un'amica sincera. Ha bisogno di saperlo.

Cazzo.

Cazzo maledetto.

Le parole di Clifford dalla festa mi colpiscono le orecchie come tamburi.

Nemmeno Olive sa che Anna è stata violentata. Nessuno lo sa. Solo i miei genitori, Ryan, e ora anche Ayala. Non l'hanno detto a nessuno, e certamente non a quel figlio di puttana. Allora come fa a saperlo?

Tutto il mio corpo si contrae dal dolore, e i miei pugni si stringono sul volante. Morirà.

Premo il pulsante di chiamata. «Era Clifford.»

«Cosa?» Ryan non capisce, e dimentico che non è nella mia testa.

«Mi ha detto alla festa di Capodanno che anche dopo che Anna è stata *violentata* e io mi sono cacciato nei guai e non ho finito la scuola, suo padre preferiva ancora me a lui.»

«Beh, è fuori di testa. A chi importa cosa pensa suo padre-»

«Nessuno sa che Anna è stata violentata, Ryan. Nessuno.»

Cala un silenzio assordante quando si rende conto di ciò che sto dicendo. «Cazzo.»

Ringhio forte. «Lo ammazzo.»

«Non andarci.»

«Pensi che possa starmene tranquillo sapendo che quel figlio di puttana ha violentato e ucciso mia sorella?» I miei pugni si chiudono stretti sul volante finché le nocche diventano bianche, e premo più forte sull'acceleratore.

«Dovresti andare alla polizia e denunciarlo. Lascia che se ne occupino loro.»

«Non faranno niente. Lei è morta, e io non ho prove. I miei genitori non hanno mai denunciato l'accaduto. L'ha fatta franca. Non posso permettere che la faccia franca, Ryan.» La rabbia mi consuma, rompendo tutte le barriere. Tutti questi anni, i nostri genitori sono stati amici, invitati alle stesse feste. Stanno lì e mi sorridono, chiedendo di vedermi. Ho persino assunto quella merda come favore a loro. Se non avesse cercato di distruggere la mia azienda, starebbe ancora lavorando per me. Ho assunto la persona che ha violentato mia sorella. Premo forte sui freni, ignorando i bip e i clacson delle auto dietro di me, e accosto, esco dall'auto e vomito per terra, incapace di sopportare quel pensiero.

Non è più un ragazzo senza volto. È qualcuno che conosco. Qualcuno che ha studiato con me le ha fatto questo.

Sento una voce dall'interno dell'auto e mi rendo conto che non ho interrotto la chiamata.

«Ethan!» grida Ryan.

Rientro in macchina e appoggio il viso sul volante. «Sono qui.»

«Non farlo. Non rovinare la tua vita per causa sua. Tutto quello che hai costruito, tutte le donne e gli uomini che hai aiutato, tutto andrà sprecato.»

«Ha già rovinato la mia vita.» Riattacco.

Chiudo gli occhi e li riapro. Pagherà.

## CAPITOLO 38
## *Ayala*

Ho bisogno di questa distanza, anche se sembra che stia punendo entrambi in questo momento. Mi rendo conto che Ethan ha degli incubi e che non dorme. So come ci si sente perché l'ho provato anch'io. Inoltre, ha ammesso tutto subito quando gliel'ho chiesto. Ci sta provando.

Ma è difficile non paragonarlo a Michael. Si è scusato e l'ho perdonato. Ancora e ancora. Ho abbassato la guardia e il male si è insinuato. Mi sono svegliata quando era troppo tardi. Come posso fidarmi che non stia accadendo la stessa cosa ora?

Perché è Ethan.

Non mi farebbe mai ciò che mi ha fatto Michael. Ethan non sta cercando di trattenermi, imprigionarmi o separarmi dai miei amici. È stato paziente con me, aspettandomi ad ogni passo finché non fossi pronta per lui. Devo almeno concedergli la stessa pazienza che ho ricevuto da lui. Ora è il momento di parlare.

«Ehi Ryan», rispondo alla chiamata con un sorriso, pronta per la predica che sicuramente arriverà ora. Ethan ha mandato il suo migliore amico per convincermi a tornare da lui. Fortunatamente, ho già deciso.

«Ayala, ho bisogno che tu venga con me», dice.

«Cos'è successo?» Mi alzo in piedi.

«Sta per ucciderlo. Devi venire con me. Aiutami a fermarlo.»

«Rallenta. Cosa è successo? Non capisco.»

«Ethan crede che Clifford Nightingale sia colui che ha violentato Anna, e penso che abbia ragione.»

«Cosa?» Grido. «Come?»

«Clifford ha fatto una gaffe durante il loro ultimo incontro. Ha detto qualcosa che non avrebbe dovuto sapere. Ethan è diretto lì, e penso che lo ucciderà. La vita di Ethan sarà finita se lo fa.»

«Sono da Olive. Puoi venirmi a prendere?»

«Sto venendo da te.»

Mi vesto il più velocemente possibile e scendo, spostando il peso da un piede all'altro finché la Mercedes di Ryan non si ferma accanto a me. E se fosse troppo tardi? Se non arrivassimo in tempo?

Corriamo verso l'indirizzo. Ryan passa con il rosso e rischia quasi un incidente, ma niente lo ferma. Appena parcheggia, balzo fuori dall'auto e corro verso la casa. La Porsche di Ethan è lì, parcheggiata sulla strada. Merda, è già qui.

«Ayala?» La portiera della Porsche si apre.

Smetto di correre e mi volto. Il viso tormentato di Ethan appare davanti ai miei occhi.

Corro tra le sue braccia, collassando sulle sue ginocchia, con le lacrime che mi inondano gli occhi. È qui. Sta bene.

«Voglio che paghi per quello che le ha fatto. Voglio che soffra», mormora.

«Ci assicureremo che paghi». Ryan appare accanto a me. «Aiuterò come posso per consegnarlo alla giustizia.»

Ethan chiude gli occhi. «Avevo programmato di entrare e ucciderlo. Ero pronto a rinunciare a tutto ciò che ho, le mie aziende, Savee... Ero disposto a finire in prigione per fargliela pagare per quello che ha fatto.»

«E perché non l'hai fatto?» Chiedo.

«Per te. Ho promesso che ci sarei stato per te. Ho promesso di non lasciarti di nuovo.»

---

Dopo aver presentato una denuncia ufficiale, e la promessa della polizia di convocare Clifford per un interrogatorio, saliamo sulla Porsche e torniamo a casa.

Ethan non ha parlato da quando abbiamo lasciato la casa di Clifford, e sto valutando se dovrei provare a parlargli o lasciarlo tranquillo. Ma mi sorprende e inizia a parlare da solo.

«Non mi aspettavo che avremmo mai scoperto chi fosse stato», dice. «Dopotutto, è passato più di un decennio. All'inizio, mi sono fatto impazzire cercando di scoprire chi le avesse fatto questo. Ho usato le mie risorse per trovare il criminale, per affrontarlo. Ma ho fallito. Nei miei sogni, la polizia lo avrebbe gettato in prigione per il resto della sua vita, e lì sarebbe stato violentato più e più volte, proprio come aveva fatto lui con Anna. Giustizia poetica.» Ethan mi guarda.

Annuisco. «La polizia non ha provato a scoprire chi fosse?»

«I miei genitori non hanno mai denunciato lo stupro. Quindi no.»

«Non hanno fatto denuncia? Perché?»

«L'onore della famiglia, o qualcosa di stupido del genere.

Hanno detto che nulla l'avrebbe riportata indietro, quindi non aveva senso. Non volevano che nessuno sapesse cosa fosse successo, per non macchiare il suo nome. Come se fosse stata colpa sua essere stata violentata.»

«Mi dispiace tanto.»

«Pensi che sapessero cosa fosse successo prima del suicidio e abbiano cercato di nasconderlo per proteggere se stessi?» chiede.

Scuoto la testa. «No. Non c'è modo che l'avrebbero fatto. Almeno, non posso crederci. Sono sicura che, come i miei genitori, abbiano semplicemente commesso un errore di giudizio quando l'hanno trovata. Hai visto cosa mi è successo quando le foto sono state pubblicate. È difficile. Non volevano passare attraverso tutto quello. Non volevano che *tu* passassi attraverso tutto quello.»

«Avevo bisogno di quella chiusura. Volevo vedere chiunque fosse responsabile portato in tribunale. Invece, ho ottenuto anni di tortura. L'ho lasciato lavorare per me, dannazione!» Accosta sul ciglio della strada e appoggia la testa sul volante.

Voglio confortarlo. Gli metto una mano sulla spalla, e lui si appoggia al mio abbraccio. Restiamo seduti, abbracciandoci per lunghi minuti, poi avvia l'auto e torna sulla strada.

Torniamo al suo appartamento, e io cammino nervosamente avanti e indietro.

Lo considero ancora il suo appartamento. Questo è parte del problema. Non sembra la nostra casa. Sono ancora un'ospite qui. Ma non ha senso affittare un posto per me stessa. Non lo userei. Non ne avevo sentito il bisogno fino a ieri, e non ha senso pagare per questo.

«Cosa c'è?» Ethan alza lo sguardo dal suo laptop. È silenzioso e sta lavorando a qualcosa da quando siamo tornati, ma non si perde il mio stato d'animo.

«Stavo pensando all'appartamento», spiego.

«Te l'ho detto. È stato un terribile errore. Te ne affitterò un altro.»

«Sto pensando che non ne voglio uno.»

«Davvero?» Inarca un sopracciglio.

«È inutile spendere così tanti soldi per un appartamento che non userò mai. Non farai più nulla per farmi andare via, vero?»

Annuisce.

«Ma questo appartamento... non mi sento come se appartenessi qui. Sono un'ospite qui».

«Dimmi come posso aiutare».

«Voglio che Olive lo ridecori. Adoro il suo stile». Come non ci ho pensato prima? Adoro la sua casa.

«Ayala... Olive è molto occupata con il negozio. Non ha tempo per queste cose. E lo saprei perché l'aiuto a gestire l'attività».

«Giusto. Quindi sai quanto pagarla perché accetti». Lo vedo fare un respiro profondo, ma non rifiuta.

Sembra distante, e questo mi preoccupa. «So che hai avuto una mattinata difficile, ma è sabato. Forse possiamo fare qualcosa insieme?»

Si alza e chiude il laptop. «Certo, cosa vuoi fare? Sono pronto a passare il resto della giornata a letto».

«Non intendevo quello». Gli lancio uno sguardo fintamente imbronciato.

Ride. «Va bene, va bene... Allora, prima usciamo, poi a letto?»

Gli do un colpetto sul braccio. «Che ne dici di pattinare al Rockefeller?»

«Assolutamente no».

«Perché no?»

«Perché non ho voglia di rompermi nulla. Ho visto abbastanza ospedali per i prossimi anni».

«Aspetta un attimo. Non sai pattinare, vero? Com'è possibile? Sei cresciuto qui».

«Hai visto i miei genitori? Pensi che ci portassero a pattinare?»

No. Probabilmente no. «Ti insegnerò io. Non è così difficile». Rido.

«D'accordo, andiamo. Ma non ti è permesso ridere di me o menzionarlo più tardi. E se mi rompo qualcosa, dovrai prenderti cura di me». Sorride.

Ok. Mi ha chiesto di non menzionarlo. Ma non ha detto nulla sulle foto...

---

Noleggiamo i pattini ed entriamo in pista. Devo trattenermi dal ridere quando lo vedo mettere piede sul ghiaccio, con l'aria terrorizzata. È così fuori dal suo elemento. Ha le mani tese davanti a sé e le gambe tremanti. Un uomo potente, spaventato di cadere sul sedere. Sono contenta di aver pattinato molto da ragazza e di poterlo sostenere.

Lo prendo un po' in giro, volteggiandogli intorno, punzecchiandolo. Cogliendo l'opportunità di eliminare tutta l'aria negativa che si è accumulata negli ultimi giorni. Voglio sentirmi come una coppia normale, che esce e si diverte. Non due persone che hanno attraversato cose indicibili. Oggi siamo solo Ethan e Ayala. Due persone comuni.

Fa una faccia arrabbiata, ma posso vedere che è divertito da me. Non mi divertivo così tanto da quando ero bambina. È bello pattinare con il vento freddo sul viso.

Si muove in avanti e decido che è il momento di aiutarlo. Scivolo accanto a lui e gli do una mano. Scivoliamo, mano nella mano, passo dopo passo. Ondeggia e perde l'equilibrio, facendomi barcollare e lottare per stabilizzare entrambi. Quindi decido di mettermi davanti a lui, prendergli entrambe le mani e pattinare all'indietro.

«Dimmi se sto per scontrarmi con qualcuno», lo avverto, sperando che se ne accorga perché il suo sguardo è fisso su di me e non sembra essere consapevole di ciò che lo circonda.

«Ethan!» Devo ripetere il suo nome due volte prima che si scuota e mi risponda.

«Ho bisogno che tu guardi avanti, o cadremo entrambi». Alza lo sguardo e mi guida mentre gli tengo le mani, mantenendolo stabile, e scivoliamo insieme. È una sensazione piacevole, le sue mani nelle mie. Posso guardarlo senza sentirmi come se lo stessi fissando. Posso ammirare i suoi bei lineamenti. La mascella forte, le labbra piene, i suoi occhi dorati...

L'idea di Ethan e me che andiamo a letto e non ne usciamo non mi sembra così male in questo momento.

Dopo che ha acquisito un po' di fiducia, lo lascio andare in modo che possa provare da solo a stare in piedi. Ci vuole solo un minuto prima che sia eccitato come un bambino che ha appena scoperto che non c'è nessun mostro sotto il letto. Ci riesce e scivoliamo fianco a fianco, ancora vicini alla ringhiera. Ethan non osa allontanarsi troppo per ora.

Non pattino da anni, ma ero brava da ragazza. Vediamo cosa ricordo.

Mi allontano da lui, prendo un po' di velocità e scivolo intorno, facendo attenzione a non scontrarmi con le decine di altri pattinatori. Un piccolo slancio e giro sul ghiaccio. Evviva! Ce l'ho fatta!

Mi giro per tornare indietro e provo un piccolo salto. L'atterraggio è brutto e mantengo l'equilibrio solo all'ultimo secondo. Beh, sono troppo arrugginita per i salti. Mi volto per vedere dov'è Ethan e lo trovo fermo nello stesso punto che mi guarda con stupore.

Con un ampio sorriso, scivolo verso di lui e mi fermo davanti a lui. «Che c'è?»

«Come fai a saper fare queste cose? Sei una professionista».

«Pattinavo molto da ragazza, ma sono ben lontana dall'essere una professionista». Alzo la testa per baciarlo e lui mi afferra i fianchi e mi tira più vicino.

Pattiniamo ancora un po', fianco a fianco, girando intorno alla pista. Due bambini urlanti ci superano a grande velocità. Ethan cerca di fermarsi ma viene buttato giù.

Merda.

«Stai bene?» Mi affretto a piegarmi sul ghiaccio. Mi sorride e non sembra ferito. Ridendo, tiro fuori il telefono dalla tasca e gli scatto una foto.

«Ehi!» protesta. «Sono steso qui sul ghiaccio e tu mi fai una foto? Dov'è l'aiuto? Dov'è il trattamento amorevole?»

«Va bene». Gli tendo la mano per aiutarlo ad alzarsi. Lui prende la mia mano e tira.

Cado sul suo petto e ora siamo entrambi stesi sul ghiaccio, ridendo.

Voglio rimanere così, nel nostro piccolo mondo privato, dove siamo entrambi felici e non pensiamo ai nostri problemi.

«Va tutto bene, signora? Signore? Avete bisogno di aiuto?» Alzo lo sguardo e vedo un dipendente della pista in piedi sopra di noi.

Ethan scuote la testa. «Va tutto bene. Ci stiamo alzando».
Mi alzo, tirando Ethan con me, e lui ricade di nuovo, poi cerca di alzarsi con cautela. Il dipendente aiuta Ethan a mettersi in piedi.

Non appena il ragazzo si allontana, Ethan mi dice: «Penso di essermi rotto il sedere», e mi sfugge una risatina. «Ma ne vale la pena per sentirti ridere così oggi», aggiunge. Scivoliamo insieme verso l'uscita. «Grazie per avermi portato qui, per avermi aiutato a dimenticare un po'».

È buffo come questa giornata sia cambiata da stamattina. Avevo programmato di rimanere sul divano di Olive a piangere tutte le mie lacrime. Poi l'ho inseguito in preda al panico per evitare che finisse in prigione, e ora siamo qui a ridere e abbracciarci dopo una giornata fuori.

C'è qualcosa in ciò che provo con lui, questa sicurezza e protezione. Il conforto. È come se fossi finalmente a casa. Qualcosa che non avevo nemmeno quando *ero* a casa.

Non importa in quale appartamento ci troviamo. Mi sento a casa quando sono con lui.

Si toglie il cappotto e si massaggia il coccige.

«Ti fa male?»

«Un po'. Te l'avevo detto che mi sarei rotto qualcosa». Sorride. «E ora devi curarmi. E so esattamente come».

## CAPITOLO 39
## *Ayala*

«Mi dispiace, ma devo finire una cosa. Dammi un paio d'ore». Ethan insiste nel continuare a lavorare al laptop, nonostante sia il weekend.

Decido di usare questo tempo per fare una videochiamata ai miei genitori. Mi mancano. «Ciao, mamma».

«Tesoro! Come stai? Va tutto bene? Stai ancora vedendo il Dottor S-»

«Sì, sì, sto bene. Avete visto la mia campagna?»

«Sì, l'ho vista», dice mamma, e il viso di papà appare sullo schermo. «Siamo orgogliosi di te, tesoro».

«Com'è Ethan?» chiedono. È un codice per dire "come va la vostra relazione". Da quando hanno cenato a casa loro, sono più interessati a lui che a me. Come ha fatto a conquistarli così?

Allo stesso modo in cui ha conquistato me.

«Stiamo bene. Deve finire un po' di lavoro, così ho pensato di chiamarvi». Chiacchieriamo ancora un po' prima che io chiuda la chiamata.

Controllo di nuovo e vedo che Ethan sta ancora lavorando. Ma io mi annoio.

La nostalgia dei miei genitori mi ricorda il fragile rapporto tra Ethan e i suoi. Ho provocato uno scontro tra loro alla festa e invece ho creato una frattura ancora più grande solo perché non mi piacciono.

I suoi genitori sono importanti per lui. Non ha mai interrotto i contatti con loro, nonostante quello che è successo. Ha sempre sperato che un giorno lo avrebbero accettato di nuovo, e io ho rovinato tutto.

Devo sistemare le cose.

«Esco un attimo», dico, afferrando le chiavi della Jeep e scivolando fuori dalla porta prima che lui possa farmi domande.

E se non mi facessero entrare? Li conosco a malapena e non gli piaccio. Ma so che se avessi chiamato per annunciarmi in anticipo, avrebbero chiuso la porta a chiave e non avrebbero accettato di parlarmi. Usando l'elemento sorpresa, ho ancora una possibilità.

Busso alla loro porta. E poi più forte quando nessuno risponde. Forse non sono in casa? Merda. Perché non ho pensato di controllare?

Alzo la mano per bussare di nuovo, e la porta si apre, lasciando la mia mano a mezz'aria.

«Signora Wolf». Faccio un cenno alla madre di Ethan.

I suoi occhi si spalancano mentre ci mette un momento a parlare. «Sì?»

«Posso parlarLe?»

Sta bloccando la porta con il corpo come se stessi per entrare di corsa e causare scompiglio. Poi si sposta di lato e mi fa cenno con la mano di entrare. Ce l'ho fatta.

Il signor Wolf è seduto sul divano, e immagino che non abbia sentito che ero io perché quasi salta dalla sedia quando mi vede.

«Cosa ci fa lei qui?» chiede a sua moglie.

Lei alza le spalle. «Non lo so. Ha chiesto di parlare».

«Grazie per aver accettato di parlare con me». La ringrazio e aspetto che si sieda anche lei. «Per prima cosa, volevo scusarmi». Vedo gli sguardi sorpresi sui loro volti. Non è questo che si aspettavano di sentire da me.

«Capisco che non vi piaccio, e avete un motivo per questo. Ho fatto finire Ethan in un sacco di guai». Un sacco. «Ma lo amo, e finché lui mi vorrà al suo fianco, non ho intenzione di andarmene». Dichiaro le mie intenzioni, facendo una pausa per un momento affinché il messaggio affondi.

«È stato un errore da parte mia tenerlo lontano da voi perché so quanto possono essere importanti i genitori. So quanto siete importanti per Ethan. E lui ha bisogno di voi nella sua vita nonostante tutto, anche se non penso che meriti il trattamento che riceve da voi». Guardando i loro volti sciocccati, rimango in silenzio per un momento.

«Volevo farvi sapere che intendo incoraggiarlo a rinnovare il rapporto e a venire qui. Io rimarrò a casa per non causare conflitti, e non mi metterò più tra di voi. Se deciderà di non essere in contatto con voi, sarà solo una sua decisione».

«Lo ami?» mi chiede Laura.

Annuisco vigorosamente. «Profondamente. Non lo avevo pianificato. Volevo costruirmi una vita qui da sola, ma lui ha continuato a venire, ancora e ancora, finché non ho ceduto e mi sono innamorata di lui». Quando ricordo i nostri incontri, sorrido. Gli ho persino dato una botta in testa, eppure ha continuato a venire.

«Può essere testardo, nostro figlio», dice suo padre, Gabriel, con voce dolce.

«È testardo», concordo. «Testardo, bello e nobile, e la persona migliore che conosca».

Laura scuote la testa. «Non so come raggiungerlo. Non accetta mai di condividere nulla con noi. Ci ha completamente tagliati fuori. Non ci ha nemmeno permesso di fargli visita dopo quel terribile incidente». Le lacrime le vengono agli occhi. «È il nostro unico figlio, l'unico figlio che ci rimane».

«Lo avete fatto sentire in colpa per la morte di sua sorella. Non riesce a liberarsene. Non riesce a superarla. E ogni volta che gli parlate, non fate che rafforzare quella convinzione».

Gabriel sbuffa. «Lo abbiamo portato in terapia per anni. Tutto quello che faceva era distruggere tutto ciò che toccava. Sa quanto è stato difficile quando era adolescente? In quanti guai si è cacciato? Entrava nei negozi solo per dimostrare che poteva farlo. Ogni giorno mi preoccupavo di cosa avrei dovuto fare per tirarlo fuori dai guai. Una volta è quasi stato ucciso. Le ha raccontato di questo? È un miracolo che sia vivo e in salute e non in prigione».

Quest'uomo non capisce davvero? Come può non vedere ciò che è così ovvio?

«Ethan non entrava nei negozi per dimostrare che poteva farlo. Entrava nei negozi perché voleva la vostra attenzione. Perché implorava il vostro amore. Uno psicologo non può dargli il perdono di cui ha bisogno da voi».

«Scusi?» chiede Laura.

«Qualcuno di voi gli ha mai detto che non era colpa sua quello che è successo ad Anna? Che lei non si è uccisa a causa sua?»

«Ma è ovvio», dice Laura. «È ovvio che non è colpevole. Non l'ha fatto lui».

«Non è ovvio per lui! Pensa che lo incolpiate per la festa e per la sua morte. Tutto quello che avete fatto è stato mandarlo da sempre più terapeuti. Non avete mai parlato con lui di quello che è successo. Di come l'ha trovata. Sapete che trauma è vedere una cosa del genere?»

«Pensa che sia facile per noi parlare di questo?» Gabriel alza la voce, e io vado nel panico e faccio un passo indietro. Lui abbassa il tono. «Pensa che sia stato facile tornare a casa e vedere nostra figlia sdraiata in una pozza di sangue?» La sua voce si spezza.

«No. Penso che sia stato terribile. Che sia stato terribile per tutti voi. E soprattutto per un ragazzo di diciassette anni che pensa che tutto ricada sulle sue spalle».

Gabriel scuote la testa incredulo. «No».

«E ora, oggi, scopro che non avete nemmeno fatto una denuncia alla polizia. Ethan non ha nemmeno potuto ottenere la chiusura di cui aveva bisogno».

«Non abbiamo fatto denuncia perché Laura non l'avrebbe sopportato. Lei non c'era. Non ha visto. Eravamo distrutti. Laura viveva di sedativi. Se l'avessimo reso pubblico, non saremmo sopravvissuti».

«Ma anche Ethan era distrutto! Sai che ha ancora degli incubi? Sono passati più di dieci anni, e lui ha ancora degli incubi. Tutto ciò che fa è in qualche modo per lei.»

«Non pensavo che-»

«Sì. Ed è diventato una persona straordinaria. Tutto ciò che fa, l'azienda che ha costruito. Sembra così semplice dall'esterno, ma ora che ci lavoro... Sai che dona la maggior parte dei suoi guadagni per mantenere Savee in vita?»

«No.» Laura scuote la testa. «Cosa intendi?»

«Savee non è un'azienda redditizia. Ethan investe denaro privato in essa. In grandi quantità.»

«Non lo sapevo», mormora Gabriel.

«Non sapete molte cose. Ma quello che ha fatto quando era adolescente...? Non è chi è ora. Il fatto che abbia potuto

295

rinsavire e organizzare la sua vita com'è oggi senza il vostro aiuto è un miracolo ai miei occhi. So che senza i miei genitori, non sarei stata in grado di uscire dal buco nero in cui ero sprofondata. Ethan l'ha fatto da solo.»

Gabriel guarda Laura con gli occhi umidi. Potrei aver messo in moto qualche ingranaggio.

«Non so perché Clifford Nightingale abbia fatto ciò che ha fatto, ma spero che lo condannino e che voi possiate finalmente trovare un po' di pace. So che Ethan ne ha bisogno.»

I suoi genitori annuiscono. Vedo lacrime luccicare negli occhi di sua madre. «Abbiamo spinto Clifford su Ethan per tutti questi anni. I suoi genitori volevano che fossero amici, e noi eravamo d'accordo. Solo che non ha mai funzionato. Abbiamo sempre pensato che fosse colpa di Ethan, che non accettasse Clifford come amico, ma era Clifford. Era troppo geloso di Ethan perché potesse funzionare. I suoi genitori e noi due siamo colpevoli del suo odio. Tutto ciò che è successo è stato a causa nostra. Non posso credere che fossimo amici di questa famiglia.»

«Non incolpate voi stessi o Ethan. Clifford è l'unico da biasimare. Anch'io mi sono incolpata per molto tempo per ciò che mi è successo. Pensavo di essere io quella sbagliata, che mi fossi meritata le botte e gli abusi. Ma la vittima non è la parte colpevole. È solo una vittima.»

Annuiscono.

«Invitatelo di nuovo», dico. «Mi assicurerò che venga. Senza di me.»

«No.» Il padre di Ethan mi sorprende. Tutto questo, e ancora non è pronto a perdonare?

«Vogliamo che tu venga con lui.» Scambia uno sguardo con Laura, e lei annuisce.

«Dovremmo scusarci», dice. «Siamo stati ingiusti anche

con te. Ti abbiamo incolpata per cose su cui non avevi alcun controllo. Tu gli fai bene. Non l'ho mai visto così felice come quando è con te.»

Mi vengono le lacrime agli occhi.

«Forse possiamo voltare pagina», dice Gabriel.

Sua madre aggiunge: «Quando eri lontana da lui, si è spento. Anche nei brevi momenti in cui l'ho visto, non era l'Ethan che conoscevo. Era come se la gioia di vivere fosse scomparsa da lui. All'inizio, ho incolpato la terribile esperienza che ha vissuto, la ferita e l'indagine della polizia. Ma il tempo è passato, e non è migliorato. È tornato alla vita solo quando si è riunito con te. Persino la causa non lo preoccupava più una volta che sei tornata. Sono stata cieca a non averlo visto prima», dice Laura, alzandosi e avvicinandosi a me.

Mi tende la mano, e decido di rischiare e abbracciarla. Posso sentire la sua riluttanza automatica, ma poi si ammorbidisce e si lascia andare all'abbraccio, e ci separiamo.

Non credo che qualcuno l'abbia abbracciata da molto tempo.

Una lacrima le scorre sulla guancia.

«Spero che possiamo essere in buoni rapporti», dico. «Ma anche se non fosse così, va bene. Non mi metterò in mezzo. Ma se lo ferirete di nuovo, lo proteggerò. Lo proteggerò sempre.»

«Non mi aspetterei di meno», mi dice Gabriel, con gli occhi lucidi di lacrime trattenute. «Capisco cosa vede in te. Sei una combattente.»

Ci salutiamo, e lacrime di gioia mi riempiono gli occhi. Non posso credere a quello che è appena successo. Ho ottenuto l'approvazione dei genitori di Ethan.

Ho ricevuto un fottuto abbraccio dalla regina di ghiaccio. Beh, l'ho preso comunque. Salgo in macchina e tiro fuori il telefono dalla borsa.

Merda.

Sedici chiamate perse da Ethan.

Lo chiamo immediatamente. «Ehi.»

«Cazzo, Ayala.» La sua voce trema.

«Scusa, il telefono era nella borsa. Non me ne sono accorta. Sei arrabbiato?»

«No. Sto morendo di preoccupazione. Sei uscita senza dire dove andavi, e sono passate diverse ore. Dove sei andata?»

«Non importa. Sto tornando.»

«Dove sei?» Il suo tono è basso.

Mi agito. «Uh...»

«Abbiamo detto basta con i segreti», mi rimprovera. «Vale per entrambe le parti.»

Ha ragione. E non è che abbia qualcosa da nascondere, ma non sono sicura di come la prenderà, preferirei che non sapesse che mi sono immischiata nei suoi affari.

«Dimmi dove sei adesso», esige con tono freddo, e per un momento, mi viene voglia di riattaccare e scappare via. Ma sembra turbato. Davvero turbato, quindi resisto all'impulso e gli rispondo.

«A casa dei tuoi genitori.» Chiudo gli occhi.

«Torna a casa.»

Non so cosa aspettarmi quando entro. Cosa dirà? Cosa farà? È arrabbiato con me?

Lo trovo seduto sul divano, con la testa tra le mani. Non alza lo sguardo, e la preoccupazione mi rode. Quando finalmente alza gli occhi, c'è dolore nel suo sguardo. Allunga la mano e mi attira tra le sue braccia.

«Per favore, non farlo più. Non sparire così. Sai cosa mi passa per la mente.»

Scuoto la testa. «Cosa?»

«Andiamo. Sei scomparsa da me due volte. Cosa dovrei pensare?»

«L'unica ragione per cui sono scappata non esiste più.» Gli prendo il viso tra le mani. «Non scappo più. Ma hai ragione. Non è stato saggio da parte mia sparire senza spiegare dove stavo andando e non rispondere al telefono. Mi dispiace.»

Mi abbraccia più stretto. «Cosa sei andata a fare a casa dei miei genitori?»

«Sono andata a dir loro che non interferirò nel vostro rapporto. Mi sono pentita di quella sera.»

«Ayala...»

«Ma la conversazione si è sviluppata in direzioni che non mi aspettavo, quindi ci è voluto del tempo.»

Scuote la testa, sembrando stressato.

«Non è quello che pensi. Siamo giunti a una comprensione. Su molte cose. Si potrebbe dire che abbiamo fatto pace», mi affretto a dire.

I suoi occhi si spalancano. «Cosa intendi con 'abbiamo fatto pace'?»

«Non siamo diventati grandi amici, ma credo che non si oppongano più alla mia presenza nella tua vita», spiego. Spero che si scusino anche con Ethan, ma dovremo aspettare e vedere.

Un'espressione di incredulità attraversa il suo viso.

«Non essere così incredula. Ho poteri di persuasione.»

«Oh, ne sono certo.» Le sue labbra schiacciano le mie.

## CAPITOLO 40
## *Ethan*

I miei genitori ci hanno invitato a cena e hanno specificatamente menzionato che sia Ayala che io eravamo invitati.

Non capisco come abbia fatto. Dev'essere una maga se è riuscita ad ammorbidire una persona come mio padre.

«Ethan», dice mia madre mentre ci sediamo, «sono così felice che tu sia venuto. Vogliamo sapere cosa sta succedendo nella tua vita». Lancia un'occhiata ad Ayala.

Ayala mi stringe il palmo della mano, ma semplicemente non so come rispondere a quella domanda. Come ci si riconnette dopo così tanto tempo? Dovremmo parlare dell'arresto di Clifford? Non sono sicuro che sia un argomento di conversazione appropriato in questo momento.

Cala il silenzio.

«Ethan sta aiutando molto con la mia nuova campagna Savee», dice Ayala, cercando di salvare la conversazione. «Ne avete sentito parlare?»

Annuiscono e iniziano a parlare con Ayala mentre io la

osservo. È entusiasta e parla con passione, trascinando tutti nella sua sfera. Come può qualcuno resisterle? Il suo sguardo è radioso mentre spiega l'argomento a lei caro. Osservo i miei genitori. Sono affascinati. Sembra che abbiano imparato ad apprezzarla.

«Cosa ne pensi, Ethan?» Ayala si rivolge a me, interrompendo i miei pensieri vaganti.

«Cosa?» Non ho idea di cosa abbiano detto.

«Tua madre ha suggerito di organizzare una raccolta fondi per Savee. Per aiutare il mio progetto ad espandersi. Cosa ne pensi?» mi chiede di nuovo.

«Sì, mi sembra un'ottima idea», dico.

«Ho capito che doni abbastanza a Savee», fa notare mio padre, e io annuisco. «Non lo sapevo. Peccato che non ce l'abbia detto. Saremo felici di aiutare, di contribuire anche noi».

«Non ho bisogno di aiu-»

Ayala mi dà un calcio sotto il tavolo.

«E accetterà con piacere», risponde Ayala, e mio padre sembra soddisfatto. Da quando è soddisfatto di darmi qualcosa?

Finiamo di mangiare e ci spostiamo in salotto. Mia madre mette una teiera al centro del tavolino.

«Ti dobbiamo delle scuse», dice. «Più che delle scuse», chiarisce, lanciando uno sguardo significativo a mio padre. Non capisco di cosa stia parlando. Ma sembra che tutti gli altri lo sappiano.

«Ayala ci ha aiutato a capire che ti abbiamo fatto un torto molti anni fa. Che non ti abbiamo fatto capire abbastanza chiaramente che non sei da biasimare per quello che è successo con Anna. Non ti abbiamo mai incolpato, Ethan. Era così difficile per noi affrontare l'argomento, ed era più facile evitarlo, ma è stato un errore. Avremmo dovuto parlare con te. Farti sapere che non era colpa tua». I suoi occhi brillano di lacrime.

Papà si schiarisce la gola. «Non l'abbiamo fatto allora, ma lo faremo ora, e speriamo che non sia troppo tardi per riparare al danno fatto. Ci dispiace per quello che è successo. Non è stata colpa tua. Non è mai stata colpa tua. Hai solo organizzato una festa, cosa che qualsiasi diciassettenne normale avrebbe fatto. Come suoi genitori, era nostra responsabilità prestare attenzione a quello che stava succedendo con Anna. Vorrei che non fossi stato tu a trovarla in quelle condizioni. Vorrei poterti togliere tutto questo, farti dimenticare quella vista. Non è stata colpa tua».

Non riesco a respirare. Le lacrime iniziano a scorrere. Non riesco a trattenerle. Semplicemente non ci riesco. Mi alzo e lascio il salotto.

«Ethan!» Sento mia madre chiamarmi, ma non mi fermo. Le mie gambe mi portano nella mia vecchia stanza. Mi fermo all'ingresso e i miei occhi si spalancano. È uguale a come l'ho lasciata. Non hanno cambiato nulla. Chiudo la porta e mi siedo sul letto. Ho bisogno d'aria.

Non passa un minuto che sento bussare alla porta.

«Datemi un minuto», chiedo, non volendo che mi vedano così, ma la porta si apre. Apro la bocca, pronto a chiedere loro di andarsene, ma il mio sguardo incontra Ayala. I suoi occhi blu sono pieni di comprensione.

Ed è tutto. Non riesco più a trattenermi, e le lacrime mi scorrono sul viso.

Lei non dice nulla. Si avvicina e mi prende tra le sue braccia. Sono un completo disastro. Non poteva succedermi in un momento più inopportuno.

«Mi dispiace», le dico dopo essermi ripreso.

«Non sei tu quello che deve scusarsi per qualcosa. Loro dovevano farlo, ed è esattamente quello che hanno fatto».

«Ti amo così tanto», dico, stringendola più forte. Non posso mai lasciarla andare.

---

Ho pianificato tutto. Ogni minimo dettaglio. E ora non resta che eseguire.

Cammino per la galleria dove ho incontrato Ayala per la prima volta e do istruzioni ai dipendenti che stanno sistemando il posto per me. Deve essere perfetto.

«Ethan, smettila», mi rimprovera Olive. «Stai confondendo tutti. Mi hai chiesto di occuparmene io. Lasciami fare il mio lavoro». Mi spinge via.

È meglio così. Sono troppo nervoso. Farei meglio ad andare a prepararmi prima di perdere la testa. Non c'è molto tempo.

Quando torno alla galleria più tardi, indossando un nuovo completo, mi guardo intorno, stupito.

Olive ha fatto un lavoro pazzesco qui. Il posto non sembra per nulla come prima. Le pareti sono nere per creare un'atmosfera buia e romantica. Lampadine a carbone pendono dal soffitto, illuminando il luogo con una luce dorata. Un'enorme scultura di vetro di un colibrì si trova al centro della galleria su una piccola piattaforma.

«So che sei qui, sorellina, che vegli su di me», sussurro alla statua. «Avresti amato Ayala».

La vegetazione che c'era la prima volta che ci siamo incontrati è stata riportata, anch'essa illuminata. Piccoli tavoli sono sparsi per lo spazio. Su mia richiesta, Olive ha anche organizzato una piccola pista da ballo, e accanto c'è un palco con tutta l'attrezzatura della band. Il posto sembra magico.

Dovrò ringraziare Olive più tardi, visto che è andata a prendere Ayala. Gli ospiti che ho invitato stanno arrivando, e devo accoglierli.

Ci sono tutti. I genitori di Ayala, i miei genitori, Madeleine, Amber, Ryan, Maya e il bambino. Tutti i dipendenti di Savee. Ho persino invitato il team che ha lavorato con lei alla Lunis.

**Olive**
Cinque minuti all'arrivo.

«Sta arrivando!» grido, mandando tutti a prendere posto. Il mio cuore batte così forte che penso che tutti qui possano sentirlo.

Mi metto al centro, e non appena sentiamo l'auto fermarsi fuori, faccio cenno alla band di iniziare.

Suonano "Every Breath You Take". La canzone che le ho cantato per il nostro primo appuntamento. Sono in ginocchio.

La porta si apre.

Guardo solo i suoi occhi, cercando quella scintilla blu, l'amore nel suo sguardo che mi dà forza ogni giorno.

Vedo lo shock iniziale, la sua bocca che si spalanca e il luccichio di lacrime quando mi vede inginocchiato. Poi il suo sguardo mi lascia e vede tutti coloro che sono venuti per lei. Così tante persone che sono arrivate ad amarla e a prendersi cura di lei in così poco tempo.

«Ayala Beckett» dico mentre si avvicina. «Sei apparsa nella mia vita come una tempesta tropicale. Una tempesta che ha cambiato la mia vita. Mi hai versato lo champagne addosso, mi hai colpito in testa e mi hai fatto cadere a terra. Letteralmente».

Sento risate in sottofondo. «Ma non importa cosa farai, non riuscirai a tenermi lontano da te. Perché dal momento in cui ti ho vista per la prima volta, ho saputo che dovevi essere mia. Mi hai cambiato e mi hai riportato in vita. Ora capisco cosa significa veramente vivere». Mi fermo e tiro fuori la scatolina dalla tasca.

Le lacrime le scorrono sulle guance e lei inspira profondamente mentre i suoi occhi si posano sulla scatolina blu.

«Ayala, non voglio passare un altro giorno senza di te. Non voglio temere che tu non sarai mia. Ti amo come non credevo fosse possibile amare. Mi hai distrutto e ricostruito. Sono tuo per sempre. Accetterai di essere mia?»

Apro la scatolina e le tendo la mano.

Sta piangendo e non risponde, e per un momento la mia anima sprofonda. Si inginocchia davanti a me, annuendo, le lacrime che le scorrono sulle guance. «Sì, Ethan. Sono tua. Lo sono sempre stata».

Prendo l'anello, che brilla sotto le luci, proprio come il luccichio nei suoi occhi, e glielo infilo al dito.

Mi alzo, e lei si getta tra le mie braccia, baciandomi. Tutto e tutti intorno a noi scompaiono. Non noto nemmeno gli applausi di coloro che ci circondano mentre mi volto verso di loro e grido: «Ha detto sì!»

Vengono da ogni parte per abbracciarci, per abbracciarla.

«Ti meriti di essere felice» dice Dana mentre anche lei dà un grande abbraccio ad Ayala. «Quando ti ho vista la prima volta, ho capito che eri speciale e forte, e l'hai dimostrato alla grande». Si gira verso di me. «Prenditi cura di lei».

Annuisco.

Nicky è la prossima a congratularsi con Ayala. «Non posso credere che ti sposerai! Tutti gli appuntamenti che ti ho organizzato, e alla fine sposi questo tizio». Mi guarda e mi fa l'occhiolino.

«Ehi» protesto con un sorriso. «Sono uno degli scapoli più ambiti. Sono un vero affare».

Ayala e Nicky ridono. La band suona un'altra canzone e io attiro Ayala a me e la faccio girare tra le mie braccia. Balliamo, circondati dai nostri cari. È tutto ciò che ho sempre desiderato.

## CAPITOLO 41
### *Ayala*

«Non è mio». Ethan si gira verso di me, con un grande sorriso sul viso dopo aver riattaccato il telefono.

«Cosa?» Distolgo lo sguardo dalla TV, dove sono rimasta raggomitolata nell'ultima mezz'ora. Non mi sento tanto bene.

«Il bambino di Lena. Non è mio. Ho ricevuto i risultati del test. Il suo avvocato ha inviato i documenti. Non c'è corrispondenza. Te l'avevo detto che non era mio. Quella donna dovrà tornare nel buco da cui è uscita».

Non posso fare a meno di emettere un sospiro di sollievo. Sono contenta che quella donna uscirà per sempre dalle nostre vite.

«Quanto sono terribile se sono felice?» gli chiedo.

«Certo che sei felice. Anch'io lo sono. Non voglio un figlio da un errore fatto una volta». Si siede accanto a me sul divano, e io mi raggomitolo sotto il suo braccio, alzando la mano per prendere la sua, con la pietra blu sul mio dito che brilla. Ricordandomi cosa ho accettato di fare solo pochi giorni fa.

Non avrei mai creduto di sposarmi di nuovo così presto

dopo quello che è successo, ma quando guardo Ethan accanto a me, e il mio cuore si espande di felicità, so di essere nel posto giusto. Con lui, mi sento al sicuro. Amata.

Un'ondata di nausea mi sale in gola, e ho un conato.

«Che c'è che non va?» Ethan sembra preoccupato. «Di nuovo?»

Alzo un dito e corro in bagno, giusto in tempo per raggiungere il water e vomitare. Ethan mi segue e mi tiene i capelli. Emetto un gemito mentre gli spasmi allo stomaco si placano, poi mi siedo sul pavimento. «Questo virus mi sta dando fastidio da due giorni».

Gli occhi di Ethan si spalancano. Apre la bocca per parlare e la richiude senza dire una parola.

«Che c'è?»

«Torno subito», dice e si affretta ad uscire.

Chiudo gli occhi, esausta. Dove è andato? Il cielo sta per caderci di nuovo addosso? La vita ci ha lanciato ogni ostacolo possibile, e siamo sopravvissuti. «Avanti, lanciaci tutto quello che hai». Guardo in alto con gli occhi socchiusi. «Mi senti? Niente ci spezzerà!»

Mi rinfresco e torno a sedermi sul divano, appoggiando la testa all'indietro. Mi sento così debole.

Dove diavolo è andato? Lo voglio qui.

Passa mezz'ora, e finalmente Ethan torna, tenendo in mano una busta. Lo guardo con interesse. «Cosa hai portato? Qualcosa per la mia nausea? Non sono sicura che aiuterà. Aspetterò solo qualche giorno che passi».

«Penso che dovrai aspettare più di qualche giorno», dice, tirando fuori una scatola dalla busta. «Penso che tu sia incinta».

La mia bocca si spalanca. «No».

Lui annuisce. «Devi fare il test».

Prendo la scatola che mi porge con mani tremanti. Non può essere. Mi avevano detto che non potevo... «E se lo fossi?»
«Allora lo cresceremo insieme, con amore». Mi bacia sulla testa. «Non vedo l'ora di avere un figlio con te. Un grande bambino con gli occhi blu».

Mi alzo e vado in bagno, Ethan alle mie calcagna, tenendomi la mano. Guardo i suoi occhi amorevoli ed espiro. «Niente ci spezzerà».

# Epilogo

## ETHAN

«Nausea?» Guardo Ayala, che è sdraiata sulla sdraio accanto a me. È così difficile essere una donna. Non so come fa. Io mi arrenderei e morirei nel giro di una settimana.

Lei scuote la testa. «No. Sto bene.»

«Hai parlato con Olive di recente?»

«Sì, ieri. Si stanno divertendo. Mi ha persino mandato delle foto dalla spiaggia. Ti ricordi quella spiaggia? Lei e Amber sembrano molto innamorate.»

«Sì, ricordo quella spiaggia in Messico...» Chiudo gli occhi e torno ai ricordi della nostra luna di miele. Ai momenti meravigliosi che abbiamo passato sulla sabbia morbida, nell'acqua, nella cabina... Beh, ovunque. «È bello che siano andate nello stesso resort per la loro luna di miele. Dovremmo tornarci. Mi piaceva quel posto.»

«Certo che ti piaceva. Facevamo l'amore tutto il giorno.»

Ayala ride, e i suoi occhi si illuminano. «Sì, andiamoci di nuovo.» Si lecca il labbro inferiore, e io rabbrividisco.

Mi chino e bacio il suo pancino appena visibile. «Mi senti, piccola? Non dare problemi alla mamma. Sii una brava bambina. Voglio portarla in vacanza presto.»

Ayala sorride, allunga una mano e me la passa tra i capelli. Io ringhio, mi alzo e la bacio. Lei mi tira verso di sé, e il bacio si approfondisce. La sua lingua entra nella mia bocca, succhiando e stuzzicando. Le mordo il labbro e gemo nella sua bocca. È passato troppo tempo.

«Oh, prendetevi una stanza» borbotta Maya dalla sedia accanto a noi. «Ci sono bambini qui. E anche io.»

Mi stacco dalla mia bellissima moglie. «Hunter!» chiamo, e il suo piccolo viso si gira verso di me. «Vieni, tesoro, andiamo in piscina. Dean è già dentro.» Indico la piscina, dove Ryan e Dean si stanno schizzando a vicenda, e Dean urla eccitato.

Il mio bambino di tre anni allunga le sue manine, e io lo faccio oscillare sulle mie spalle, camminando con lui verso l'acqua.

«Vuoi saltare?» gli chiedo, e lui annuisce. Salto dentro, poi mi scuoto i capelli bagnati all'indietro, e guardo Hunter che si prepara per il suo salto. Ayala gli ha già legato il salvagente blu intorno al petto. I suoi grandi occhi blu si stringono mentre si concentra.

«Bomba d'acqua!» grida mentre corre e si getta in acqua, schizzando ovunque. Afferro il mio cucciolo ridacchiante e lo lancio in aria e di nuovo mentre lui strilla di gioia.

Ayala ride dalla sua sedia, e io le lancio un'occhiata.

Quando è nato lui, il nostro mondo è cambiato e abbiamo dovuto adattarci. Ci siamo trasferiti in una casa privata in periferia fuori città. Ayala ha preso un lungo congedo dal lavoro e ha dedicato il suo tempo a prendersi cura del bambino. Ma quando Hunter è passato da neonato a bambino, ha lasciato Savee e ha iniziato a tenere conferenze. Sta raccontando la sua storia di vita alle masse. All'inizio era solo nei rifugi per donne maltrattate, e ora parla anche nelle scuole e davanti a grandi aziende. Restituendo il favore.

La nuova gravidanza l'ha costretta a rallentare di nuovo. Il suo corpo le sta dicendo che ha bisogno di riposo. Nel primo trimestre, ha sofferto molto di nausea e non è uscita molto dal letto, quindi sono felicissimo che si senta meglio e si sia unita a noi oggi.

La guardo parlare con Maya fuori dalla piscina e sorrido. Il bikini rosso che indossa Ayala le sta benissimo. Dovrebbe essere vietato.

«Non posso credere che avrete presto un altro figlio» dice Ryan esaminando il mio viso. «E prima di noi.»

Sorrido maliziosamente. «A quanto pare voi due non lo fate abbastanza.»

Mi lancia uno sguardo scontento. «Ho sentito dire che sei tu quello più insoddisfatto di noi due.»

«Chi te l'ha detto?» chiedo con una voce un po' troppo alta.

«Scusa, non volevo offenderti.» Ride.

Sbuffo. È vero che non abbiamo fatto l'amore da quasi due mesi perché Ayala non si è sentita bene, ma come fa a saperlo?

«Non arrabbiarti. Ayala ha chiesto a Maya se potevamo tenere Hunter per qualche ora. Sta pianificando qualcosa per te. Penso che il tuo periodo di astinenza sia finito.» Mi fa l'occhiolino.

Davvero? «E quando sarebbe? Adesso?» Sto guardando di nuovo mia moglie, pronto a iniziare.

Ryan scoppia a ridere. «Ansioso, eh? Va bene, cercherò di convincere Dean a uscire dalla piscina. Quello che non farei per la tua vita sessuale...» Si avvicina a suo figlio, gli dice qualcosa, e Dean salta fuori.

«Mamma, papà ha detto che posso mangiare un gelato adesso!» grida Dean. Maya ci guarda entrambi da sopra gli occhiali da sole, e Ryan alza le spalle.

«Mi devi un favore per questo» mi dice e esce dall'acqua.

Esco dalla piscina, e Ayala si siede. «Cos'è successo? Perché se ne vanno? Sono appena arrivati.»

Mi sporgo verso di lei. «Vogliono davvero, davvero lasciarci soli adesso» dico a bassa voce in modo che solo lei possa sentire.

«Ryan te l'ha detto?» Mi guarda divertita.

Annuisco. «Te la senti?»

Sorride e manda una mano stuzzicante verso i miei pantaloni. Faccio un balzo indietro, con gli occhi spalancati. Sarà duro e veloce.

Aspetto che finiscano di raccogliere le loro cose e vadano a prendere il gelato. Non appena il cancello si chiude dietro di loro, le mie labbra si chiudono sulle sue. Le mordo il labbro inferiore con passione, leccando il sapore di ciliegia dalle sue labbra, poi continuo il mio percorso verso il collo. Le passo il pollice sul labbro inferiore e penetro nella sua bocca calda e umida. Lei succhia il mio pollice, inviando sensazioni sensuali lungo il mio corpo, leccandolo come se fosse il mio membro duro dentro la sua bocca.

«Mi dispiace, tesoro, di averti trascurato negli ultimi due mesi» dice quando tolgo il pollice.

«Parliamo dopo» gemo mentre le abbasso la parte superiore del bikini e le scopro i seni. «Cazzo. Mi sei mancata.» Succhio un capezzolo che si indurisce nella mia bocca. I suoi seni sono ancora più grandi ora che è incinta. Se è possibile, i suoi capezzoli sono più scuri, invitandomi a morderli e assaggiarli.

La sua schiena si inarca dalla sedia, e lei cerca di aggrapparsi a me. «Anche tu mi sei mancato.» La sua mano va al mio costume da bagno e scioglie il nodo. Il mio membro si libera. «Mi sei mancato così tanto.» Si alza e mi sale sopra, sposta la parte inferiore del bikini di lato e si siede su di me, accogliendomi dentro di sé.

Gemo ad alta voce. «Cazzo, sei così bagnata.» Il calore, quel posto stretto che amo di più al mondo. Le afferro il sedere, fermando il suo movimento finché non riprendo il controllo.

Le sue mani vagano sul mio petto nudo mentre mi cavalca come la dea che è. «Sei vicina?» chiedo con un ringhio. «Perché non riesco a trattenermi ancora a lungo. Mi dispiace.» Chiudo gli occhi e cerco di pensare alla cosa meno sexy che mi viene in mente. I rapporti annuali di Savee, le statistiche, le dichiarazioni dei redditi... Ayala che tiene in mano i rapporti, i suoi lunghi capelli dorati intorno al viso. Cazzo!

Lei allunga la mano tra le sue gambe e si massaggia il clitoride, cercando di affrettare l'orgasmo. Il mio petto si alza e si abbassa, i miei muscoli si irrigidiscono e la mascella mi fa male per il disperato tentativo di non venire prima di lei.

«Sto venendo», ringhio quando non riesco più a trattenermi. Il mio corpo sussulta, inviando tremori lungo la schiena mentre spruzzo il mio sperma dentro di lei. Le afferro i capezzoli e li pizzico delicatamente, sapendo che questo l'aiuta a raggiungere il climax.

«Oh sì, scopami più forte», grida con una voce roca che mi fa impazzire.

Continuo a sbatterla, prolungando il mio climax mentre lei usa il mio corpo come le piace, cavalcandomi, mungendomi. Posso sentire che si sta avvicinando. I suoi muscoli interni stringono e avvolgono strettamente il mio cazzo, e lei geme, le sue unghie che graffiano il mio petto.

Alzo lo sguardo, adorando vedere l'espressione sul suo viso nel momento del suo climax. I suoi capelli dorati catturano la luce del sole brillando intorno al suo viso. Ha gli occhi chiusi per il piacere e getta la testa all'indietro.

La mia dea. Mia.

Mentre le onde del suo orgasmo si placano, crolla su di me, ansimando, il suo petto premuto contro il mio. «Oh, mi sei mancato», sussurra.

Voci familiari provengono dall'interno della casa, e lei alza la testa, le sue pupille si dilatano. «Merda».

«Madeleine», dico ad alta voce, afferrando rapidamente l'asciugamano dallo schienale della sedia e coprendoci entrambi.

«Ethan, dove sei?» chiama Madeleine, uscendo in giardino, cercandoci. «Ho portato a Hunter il-»

Si blocca sul posto quando ci nota sulla sedia e si copre gli occhi.

«Mi dispiace tanto. Non ho visto niente. Scusate.» Si gira velocemente, con un grande sorriso sul viso, e scompare dentro casa.

«Beccati.» Rido.

Ayala ride, e i suoi muscoli si stringono intorno a me, con me ancora dentro di lei.

«Ehi, attenta, o cadrà.» Le sorrido.

Lei ride ancora una volta, e io mi indurisco di nuovo.

I suoi occhi si spalancano. «Di nuovo?»

«È stata una lunga pausa.» Alzo le spalle, sollevando la testa e prendendo le sue labbra. «Puntiamo a dieci.»

«Mmm...» ringhia nella mia bocca. «Dieci cosa?»

«Dieci orgasmi. Penso che sarebbe una compensazione adeguata.»

«Allora faresti meglio a iniziare.»

# Una nota personale

Quando avevo sette o forse otto anni, vivevo in un piccolo edificio in città con la mia famiglia. Avevo un'amica che abitava al piano di sopra con la sua famiglia allargata. Andavo spesso a giocare da lei, restavo a casa sua e a volte mangiavo con loro. Mi fidavo di loro. Proprio come la maggior parte dei bambini si fida degli adulti che li circondano. Come dovrebbe poter fare qualsiasi bambino normale.

Un giorno, mentre giocavo fuori, un membro della sua famiglia mi si avvicinò e mi chiese se mi piacevano i dolci. Mi offrì delle caramelle.

Le accettai.

Il giorno dopo, mi comprò un marshmallow e me lo diede.

Mi piacque. Mi sentivo speciale. Tra tutti i bambini del palazzo, l'aveva comprato per me. Solo per me.

Il giorno seguente mi disse che aveva comprato di nuovo dei dolci per me, ma che erano nella cantina del palazzo, quindi mi invitò ad andare con lui.

I miei genitori mi avevano insegnato a non andare con gli

sconosciuti, ma lui non era uno sconosciuto, giusto? Era un vicino. Lo conoscevo. Ero stata a casa sua molte volte.

Così andai con lui.

Mi fece sedere sulle sue ginocchia. Mi disse che ero bella.

Cercò di sbottonarmi i pantaloni. Io non volevo. Cercai di fermarlo, ma lui insisteva. Continuava a cercare di mettere la mano nelle mie mutandine.

Sapevo che era sbagliato. Non mi sembrava giusto. Ero terrorizzata e non riuscivo a muovermi. Non capivo cosa stesse facendo. Cosa volesse da me. Sapevo solo che non volevo che mi toccasse lì.

Oggi so che probabilmente si toccava dietro la mia schiena mentre cercava di toccare me.

Non l'ho detto a nessuno. Mi vergognavo così tanto, anche se non avevo fatto nulla di male. E sebbene non mi sia successo nulla di troppo grave, e sia riuscita ad andarmene prima che accadesse altro, questo ricordo di tanti anni fa è ancora impresso nella mia mente.

A volte, anche coloro di cui ci fidiamo di più possono tradirci. A volte può essere addirittura la persona che amiamo. Non è colpa tua. Non hai nulla di cui vergognarti.

Anche se questo libro è un'opera di fantasia, spero che le mie parole possano toccare i cuori. Spero che forse, solo forse, le mie parole possano dare a qualcuno la forza di alzarsi e andarsene.

I segni dell'abuso possono essere diversi. Non deve essere per forza un abuso fisico. Può essere un abuso sessuale, mentale o emotivo. Se conosci qualcuno in quel tipo di relazione, tendi una mano. Offri aiuto.

Se il tuo partner ti sminuisce, se è estremamente geloso, se ti costringe a fare cose con cui non ti senti a tuo agio, se ti isola dalla tua famiglia o dai tuoi amici, se non ti permette di lavorare o di avere i tuoi soldi, se cerca di controllarti, per favore cerca aiuto.

Milton Keynes UK
Ingram Content Group UK Ltd.
UKHW031215111124
451035UK00007B/673